# Unterm Weihnachtsbaum küsst sichs besser

1. Auflage, 2018
Canim Verlag, Nürnberg, www.canim-verlag.de
ISBN: 978-3942790376

Danke an alle Partner, ohne deren Unterstützung dieses Buch nicht möglich
gewesen wäre.

**Idee und Text:**
Michelle Schrenk | www.michelleschrenk.de
Anna Winter | https://annwinter.de

**Cover-/Umschlaggestaltung:**
BUCHGEWAND | www.buch-gewand.de

Fotos:
depiano / fotolia
vectorfusionart / fotolia
Ron Dale / fotolia
roman4 / fotolia
mozZz / fotolia
Oleksandr Dibrova / fotolia
Depiano – depositphotos.com
alenaganzhela – depositphotos.com
Sentavio – depositphotos.com
stekloduv – depositphotos.com

Die Handlungen und Figuren in diesem Roman sind frei erfunden. Ähnlichkeiten oder Namensgleichheiten mit lebenden oder bereits verstorbenen Personen sind rein zufällig und nicht beabsichtigt.

# Unterm Weihnachtsbaum küsst sichs besser

Ein Liebesroman von
Michelle Schrenk
&
Anna Winter

## Über die Autorinnen

### Anna Winter

Anna wurde 1982 geboren und war schon als junges Mädchen von Märchen und anderen Geschichten gefesselt. Zunächst illustrierte sie Erzählbände für ihre Familie und begann, mit acht Jahren auf einer alten Schreibmaschine zu schreiben. Sie hat unzählige Bücher gelesen und die Faszination für Worte nie verloren. Später schrieb sie Romane für ihre Freundinnen und veröffentlichte im August 2013 ihr erstes Buch. Es stellte sich heraus, dass nicht nur ihre Freundinnen es lesen wollten. Inzwischen schreibt sie für ein breites Publikum.

Besucht Anna im Internet auf:
https://annawinter.de
Oder trefft Anna auf Facebook & Instagram
https://www.facebook.com/anna.winter.autor

## Michelle Schrenk

Hinter der Autorin Michelle Schrenk steckt eine 1983 geborene Wassermannfrau, die es liebt zu träumen und es hasst, Zwiebeln zu schneiden. Sie wohnt in der Nähe von Nürnberg und hofft, ihren Leserinnen und Lesern mit traumhaften Geschichten Glücksmomente zu bescheren. Ihr ganzes Glück besteht aus ihrem Mann, den beiden Kindern und ihrem Hund. Mit ihren bisher erschienenen Romanen sowie drei Kinderbüchern hat sie sich ihren Traum vom Schreiben erfüllt.

Besucht Michelle im Internet auf:
www.michelleschrenk.de
Oder trefft Michelle auf Facebook & Instagram
www.facebook.com/MichelleSchrenkAutorin

# Widmung

*Für alle Weihnachtsmuffel.*
*Eigentlich ist es doch gar nicht so schlimm.*
*Und für alle Weihnachtsfreunde.*
*Auf die schönste Zeit des Jahres.*

# Kapitel 1

Genervt werfe ich meinen Antistressball mit voller Wucht gegen das kleine quadratische Büroradio – ein Werbegeschenk –, das gerade ohne Rücksicht auf meine Gefühle *Last Christmas* von *Wham!* in den Raum schmettert.

Echt jetzt? Muss das schon wieder sein?

Dieses Lied kann doch keiner mehr hören. Aber irgendwie habe ich einen Volltreffer gelandet, und das Radio kracht zu Boden. *Last Christmas* verendet mit ein paar letzten blechernen Klängen, als der Kasten aufspringt wie eine Kastanienschale und sein elektronisches Innenleben zum Vorschein quillt.

Ups.

Wenigstens ist nun das Lied aus, aber ein kaputtes Radio ist auch nicht unbedingt das, was ich mir von einem Antistressball versprochen habe.

Schon legt sich die Stille über mein Arbeitszimmer, und andere Geräusche, die zuvor kaum wahrnehmbar gewesen sind, drängen in den Vordergrund, wie etwa die blubbernde Heizung unter dem Fensterbrett, die dafür verantwortlich ist, das meine siebte Zimmerpflanze verendet ist. Irgendwie hatte ich mir von einem Kaktus ja mehr versprochen. Aber wahrscheinlich war er depressiv. Während ihm von unten die Wurzeln gekocht wurden, hat er die schreckliche Aussicht aus dem Fenster auf den Schneematsch von Nürnberg erleiden müssen.

Ich kann es ihm nachfühlen. Zumindest den depressiven Teil. Statt heißer Wurzeln habe ich kalte Füße, die in weichen

Flauschsocken stecken und die ich aneinander warm reibe. Doch das hilft nicht viel. Genauso gut könnte ich mir den Winter schön reden. Ich hasse diese schreckliche Weihnachtszeit. Okay, hassen ist ein hartes Wort, ich weiß. Aber ich kann Weihnachten nicht ausstehen.

Diese künstliche Fröhlichkeit in jedem noch so kleinen Winkel, dazu kitschige Engelsfiguren oder Glitzer, der überall haften bleibt, zum Beispiel an der Stirn oder im Ausschnitt, während einem niemand was sagt. All dieses Lametta, das die Melancholie übertünchen soll, die so schwer in der Luft liegt wie der Duft von Tannennadeln. Ja, oder das Winterparfüm meiner besten Freundin Anni. Es müffelt nach einer gruseligen Mischung aus Weihrauch und Zimt. Ich habe ihr schon ganz oft gesagt, dass ich davon niesen muss, aber sie glaubt mir einfach nicht. Vielleicht weil ich es erfunden habe. Aber darum geht es ja gar nicht. Es hat mehr mit Solidarität zu tun.

Doch im Gegensatz zu mir liebt Anni Weihnachten. Sie liebt alles daran. Das übertriebene Funkeln, den Christbaumschmuck, die Rentiere, einfach alles. Jedes Mal versucht sie, mich davon zu überzeugen, dass diese Jahreszeit mehr zu bieten hat als Besinnlichkeit und rote Nasen, während ich insgeheim nur die Tage bis zum neuen Jahr herunterzähle, wenn der Spuk endlich vorüber ist. Aktuell sind es noch achtundzwanzig Tage, elf Stunden, sieben Minuten und fünf, vier, drei, zwei …

Ach egal. Das einzig Gute an Weihnachten ist, dass ich als freie Grafikerin in dieser Zeit spürbar mehr Aufträge habe. Beispielsweise liegt die Buchcovergestaltung, vor allem für freie Autoren, gerade in der Vorweihnachtszeit hoch im Kurs. Allerdings mit so schrecklich einfallslosen Titeln wie: »Mistelzweigküsse«, »Tannenbaumglück« oder »Weihnachtswünsche und andere Katastrophen«.

Erst gestern habe ich wieder ein solches Cover mit dem absurden Titel »Schneemänner küsst man nicht« fertiggestellt. Selbstredend ist die Idee, einen Schneemann zu küssen, völlig idiotisch. Um das zu wissen, braucht doch niemand ein ganzes Buch! Erstens würden einem bei so einem Kuss die Lippen einfrieren, zweitens schmeckt Mister Frost wahrscheinlich nach Kohlestücken, Möhren oder – schlimmer noch – Pipi im Schnee, und drittens wäre es im Zeitalter von Handykameras ohnehin bescheuert, sich dabei erwischen zu lassen.

Aber sei es drum.

Natürlich habe ich auch dieses Cover gestaltet. Mit Tonnen von Schnee, lauter Glitzerblingbling und logischerweise einem Schneemann.

»Es soll weihnachtlich sein«, lautete der Auftrag. »Romantisch und ein richtiger Eyecatcher. Es muss einfach jeden vom Hocker reißen.«

Das gewisse Etwas wollen sowieso alle haben. Sie träumen von den großen Bestsellern. Dabei will doch niemand so viele Weihnachtsbücher lesen. Außer Anni vielleicht. Aber sie allein kann das auch nicht stemmen.

Die ganze Zeit hat die Autorin am Telefon auf mich eingeredet: »Ich will ganz viele funkelnde Schneeflocken ... ach, und Kerzen ... und auf jeden Fall einen Baum ... Und ginge vielleicht ein Lebkuchenmännchen oder eine Zuckerstange oder doch lieber ein paar Vanillekipferl? Nein, ich hab's: Wir nehmen einen Mistelzweig! Verstehst du? Über dem Schneemann. Dann ist es so schicksalhaft. Und wie wäre denn noch ... blablabla?«

Hallo?

Schicksalhaft?

Als ob ich irgendwen küssen würde, egal, ob Mensch oder Schneemann, nur weil ich unter einer Mistel stehe. Ich frage mich ohnehin, wie Misteln so beliebt werden konnten. Schließlich sind das gemeine Baumparasiten. Wie soll denn dabei Romantik aufkommen? Oder dieser Kusszwang?

Aber Profi, wie ich bin, habe ich mich geduldig gezeigt und alles nach den Wünschen der Kundin umgesetzt. Wenn ich nur erstellen würde, was mir selbst gefällt, bräuchte ich einen anderen Job.

Doch als ich dann auf das fertige Cover geblickt habe, musste ich mich wirklich zusammenreißen, um einen Würgereiz zu unterdrücken. Und das war der Moment, in dem ich wusste, dass ihr das Cover gefallen würde. Nennen wir es Bauchgefühl.

In der Weihnachtszeit gilt eben nicht weniger ist mehr, sondern mehr ist mehr. Auch bei Weihnachtskarten, die ich ebenfalls gestalte, ist das so. Mit kitschigen Danksagungen freut man sich auf die weitere Zusammenarbeit, fragt sich, wo die Zeit geblieben ist, und erinnert daran, dass man sich auf die Familie besinnen sollte, bevor der Stress wieder losgeht.

Wie trügerisch. Dabei ist ja gerade die Vorweihnachtszeit besonders stressig. Vielerorts stehen Überstunden an, alles will geschmückt werden und die verzweifelte Suche nach passenden Geschenken treibt die Leute in den Wahnsinn. Massen drängen nach Feierabend in die überhitzten Kaufhäuser, vorausgesetzt sie finden überhaupt einen Parkplatz. Dann muss alles heimlich verpackt und versteckt werden, und am Ende scheitert die Hoffnung auf ein besinnliches Fest an der bitteren Realität, bei der vor lauter Stress die Nerven blankliegen wie gebohnerte Knochen. Mit dem Versprechen eines Zauber tappt man in die Wehmutsfalle.

Ach ja, Weihnachten. Der Gedanke löst einen leichten Stich in meinem Bauch aus, denn leider habe ich bisher wirklich keine prickelnden Erfahrungen mit der Weihnachtszeit gemacht. Aber daran will ich jetzt nicht denken und schiebe die Erinnerungen rasch beiseite.

Außerdem: Sollte man sich nicht das ganze Jahr darauf besinnen, mehr Glücksmomente mit den Menschen, die man liebt, zu erleben? Warum immer nur in der Weihnachtszeit? Das setzt die Menschen doch total unter Druck.

Apropos Druck, der Entwurf der Weihnachtskarte, die ich heute noch für einen großen Kunden, eine Brandversicherung, bei der meine Freundin Anni arbeitet, fertigstellen muss, macht mir gerade zu schaffen. Es soll mal wieder ein Baum drauf sein. Schön soll er er sein. Irgendwie elegant, aber auch verspielt. Allerdings nicht zu verspielt, eher auch romantisch. Aber bloß nicht zu kitschig. Die Karte soll das, was die Firma verkörpert, widerspiegeln.

»Phhh!«, stöhne ich und rolle mit den Augen.

Wie klar sich die Leute doch immer ausdrücken können. Manchmal komme ich mir vor, als müsste ich in einem Oberstübchen voller Kisten und Krempel nach genau der Vorstellung graben, die Leute in ihrem Kopf haben, aber nicht richtig beschreiben können.

Oft scheinen sie selbst nicht so genau zu wissen, was sie wollen, als hätten sie nur Teile hiervon und davon als vage Idee im Kopf, aber wenn man alles verbindet, entsteht eine seltsame Collage, die keiner wollte.

Alle Dinge brauchen einen roten Faden. Eine Struktur. Ein Leitthema. Bloß wie genau soll ein Tannenbaum die Identität einer Brandschutzversicherung symbolisieren?

Ich starre auf den Bildschirm. Immer dieselben Sprüche. Aber na gut, das kenne ich zur Genüge. Ich halte mich einfach mal an das Design der Einladungskarten, die ich vor zwei Wochen für die gleiche Firma erstellt habe und die für ihre große Weihnachtsfeier waren.

Nachdenklich wickele ich mir eine blonde Haarsträhne um den Finger. Hmmm, was spiegelt die Firma wider?

Plötzlich muss ich grinsen. Eine Brandschutzfirma. Natürlich! Das ist es. Flink schnappe ich mir die Maus und klicke auf die passenden Symbole. Wie von selbst fügt sich alles zusammen. Denn ja, ich liebe es zu gestalten. Diese Freiheit, sich alles anhand von grafischen Elementen zusammenzubauen, zu verschieben, glatt zu zeichnen, etwas funkeln zu lassen und darzustellen. Es ist beinahe wie Klavierspielen. Wie von selbst wandern meine Finger über die Elemente und schließlich blicke ich auf mein fertiges Werk.

Ich habe den Baum in Brand gesetzt, ebenso wie die Geschenke. Schließlich benutzen genügend Leute noch immer echte Kerzen bei ihren Nordmanntannen. Meine Familie kann ein Lied davon singen. Von der Baumspitze baumelt eine Puppe an einem Strick. Sieht doch nett aus. Jetzt noch irgendwo Socken drauf. Jeder liebt Socken zu Weihnachten. Höhöhö. Genauso wie Tupperware. Auch etwas, das man unbedingt unter der nadelnden Tanne finden muss. Vielleicht geschmolzen. Wo wir wieder beim Feuer wären.

Ich grinse, bin ganz in meinem Element und packe alles geschwind mit auf die Karte. Jetzt fehlt nur noch ein passender Slogan. Getreu dem Motto: »Wenn alles schief geht, sind wir ja da, um den Brand zu löschen.« Oder: »Den Brand können wir zwar löschen, aber gegen schreckliche Geschenke sind auch wir machtlos.«

Ich kichere, schrecke dann aber zusammen, als genau in dieser Sekunde mein Telefon klingelt. Mein Herz hämmert ertappt. Während ich noch einen etwas schrägen Blick auf meinen Kartenentwurf werfe, taste ich nach meinem Handy. Vom Display leuchtet mir der Name meiner Freundin Anni entgegen, und ich nehme das Gespräch an.

Sie scheint wohl einen siebten Sinn zu haben. »Hey, Süße. Na, wie kommst du mit unserer Weihnachtskarte voran?«

Annis glockenhelle Stimme dringt in mein Ohr und ich betrachte schuldbewusst den Bildschirm, auf dem sich gerade die flammende Weihnachtsapokalypse ausbreitet.

»Ja, also, der Entwurf sieht schon ganz gut aus. Ich bin sicher, es wird dir gefallen«, behaupte ich und fange an, die Bearbeitungen eiligst rückgängig zu machen.

»Hach, ich bin schon so gespannt!«, schwärmt sie ahnungslos. »Aber ich habe sowieso keinen Zweifel daran, dass die Karte toll wird. Bei deinem Talent.«

Wenn sie wüsste ...

»Und Herr Dr. Brenner auch nicht«, fährt sie fort. »Er liebt deine Arbeiten. Apropos Herr Dr. Brenner ...«

Ich schmunzele über ihre unvergleichliche Art. Wenn Anni redet, kann sie kaum einer stoppen. So ist sie einfach.

»Ich rufe ja nicht nur wegen der Karte an«, sprudelt sie drauf los, »sondern auch seinetwegen. Herr Dr. Brenner will nämlich unbedingt, dass du ebenfalls zur Weihnachtfeier kommst. Er will dich endlich persönlich kennenlernen.«

»Oh«, murmele ich verhalten, und ahne, worauf sie hinaus will.

»Er meinte, du hättest ihm gesagt, dass du eigentlich einen Termin hast.« Anni macht eine bedeutungsvolle Pause, in der ein leiser Vorwurf mitschwingt. »Aber da ich, als deine beste Freundin, ja weiß, dass du geschwindelt hast, habe ich versprochen, mich der Sache noch mal anzunehmen.«

Entsetzt schnappe ich nach Luft und falle ihr ins Wort: »Du hast ihm verraten, dass ich geschwindelt habe?«

Doch sie lacht nur. »Natürlich nicht! Hallo? Allerdings habe ich in Aussicht gestellt, dass ich dich vielleicht überzeugen kann, deinen ›anderen Termin‹ zu verschieben.«

Bei ihr klingt das, als wäre ich von gestern, wenn ich glauben würde, mit der Ausrede auch nur im Entferntesten durchzukommen.

Ich rolle mit den Augen und mache eine abwehrende Handbewegung, auch wenn sie diese gar nicht sehen kann. »Nein, danke, auf keinen Fall. Tut mir wirklich leid, aber du weißt doch, dass ich Weihnachten ganz grässlich finde. Und für Weihnachtsfeiern gilt dasselbe.« Ich unterstreiche meinen Widerwillen mit einem abfälligen Schnauben. »Wenn ich bloß an all die Schnösel denke, die jetzt schnell noch vor dem großen Fest die Glocken mit ihren Mitarbeiterinnen bimmeln lassen wollen ... Da muss ich wirklich nicht dabei sein. Sag Herrn Dr. Brenner bitte, dass mein Termin unaufschiebbar ist.«

Anni lacht mich doch tatsächlich aus. »Du und deine wilde Fantasie, Jule! Als ob sich auf den Feiern die Kollegen reihenweise beglücken würden. Und jeden Herbst haben wir dann lauter Firmenbabys, oder was? So ein Vorfall ist mir noch nie untergekommen. Nicht mal im Kopierraum. Oder in der Besenkammer. Aus dem Klo drangen bisher auch keine verdächtigen Geräusche. Haha, wobei ... Aber eben anders, wenn du verstehst. Es verträgt halt nicht jeder Rohkost oder die Muschelpfanne aus der Kantine. Ich habe bisher auch keine Schreibtischaktivitäten der anderen Art erlebt. Und ...«

»Jajaja, schon gut«, unterbreche ich sie, bevor sie noch mehr unnütze Orte aufzählen kann, an denen sie noch nie jemanden in flagranti ertappt hat. Das macht sie doch nur, um mich zu ärgern. Wer hat denn hier die wilde Fantasie? Aber von der verdächtigen Muschelpfanne würde ich definitiv die Finger lassen. Sagt man Muscheln nicht eigentlich eine aphrodisierende Wirkung nach?

»Vielleicht ist das ja reines Wunschdenken von dir«, neckt

sie mich. »Sexabenteuer auf Festen. Vielleicht will dir dein einsames Unterbewusstsein etwas suggerieren.«

»Phhh, als ob!«, verwehre ich mich.

Drängt sie mich etwa gerade absichtlich in die Defensive?

Was das angeht, kennt Anni nämlich sämtliche schmutzigen Voodoo-Jedi-wir-sind-jetzt-mal-ganz-entspannt-fassen-uns-brav-an-den-Händen-und-atmen-tief-durch-Tricks. Und hinterher hat man seinen eigenen Namen vergessen. Aber das durchschaue ich natürlich.

»Ich hätte dir lieber nichts von meinem Kollegen Wolfgang erzählen sollen«, säuselt sie. »Dass er ein Segelboot am Chiemsee für die Wochenenden besitzt, hat dich bestimmt von rosaroten Sonnenuntergängen und leidenschaftlichen Stunden unter Deck träumen lassen.«

»Wolfgang?«, krächze ich wie ein schlechtes Echo. Das muss ein Scherz sein. »War das nicht der Fünfzigjährige mit den Strickpullis?«

»Vierzig«, korrigiert sie mich, als würde das eine Rolle spielen. »Er wohnt zwar mit seiner Mutter zusammen, aber sie lebt in einer separaten Einliegerwohnung, und irgendwann erbt er alles. Außerdem hat er ja das Segelboot. Du verstehst ...«

»Ich will mich schon wieder erschießen«, stöhne ich. Ein vertrauter Zustand in der Weihnachtszeit. »Außerdem mag ich den Starnberger See viel lieber.«

Da bin ich als Kind nämlich glücklich gewesen, bevor meine Eltern sich getrennt haben.

»Das trifft sich ja gut. Herr Dr. Brenner hat dieses Jahr nämlich die Spendierhosen an und veranstaltet eine Tombola mit tollen Preisen. Man munkelt, ein Silvesterwochenende am Starnberger See wäre der Hauptgewinn.«

»Das hast du doch gerade erfunden«, mutmaße ich.

»Quatsch! Das habe ich gar nicht nötig.«

»Bei meinem Glück gewinne ich sowieso nichts.«

»Jedes Los gewinnt«, kontert sie siegesgewiss. »Also, falls ich das Wochenende am See gewinne, packe ich dich natürlich ein.«

»Das ist lieb von dir«, seufze ich erleichtert.

»Aber nur, wenn du zur Feier kommst.«

Entrüstet schnappe ich nach Luft. »Was? Das ist Erpressung und total unter deinem Niveau.«

»Wieso ist das unter meinem Niveau?«

Ich rolle mit den Augen. »Solltest du nicht lieber gegen die Erpressung protestieren?«

»Nein«, juchzt sie. »Ich finde das praktisch.«

Also, das ist doch unglaublich. Anni eben.

»Na, komm schon, Muffelchen«, ermutigt sie mich, es mir wegen der Feier doch noch anders zu überlegen. »Weihnachten ist sooo schön. Und Weihnachtsfeiern auch. Hach!« Sie stößt einen schmachtenden Seufzer aus. »Tief in deinem Herzen weißt du das natürlich. Und diese Feier wird besonders toll. Ich habe mir echt so viel Mühe mit der Organisation gegeben und mir was Tolles ausgedacht. Du wirst staunen. Darauf baue ich ganz fest, und es wäre überhaupt nicht nett von dir, wenn du mich, als beste Freundin, dieser Freude berauben würdest.«

Gehirnwäschealarm mit Superweichspüler!

»Sagt die Frau, die mich gerade erpresst.«

»Ach, i wo! Ich will dich mit an den See nehmen. Und wenn du kommst, haben wir zwei Lose. Deins und meins gleich doppelte Chancen. Wie schön wir uns das machen könnten. Mit Wellness und Wellenplätschern.«

Sie zieht wirklich alle Register. Aber in meinem Kopf entsteht ein malerisches Bild von uns beiden am Seeufer mit der betörenden Kulisse von bewaldeten Hügelkämmen, Bootsstegen, Schwänen und dem Sissi Schloss in Possenhofen.

»Na ja«, murmele ich und spüre, wie meine Abwehr erste Risse bekommt.

Anni ergreift sofort die Gelegenheit. »Außerdem gibt es richtig leckeres Essen bei der Feier: feinste fränkische Braten, Glühwein, Eierpunsch und Zimtsterne. Es ist eigentlich mehr ein Gourmetbesuch mit Tombola.«

»Du hast das bestimmt richtig klasse gemacht«, räume ich ein.

»Worauf du wetten kannst!«

»Aber, aber ... Es geht doch nicht. Weil ich verhindert bin und so. Weihnachten, Besinnlichkeit und all der Kram.«

Anni grummelt in den Hörer. »Ich flippe gleich aus. Du kommst! Es geht hier ja nicht nur um mich als deine Freundin«, betont sie. »Oder den Starnberger See.« Sie singt mir die Worte in den Hörer wie eine Sirene. »Oder das leckere Essen. Oder den Starnberger See. Den See, den See«, tönt sie.

»Das mit dem See und dem Essen habe ich verstanden. Was war das Dritte gleich noch mal?«, necke ich sie.

»Ahhh!«, krakeelt sie ins Telefon. » Hör mal, du hast dieses Jahr wirklich viele Aufträge von Herr Dr. Brenner bekommen. Und er will dich persönlich kennenlernen, Jule. Das kannst du einfach nicht bringen. Denk daran, es ist nur ein Abend. Verscherze es dir nicht! Du hast jetzt so ein gutes Standing, und mein Chef ist nun mal der totale Weihnachtsfan.«

»Selbst Schuld«, entgegne ich halbherzig, weiß aber, dass Anni insgeheim recht hat. In diesem Jahr habe ich wirklich gutes Geld mit der Firma Brenner Brandschutz verdient. Also kann ich es mir eigentlich wirklich nicht erlauben, dort nicht aufzutauchen und zumindest mal Danke zu sagen.

»Ich kann ja mal bei Gelegenheit in der Firma vorbeischauen und ihm einen Nikolaus bringen, oder so.«

»Darauf gehe ich jetzt nicht ein. Wir kennen uns seit gut fünf Jahren und jedes Jahr dasselbe Theater an Weihnachten. Aber so langsam solltest du wirklich damit aufhören. Denn wenn man Schlechtes erwartet, dann wird auch alles schlecht. Noch nie was vom positiven Denken gehört?«

Ich zupfe an meinem Ohrläppchen. »Da war mal was.«

»Du hörst mir jetzt zu, Jule! Sich dauernd einzureden, dass ein Weihnachtsfluch auf einem liegt, ist ja wohl so was von albern. Du bist inzwischen siebenundzwanzig und keine sieben mehr. Also sei nicht kindisch! Es gibt keinen Fluch.«

Ich wünschte, es wäre so. Doch mein Portfolio an schlechten Erfahrungen erzählt eine andere Geschichte.

»Einigen wir uns doch darauf, dass wir in dem Punkt anderer Meinung sind«, gebe ich mich diplomatisch.

»Ist es etwa wegen Peter?«, hakt sie allerdings ganz undiplomatisch nach. »Mal abgesehen davon, dass es nicht schön ist, verlassen zu werden, habt ihr nie zusammengepasst. Er war schon immer der totale Angeber und Draufgänger, und du bist eben ...«

»Langweilig?«, schlage ich vor.

»Blödsinn!«, schnaubt sie. »Du bist überhaupt nicht langweilig, sondern kreativ und abenteuerlustig. Einfach du selbst. Vergiss den Idioten! Das ist fast ein Jahr her. Vergiss alles, was bisher passiert ist, und gib dem Leben eine Chance. Und vor allem: Vergiss das mit dem Fluch.«

Das sagt sich so leicht. Doch abgesehen von Peter sind mir bisher in so gut wie jeder Weihnachtszeit fürchterliche Dinge widerfahren, die alles verdorben haben. Fünf Jahre war ich alt, als wir kurz vor Weihnachten unseren Familienhund Titan einschläfern lassen mussten, weil er eine Schokoladenchristbaumkugel gefressen hatte. Als ich sechs war, brannte der

Weihnachtsbaum von Tante Hildegard ab, wodurch sich Weihnachten sprichwörtlich in Rauch auflöste. Mit sieben haben sich nicht nur meine Eltern getrennt, weil sich mein Vater auf einer Weihnachtsfeier neu verliebt hat, nein, ich hatte auch noch Windpocken bekommen – bis heute habe ich eine hässliche Narbe an meiner linken Hüfte. Mit acht bin ich auf dem Weg zur Kirche, es war die Messe am Heiligen Abend, ausgerutscht und habe mir meinen kleinen Zeh am rechten Fuß gebrochen.

Es folgten weitere Jahre voller Kummer, weil man nie wirklich zusammen als Familie gefeiert hat. Als ich fünfzehn war, hatte mein Opa einen Herzinfarkt am Heiligen Abend. Das war einfach nur schrecklich. Meine Liste ist endlos. Nicht zu vergessen, dass ich mir mit siebzehn beim Schminken mit der Wimperntusche für eine Weihnachtsparty ins Auge gestochen habe. Die gesamte Adventszeit musste ich eine Augenklappe tragen. Tja, und Peter – Peter hat pünktlich vor Weihnachten mit mir Schluss gemacht, damit er Weihnachten nicht mehr mit mir feiern musste. Ich spüre einen neuerlichen Stich im Bauch, aber Anni gibt nicht auf.

»Jule, jetzt hör mir mal ganz genau zu, du bist tollpatschig und schusselig und das nicht nur zur Weihnachtszeit. Kapiert? Solche Dinge passieren eben, und sie hätten zu jeder Zeit geschehen können.«

Ich finde, dass das nun wirklich keine besonders gelungene Erklärung ist. Aber Anni scheint es sich auf die Fahnen geschrieben zu haben, mich zu dieser Weihnachtsfeier zu schleifen.

»Du kommst auf jeden Fall, sonst wird dich nämlich *mein* Fluch treffen, und der wird fürchterlich sein. Dann werde ich kommen und dich mit Lametta bewerfen, und ich werde ... Oh, hallo, Herr Dr. Brenner. Sind Sie schon aus dem Termin zurück?«, sagt sie plötzlich, und ich vernehme die Stimme des Mannes, der mir dieses Jahr allerlei Aufträge erteilt hat.

»Ja, ich bin zurück. Bitte schreiben Sie eine E-Mail an alle Abteilungsleiter. Ich möchte ein kurzes Gespräch einberufen. Wer ist denn da am Telefon?«

Anni räuspert sich. »Jule Engel. Ich hatte doch versprochen, noch mal bei ihr wegen der Weihnachtsfeier nachzuhaken.«

»Wunderbar!«, tönt ihr Chef. »Und lässt sich ihr Termin verschieben?«

Meine Freundin hüstelt nachdrücklich. »Ja, sie hat ihn ratz-fatz verschoben, und ich soll Ihnen ausrichten, wie sehr sie sich doch freut.«

Hhhh!

Ich glaube, ich habe mich verhört. Das hat sie gerade nicht getan.

»Großartig!«, freut er sich und klatscht voller Tatendrang in die Hände. »Und nun wieder an die Arbeit. Um halb drei will ich alle im Konferenzraum versammelt sehen.«

»Selbstverständlich«, verspricht Anni.

Als Nächstes höre ich, wie eine Tür ins Schloss fällt.

»Da bin ich wieder«, flötet sie, als wäre nichts gewesen.

»Also das, also ...«, stammele ich empört. »Das war aber gar nicht lieb von dir.«

Anni lacht doch allen Ernstes. »Glaub mir, du wirst mir noch dankbar sein, du Weihnachtsmuffelchen.«

»Sehr witzig, wirklich«, entgegne ich, und sie kichert frech weiter.

»Finde ich auch.«

Ich überlege, die Bearbeitung samt brennendem Baum wiederherzustellen und die Karten so in den Druck zu geben. Dann hätte sich die Sache auch erledigt. Aber natürlich kann Herr Dr. Brenner nichts für die perfiden Tricks meiner besten

Freundin, und schließlich ist er der Mann, der nicht nur groß-
zügige Aufträge vergibt, sondern ein Wochenende am Starnberger See in Aussicht stellt. Vielleicht soll das ein Zeichen
sein.

»Dann muss es wohl sein.«

»Genau! Und jetzt rasch an die Arbeit«, ermahnt sie mich.
»Du hast Herrn Brenner doch gehört.«

»Das galt dir.«

»Stimmt. Und Jule?«

»Hmmm?«

»Um einen Fluch zu brechen, muss man sich manchmal
dem Unheil stellen.«

# Kapitel 2

Sich dem Unheil stellen. Ja, das tue ich inzwischen seit gefühlten zwei Stunden. Anni hat wirklich nicht zu viel versprochen, denn der Saal ist so weihnachtlich geschmückt, dass selbst der Weihnachtsmann sich noch eine dicke Scheibe davon abschneiden könnte.

Unter allen Türen baumeln Mistelzweige – ausgerechnet dieses Gestrüpp. Aber solange ich darunter niemanden küssen muss, erst recht nicht Wollpulli-Wolfgang, soll es mir recht sein. Ein opulenter Weihnachtsbaum voller bunter Lichterketten und Kugeln ziert den Eingangsbereich. Daneben türmen sich stapelweise Geschenkboxen in Rot, Gold und Grün mit riesenhaften Schleifen. Natürlich alles reine Deko, was der Verschwendung die Krone aufsetzt.

Um jede Säule und jedes Tischbein sind Girlanden aus Tannengrün gewickelt. Es duftet nach Vanille, Zimt und Bratäpfeln. Der Geruch ist so intensiv, dass ich mal ganz stark auf künstliche Dufterfrischer tippe. Aus verschiedenen Boxen im Raum hallt das obligatorische Weihnachtsgedudel – Gott sei Dank nicht *Last Christmas*, sondern *Frosty, the Snowman*. Na ja, mein Tanzbein zuckt davon auch nicht gerade. Und an der Bar werden Eierpunsch und Glühwein ausgeschenkt. Nicht mal die Bar ist heilig. Ich fühle mich so wohl wie eine Katze im Trockner.

»Starnberger See«, murmele ich. Das ist mein Mantra für den Abend. »Starnberger See.«

Wenigstens gibt es diesen riesenhaften Gewinnspieltisch neben der Bühne, der meine Augen magisch anzieht. Das liegt nicht etwa an den vielen kleinen Geschenken, die sich darauf türmen – und ganz sicher nicht an dem geschmacklosen Plüschelch, der nach Betätigung eines Knopfes mein heiß geliebtes *Last Christmas* herausdüdelt, während er dabei zu wackeln anfängt –, sondern an dem großen Plakat, das dem Hauptgewinn gewidmet ist und ein pittoreskes Bild des Starnberger Sees mit Wellnesshotel und Silvesterknallern zeigt.

Im Geiste wähne ich mich dort schon mit Anni, wie wir beide ausgelassen ins neue Jahr feiern und am nächsten Tag flauschige, warme Bademäntel tragen, bei einem Glas Sekt vom Balkon unseres Premium-Doppelzimmers über die sachten Wellen blicken und uns auf eine dekadente Schokoladenmassage freuen.

Mmmmh, das wäre schön ...

»Entschuldigung, was sagten Sie gerade?«, fragt der kleine Mann namens Heinz neben mir, einer von Annis endlos vielen Firmenkollegen, und blinzelt mich unter seinen Brillengläsern hervor an.

»Wie? Was? Ich?«, entgegne ich verwirrt.

»Äh, Starnberger See?«, hilft er mir auf die Sprünge.

Ach ja, das.

»Oh, ich dachte nur gerade, wie überaus großzügig es doch von Herrn Dr. Brenner ist, dass er ein so tolles Weihnachtsgeschenk spendiert.«

»Jaja«, sinniert Heinz. »Das wird eine prächtige Tombola.«

Wenn sie doch nur endlich beginnen würde, aber in weiser Voraussicht gibt es die Lose erst nachher. Vielleicht hat Anni ja den konkreten Verdacht gehegt, dass ich sonst nur allzu bald die Füße in die Hand nehmen und die Party verlassen könnte.

Stattdessen bin ich in diesem Weihnachtsalbtraum gefangen, aus dem ich nicht aufwachen kann, egal, wie oft ich die

Augen öffne. Im Gegenteil, dann ist alles viel schlimmer als mit geschlossenen Lidern.

Heinz zwirbelt seinen Schnurrbart und erzählt weiter von seiner unspannenden Tätigkeit im Vertrieb, der Pflege von Kundenkontakten, seinen Vorschlägen zur Produktentwicklung, dem Gang der Zeit – im Winter werden immer alle ganz sentimental – und wie das damals war mit dem heute so verschrieenen Asbest.

»Früher hat man das eine Wunderfaser genannt«, erklärt er mir. »Faser, weil als Asbest ja viele faserförmige kristallisierte Silikat-Minerale bezeichnet werden.«

Hä?

»Ich hab jetzt nur faserförmig verstanden.«

Heinz lächelt begütigend, schiebt seine Brille in dozierenden Manier auf dem Nasenrücken zurecht, und übt sich in Nachsicht mit mir. »Das geht vielen Frauen so.«

Grrr!

Wenn ich Anni finde, werde ich ihr haarklein vorhalten, was ich gerade erlebe, während ich stattdessen vor dem Fernseher *Ninja Warrior* schauen könnte. Heinz ist eindeutig kein Ninja Warrior. Versonnen reibt er seinen feisten Bauch unter dem grau-rot-karierten Hemd.

Habe ich schon erwähnt, dass er eine Schneemannkrawatte trägt? Das ist der Renner unter der männlichen Belegschaft. Vielleicht hat es ein Memo dazu gegeben, denn mehr als die Hälfte des männlichen Personals hat Krawatten mit Wintermotiven um den Hals baumeln: Rentiere, Tannenbäume, Schneegestöber und Santa Claus. Das Kaufhaus, das diesen Blödsinn vertreibt, lacht sich ins Fäustchen. Warum verkaufe ich das noch nicht? Vielleicht sollte ich mein Sortiment erweitern. Reich werden mit dieser furchtbaren Winternostalgie.

»Ich meine, Asbest hat ja auch tolle Eigenschaften«, erläutert Heinz. »Große Festigkeit, prima Dämmwerte und hitzebeständig bis etwa tausend Grad. Es ist verrottungsfest und mit Zement gut mischbar. Aber ...« Mahnend hebt er den Finger. »... wenn etwas zu gut ist, um wahr zu sein, sollte man misstrauisch werden.« Er tippt sich an die Nase. »Ich habe das schon damals gesagt, bevor alle gemerkt haben, dass es eine Gefahrstoffkennzeichnung braucht. Ich sage nur Asbestose und Lungenkrebs.«

Toll, Heinz, der Hellseher. Ich frage mich, ob das sein Aufreißerspruch ist. *Hast du das mit dem Asbest schon gehört?* Schwer vorstellbar, dass es ein Thema gibt, das noch öder als Weihnachten ist, und dennoch ... Heinz serviert es gerade auf dem Silbertablett.

Außerdem steht er mir ein bisschen zu nah. Anni behauptet zwar, dass hier niemand den anderen bespringen will, aber mir kommt die Situation nicht ganz geheuer vor. Vielleicht macht dieser ganze Kitsch auch nur mein Hirn völlig weich.

»Will man sich da nicht manchmal erschießen?«, nuschele ich.

»Wie bitte?«, wundert er sich.

»Äh, ich meine, wenn man so ein Gespür für die Dinge hat und es kaum anerkannt wird.« Ich trete einen dezenten Schritt zurück.

Er nickt nachdenklich. »Das war in meinem alten Betrieb.«

»Ach so, anderswo. Ja, das passt. Hier natürlich nicht. So eine tolle Firma! Ich selbst arbeite ja irre gern für Herrn Dr. Brenner. Ich meine, es ist so überaus großzügig von ihm, dass ich nachher auch ein Los ziehen darf. Man stelle sich mal vor, wenn ich als externe Mitarbeiterin den Hauptpreis gewinnen würde.«

*And the Winner of the* Ich-rede-mir-die-Welt-bunt-Preis *is: Jule Engel!*

Heinz runzelt die Stirn, und ich lache verzeihend.

»Ich glaube, ich brauche ...«

... richtigen Alkohol.

Ich werfe einen sehnsüchtigen Blick zur Bar, diesem winterlich gewordenen Eierpunschmekka. Aber was soll's?

»... eine Kleinigkeit zum Trinken. Mein Hals ist total trocken«, sage ich und reibe mir über die Kehle, als wäre eine Erkältung im Anflug. Heinz mustert mich alarmiert und vergrößert unseren Sicherheitsabstand. »Und mir ist so warm, dass ich Unsinn rede. Hahaha, ausgerechnet zu warm in einer Brandschutzfirma! Entschuldigung, lieber Heinz. Es war wirklich ganz reizend. Ja, ehrlich, total reizend.«

Huldvoll stehle ich mich aus dem Gespräch und sage brav mein Mantra auf: »Starnberger See. Starnberger See.«

Endlich schaffe ich es an die Bar und puste mir eine Strähne aus dem Gesicht.

»Was darf es denn sein?«, erkundigt sich der Angestellte hinter dem Tresen. Natürlich hat er eine lächerliche Krawatte um den Hals: Schneehasen mit roten Bommelmützen.

»Habt ihr Alkohol?« Vertraulich lehne ich mich ein Stück vor. »Richtigen Alkohol?«

»Wir haben Glühwein und Eierpunsch«, erwidert er nickend, als würde das irgendwas bestätigen.

»Also nicht«, seufze ich. »Dann nehme ich bitte eine Cola.«

Ganz schlicht und unweihnachtlich. Bis mir durch den Kopf schießt, dass Coca Cola ja den Weihnachtstruck fährt. Es ist zum Wahnsinnigwerden.

Ich stehe da, warte auf mein Getränk und blicke auf die Uhr. Schon kurz nach neun. Wenn ich jetzt die Fliege machen würde, könnte ich noch das Ende von *Ninja Warrior* sehen. Ich könnte sagen, dass mir von dem Eierpunsch, den ich nicht getrunken habe, schlecht geworden ist. Ich meine, wer kontrolliert das schon? Oder ich könnte einen Zimtstern essen, mich auf den Boden werfen und einen allergischen Schock vortäuschen. Weihnachtsallergie. Das gibt's. Ungelogen. Denke ich mir zumindest, als mich Annis Stimme aus meinen Gedanken reißt.

»Na, was habe ich dir gesagt? Ist es nicht total nett hier?«

Ich sehe sie fragend an. »Was genau?«

Sie rollt mit den Augen. »Alles! Weißt du eigentlich, wie viel Arbeit das war?«

Ich nicke und rudere zurück. Schließlich will ich sie nicht beleidigen, denn ich weiß ja, dass sie sich all das hier ausgedacht hat.

»Man sieht wirklich, wie viel Mühe du dir gegeben hast. Tut mir leid, Schnucki. Ich wollte nicht gemein sein. Und du siehst absolut fabelhaft aus.«

Jetzt schaffe ich es, sie zum Strahlen zu bringen.

»Danke schön«, entgegnet sie und dreht sich einmal um die eigene Achse, damit ich sie ausgiebig bewundern kann.

Anni sieht wirklich toll aus. Sie kann einfach alles tragen und ist unheimlich hübsch. Ich weiß nicht, wie sie es schafft, aber ihre hellblonden Haare sind, im Gegensatz zu meinen, immer glänzend. Ihre Nase ist klein und schmal, und ihre Augen sind groß und kornblumenblau.

Sie trägt ein tintenfarbenes Kleid, das sie mit einem roten Gürtel kombiniert, zu dem ihre roten Schuhe farblich perfekt passen. Außerdem hat sie eine Bombenfigur, weil sie wirklich sportlich ist. Sie ist einfach der totale Hingucker.

»Danke, aber jetzt mal im Ernst. Es ist doch schon schön hier, oder?« horcht sie nach, und ich nehme noch einen Schluck von meiner Cola, um etwas Zeit zu schinden, ehe ich ihr antworte.

»Ja, richtig toll, ich habe den Spaß des Jahrhunderts.«

Anni rollt mit den Augen. Dann beugt sie sich mit ihrem einladenden Dekolleté über den Tresen. »Entschuldigung, haben wir was Stärkeres für meine miesepetrige Freundin als Cola?«

Der Kellner grinst. »Klar, hast du irgendeinen besonderen Wunsch?«

Anni schüttelt den Kopf. »Nein, es sollte nur Alkohol drin sein.«

Sie zwinkert mir zu. Das kann sie gleich aufgeben.

»Ich brauche keinen Alkohol«, behaupte ich, obwohl ich schon gerne welchen hätte.

Anni grinst bloß. »Doch, tust du, und ich auch.«

Sie wendet sich an den Barkeeper. »Für mich das Gleiche.«

Er nickt nur, und Anni wendet sich mir wieder zu. »Du machst ja selbst dem Grinch Konkurrenz. Aber warte nur, das ändern wir heute schon noch. Ich meine, selbst der Grinch wurde erleuchtet.« Sie lächelt selbstsicher.

»Das war der grüne Kerl, der Weihnachten gestohlen und dann zurückgegeben hat, oder?«

Ein bisschen grün könnte ich von Zimtsternen durchaus anlaufen.

»Einer meiner Lieblingsfilme«, bestätigt Anni, was nur zeigt, wie verklärt ihre Sicht auf Weihnachten ist. Denn niemand, ich meine wirklich *niemand*, würde je behaupten, dass das ein Lieblingsfilm sein könnte.

»Du willst meine Laune aufpeppen, indem du mich betrunken machst?«, vergewissere ich mich.

Also, wer ist denn hier bitte betrunken, wenn er diesen Film mag? Hallo!

Sie nickt. »Das ist doch schon mal ein Anfang, oder?«

Jetzt lächele ich auch. Anni ist und bleibt einfach unverbesserlich.

»Tja, nur mal so zu meiner Verteidigung«, setze ich an.
»Obwohl das ja nicht nötig sein sollte.«

Sie gluckst. »Natürlich nicht.«

Bedeutungsvoll klopfe ich mir auf die Brust. »Ich hatte gerade ein wirklich atemberaubendes, um nicht zu sagen asthmatisches Gespräch mit einem Spezialisten aus eurer Vertriebsabteilung, der mich über faserigen Asbest zugetextet hat.«

Anni lacht laut los, und es dauert einige Sekunden, bevor sie wieder sprechen kann. »Oh, du hast Heinz kennengelernt.«

Hui! Das war ja mal eine schnelle Identifizierung.

»Allerdings! Wie kannst du da erwarten, dass ich … dass ich … dings …«

Sie blinzelt erwartungsvoll.

»… frohlocke?«, beende ich mein Plädoyer.

»Ein schönes altes Wort«, stimmt sie zu.

Ich mache eine umfangreiche Geste. »Das liegt nur an dieser Umgebung. Ich fühle mich gar nicht wie ich selbst. Außerdem wollte ich fernsehen.«

»Wir haben hier nachher noch was viel Besseres als dein *Ninja Warrior*.«

»Kann ja gar nicht sein!« Doch mein Blick wandert automatisch zum Plakat des Starnberger Sees. »Apropos, wann gibt es endlich die Lose? Die hältst du doch nur als Geiseln, damit ich nicht abhaue.«

Der Barkeeper stellt zwei rote Punschgläser vor uns ab.

»Jippie! Mein Lieblingsgetränk«, stöhne ich.

»Du kriegst nachher eins mit der Rute, wenn du so weitermachst«, droht Anni wenig überzeugend.

»Oh, Schatz, bitte nicht hier«, säusele ich und schenke ihr einen Augenaufschlag. »Spanking ist doch für zu Hause.«

Der Barkeeper betrachtet uns eine Spur zu neugierig.

»Wir haben dann alles«, behaupte ich und winke ihn weg.

»Wohl bekomm's«, wünscht er uns schmunzelnd.

Freudig schnappt sich Anni ihr Glas. »Worauf trinken wir? Auf einen schönen Abend?«

Ich nehme mein Glas ebenfalls zur Hand und nicke. »Ja, genau. Ein schöner Abend ...« Ich lächele zuckersüß und füge an: »der schnell vorbeigeht.«

Ich kann eben auch unverbesserlich sein.

»Sturkopf«, gluckst Anni.

Unsere Gläser klirren aneinander, und als ich den ersten Schluck nehme, muss ich zugeben, das dieser vermaledeite Eierpunsch gar nicht mal so verkehrt schmeckt.

»Was soll schnell vorbeigehen, Frau Engel?«, reißt mich eine Stimme aus dem Moment, und mein Blick wandert zu einem Mann im dunkelblauen Anzug.

Auch wenn er mich beim Namen nennt, bin ich ihm noch nie zuvor begegnet. Allerdings kenne ich sein Gesicht von der Firmenhomepage. Er gesellt sich zu uns an die Bar und lächelt sympathisch. Dabei sieht er aus wie ein typischer Franke. Unter dem Sakko verbirgt sich ein kleiner Bierbauch, und das Doppelkinn verrät, dass er sonntags gerne mehr als eine Schweinshaxe isst.

»Herr Dr. Brenner, darf ich vorstellen? Jule Engel, unsere grafische Koryphäe und meine beste Freundin.«

Freudestrahlend deutet Anni auf mich, und ihr Chef reicht mir seine Hand.

»Angenehm, das freut mich wirklich sehr«, sagt er, und sein Lächeln wird breiter. »Die Weihnachtskarten sind wieder hervorragend gelungen. Da spürt man eben gleich, dass ein echtes Weihnachtsherz in ihrer Brust schlägt.«

Anni, die gerade an ihrem Punsch nippt, verschluckt sich um ein Haar, und Dr. Brenner sieht erst sie und dann mich fragend an.

Schnell nickt meine Freundin eifrig und tippt mich an. »Ja, in ihrer Brust schlägt ein wirklich großes Weihnachtsherz. Einfach gigantisch. Sie war gewissermaßen meine Muse für all das hier.«

Sie deutet durch den Raum. Anni ist echt albern.

Doch Herr Dr. Brenner nickt wohlwollend. »Ja, das habe ich gleich gemerkt. Jedenfalls ist die Karte sehr schön geworden. Und es ist auch schön, Sie mal endlich persönlich zu treffen«, sagt er und mustert mich von oben bis unten. Auch wenn ich bei Weitem nicht so perfekt aussehe wie Anni, fühle ich mich in dem enganliegenden, schwarzen Cocktailkleid mit dem raffinierten Schlitz, welches ich für den Abend gewählt habe, recht wohl.

»Und Sie müssen sich auch absolut nicht verstecken, meine Liebe«, erklärt er und lacht dann, wobei sein Doppelkinn irritierend wippt.

»Sehr nett von Ihnen, vielen Dank«, entgegne ich und bin ein wenig peinlich berührt.

Herr Dr. Brenner reibt sich die Hände und schaut sich erwartungsvoll um. »Also, wann geht die Show los, Frau Nagler?« Er wendet sich an Anni, die ihren Blick kurz zur Uhr wandern lässt und dann wieder zurück zu ihm.

»In einer guten Viertelstunde. Oh, ich bin so gespannt, was Sie sagen, aber ich glaube, Sie werden begeistert sein.«

Wow, sie machen eine richtige Show aus der Tombola.

Seine Augen funkeln vorfreudig. »Ausgezeichnet. Da bin ich mir sicher. Sie haben ja schon bei der Planung ganze Arbeit geleistet.«

Anni lächelt und winkt ab. »Ach, das ist doch nicht der Rede Wert.«

Aber ich sehe genau, wie viel ihr das Lob bedeutet.

»Nun denn, würden Sie dann schauen, dass in circa zehn

Minuten alle Platz nehmen, ja? Und die Geschenke gibt es im Anschluss.«

Hä? Das soll jetzt noch gar nicht die Tombola sein?

»Äh, im Anschluss an was?«, wundere ich mich.

Bisher habe ich die Anhäufung von Tischen und Stühlen vor der Bühne für einen Teil der Tombola gehalten. So mit Tamtam eben. Eventuell noch Konfetti für den Sieger. Starnberger See. Starnberger See ...

»Na, für die Weihnachtsshow«, erklärt Herr Dr. Brenner, und klopft mir auf die Schulter. »Das wird toll. Wie schön, dass Sie hier sind, Frau Engel. Ich begrüße eben noch Herrn Grünbaum. Er ist nämlich einer unserer besten Vertriebler.« Dabei deutet er in die Richtung von Heinz, dem selbsternannten Asbest-Gelehrten.

»Oh, klar, es hat mich sehr gefreut«, sage ich noch und bin einerseits erleichtert, dass dieses Gespräch, das der eigentliche Grund meines Kommens war, überstanden ist. Aber andererseits ist die Aussicht auf noch mehr Warterei nur für eine Auslosung, bei der ich im Angesicht der Gesamtzahl der Lose ohnehin schlechte Karten habe, auch nicht gerade rosig. Ganz zu schweigen von meinem glücklichen Händchen – insbesondere in der Weihnachtszeit.

»Na, ist das so schlimm gewesen?«, neckt mich Anni.

»Nein, aber eigentlich könnte ich dann jetzt ja auch gehen, oder?«

»Wie bitte?« Sie rubbelt mit ihrem Finger in ihrer Ohrmuschel herum, als hätte sie Wasser im Gehörgang. »Ich kann dich so schlecht verstehen.«

Seufzend zucke ich mit den Schultern. »Ich meine, er hat mich gesehen, bisher leben alle noch. Ich denke ich sollte mein Glück nicht überstrapazieren. Wir wissen doch beide, dass ich nachher sowieso nicht gewinne.«

Außerdem ruft der Fernseher, und diese ganze Weihnachtsdeko hier stößt mich ab wie einen Fremdkörper. Als ob der Saal spüren würde, dass wir nicht füreinander bestimmt sind.

»Jedes Los gewinnt«, beharrt Anni stur.

»Du weißt, was ich meine. Und gerade erfahre ich, dass die Tombola erst noch später stattfindet. Ob das überhaupt noch vor Mitternacht passieren wird?«

Bedeutungsschwer lasse ich den Satz in der Luft hängen. Okay, vielleicht übertreibe ich gerade etwas.

Anni verschränkt die Arme vor der Brust und sieht mich mit einem bösen Blick an. »Unterstehe dich! Du wirst dir die Show noch ansehen, und danach holen wir uns das Silvesterwochenende im Wellnesshotel. Mach jetzt nicht schlapp! Was würde wohl der Starnberger See dazu sagen, wenn du nicht kommst, obwohl du könntest?«

»Ich glaube der spricht nicht so viel.«

Doch mein Einwand verhallt unbeachtet.

Anni stemmt die Hände in die Seiten und tippelt ungeduldig mit der Fußspitze auf dem Boden herum. »Tja, wenn du lieber vor dem Fernseher vergammelst, um zuzusehen, wie andere für ihre Ziele kämpfen, während du bloß die Couch hütest ... Das ist ja nicht so beeindruckend.«

»Hey!«

»Die beißen sich wenigstens durch, um *Ninja Warrior* zu werden. Da kommen die nicht ohne eiserne Disziplin hin.«

»Du klingst gerade so streng, dabei soll das doch 'ne Party sein.«

Anni lässt sich nicht beirren. »Keiner von denen sagt: ›Oh, ich glaube, ich will mein Glück jetzt mal nicht überstrapazieren.‹« Dabei malt sie mit ihren Fingern Gänsefüßchen in die Luft.

So, wie sie das sagt, klingt es ein bisschen hohl, und irgendwie schafft sie es, mir ein schlechtes Gewissen einzureden. Ich weiß genau, dass hier schon wieder ihre Jedi-Voodoo-Kräfte am Werk sind. Wahrscheinlich ist in Wahrheit sie der Chef und Herr Dr. Brenner steht unter ihrer geistigen Kontrolle.

*Was würde der Starnberger See dazu sagen?*

Auf so was kann echt nur Anni kommen.

Ich seufze ergeben, auch wenn die lange Warterei völlig unverhältnismäßig ist. Immerhin ist seit Stunden nichts Interessantes passiert, und wie es aussieht, bleibt es vorerst dabei. Nicht zu vergessen die schlechten Gewinnchancen. Aber das würde sie mir ewig vorhalten, und das Plakat mit dem Seemotiv wirkt geradezu hypnotisierend auf mich. Außerdem bin ich ihre beste Freundin, und sie macht so ein Riesending draus.

»Na gut.«

Sofort strahlt sie mich bis über beide Ohren an. »Jippie! Dann bis später. Ich muss jetzt eben noch ein paar Sachen erledigen, schließlich bin ich für die ganzen Abläufe zuständig. Und wehe du haust ab, dann wird mein Fluch fürchterlich sein.« Sagt es und lächelt gleichzeitig.

»Ja, okay, ich bleibe noch.«

Eilig leert sie ihr Glas und streicht sich dann über das Kleid. »Prima, wir sehen uns in ein paar Minuten am Tisch. Das wird so toll, glaub mir.« Mit diesen Worten verschwindet sie in Richtung Küche, während ich alleine an der Bar zurückbleibe und einen amüsierten Blick vom Barkeeper ernte.

Jaja, ich kann so richtig durchsetzungsfähig sein. Darauf noch einen Schluck von meinem Lieblingseierpunsch.

# Kapitel 3

Nur noch die Show, dann die Tombola und dann, ja dann, haue ich endlich ab. Nicht gerade das Schnellprogramm, auf das ich gehofft hatte, aber meine Fernsehsendung könnte ich gerade auch nicht genießen, wenn mir dabei bloß durch den Kopf schwirren würde, dass ich keinen Kampfgeist gezeigt hätte.

Dabei gehöre ich eben zu den Leuten, die Sport lieber schauen, als ihn selbst zu machen. Und anderen beim Arbeiten zusehen, macht bekanntlich auch mehr Spaß, als selbst zu malochen. Aber okay, mittendrin aufgeben stellte keine Option mehr dar.

Immerhin habe ich den schwierigsten Part des Abends bereits überstanden. Der Pflichtteil mit Herrn Dr. Brenner ist abgehandelt, ebenso der kollegiale Smalltalk. Ich habe mehr über Asbest gehört, als ich je in Erfahrung bringen wollte, und sogar ein Weihnachtsgetränk probiert. Sogar ohne Vortäuschung einer körperlichen Abwehrreaktion. Das alles in extrem weihnachtlicher Umgebung bei ständiger Überreizung meiner Augen, Ohren und Nase mit Tannengrün, ätherischem Duftöl und ewigen Weihnachtsjingles. Alles in allem konnte ich durchaus stolz auf mich sein, auch wenn Anni das herunterspielen würde.

Was sollte jetzt noch schief gehen? Im schlimmsten Fall würde ich das Wochenende am Starnberger See nicht gewinnen. Nein, halt, im schlimmsten Fall würde ich nicht gewinnen *und* Wollpulli-Wolfgang mit seinem Segelboot kennenlernen *und* ihn heiraten, um mit ihm bei seiner Mutter zu wohnen, bis sie das Zeitliche segnet oder ich von einem Segelmast erschlagen werde. Phhh! Das wäre wie Halloween und Weihnachten auf einmal. Total gruselig!

Aber das wird nicht passieren. Ich greife nach meinem Punsch und trinke einen kräftigen Schluck, als mir im Augenwinkel ein Mann auffällt, der ebenfalls an der Bar steht.

Puh! Es ist nicht Wolfgang. Auch nicht Heinz. Im Gegenteil. Er ist jung, hat blonde Haare und vor sich ein Getränk in einer stiefelförmigen Tasse. Vielleicht Punsch oder Glühwein. So groß ist die Auswahl hier ja nicht. Aber was auch immer es ist, eigentlich kann ich mich gar nicht darauf konzentrieren, denn als er den Blick hebt und zu mir sieht, dringt ein heftiger Stoß durch meinen Magen.

Er hat unglaublich grüne Augen. Hoffnungsvolle Augen, die alles überstrahlen. Und ich merke, wie es sofort in meinem Bauch zu kribbeln beginnt. Einfach überall. Es ist wie ein Fieber, das mich plötzlich packt, und ich schlucke hart.

Weil es absolut nicht sein darf! Rasch schaue ich wieder weg, aber lange gelingt es mir nicht. Wie von selbst wandern meine Augen doch zu ihm zurück, und abermals treffen sich unsere Blicke.

Bumm, bumm. Mein Herz gerät aus dem Takt.

Er ist wirklich ein attraktiver Mann, wie er da lässig an der Theke lehnt. Selbstbewusst und groß gewachsen. Ganz schön hot. Das muss ich zugeben. Ein leichtes Lächeln legt sich über seine Lippen.

Ob er mich meint?

Kurz sehe ich mich prüfend um. Aber da ist niemand sonst. Zumindest glaube ich nicht, dass er den ältlichen Herrn im grauen Anzug meint. Wobei ... Heutzutage ist ja alles möglich. Schließlich bin sogar ich auf einer Weihnachtsfeier, und das allein ist wie ein Ausflug ins Wunderland.

Ein bisschen magisch mutet der Moment schon gerade an. Erneut sehe ich mich zu ihm um. Wieder lächelt er, und ich überlege, ob ich zurücklächeln sollte, aber dann wende ich mich geschwind ab.

Nein, Jule, denk erst gar nicht darüber nach, mit irgendeinem Typen herumzuflirten. Das kann nur in die Hose gehen. Zumindest zur Weihnachtszeit ist das tabu. Denn alles, absolut alles, was mit Weihnachten zu tun hat, entpuppt sich am Ende doch als der totale Reinfall.

Auch wenn Anni meint, ich soll positiv denken.

Auch wenn seine Augen unheimlich grün sind und er unglaublich anziehend auf mich wirkt.

Auch wenn meine Haut prickelt und kleine Blitze vor meinen Augen tanzen.

Am Ende wird es so sein wie bei einem hübsch eingepackten Geschenk. Dann täuscht die Verpackung, und es sind lediglich Hausfrauenartikel oder Omas ewige altbackene Ringelsocken drin.

Ja, so ist es.

»Na, schon in Weihnachtsstimmung?«, spricht er mich plötzlich an, und ich zupfe nervös an meinem Ohrläppchen. Seine Stimme ist tief und sinnlich. Das verwirrt mich so sehr, dass ich einige Sekunden brauche, um über seine Frage nachzudenken.

»Äh, nein, ich bin nur für die Tombola hier.«

Reden wir gerade wirklich?

Er grinst und nickt solidarisch. »Ja, ich auch.«

»Zufälle gibt's«, murmele ich und trete mir gleichzeitig in den Hintern.

Nein, Jule, es gibt keine Zufälle, das hier ist nicht dein Traumprinz, und wahrscheinlich stimmt sowieso etwas nicht mit ihm. Ich meine, wer ist schon sexy und trotzdem allein an der Bar? Vielleicht ist er irgendwie pervers oder so. Aber so sieht er gar nicht aus. Er trägt nicht mal eine bescheuerte Weihnachtskrawatte. Und diese magnetischen grünen Augen. Ob das irgendwie an der Lampe über uns liegt? Sie sind wie Smaragde in einem Flussbett.

»Kann ich dich noch zu einem Getränk einladen?«, bietet er an. Er ist so toll, dass meine Alarmglocken schrillen. Wo ist der Haken?

»Nein, ich bin gerade fertig.« Ich schüttele den Kopf und nage zweifelnd an meiner Unterlippe.

Ein netter Typ auf einer Weihnachtsfeier – das ist so wahrscheinlich wie ein Sechser im Lotto.

Ich meine, ich hatte das schon. Allerdings sechs Falsche. Das schaffe ich öfters.

Ich starre in mein leeres Punschglas und hadere mit mir selbst. Kann ein kleiner Flirt schaden, wenn ich mir nichts vormache? Wenn ich weiß, dass immer alles schief geht?

»Kommst du?«

Ich zucke zusammen und blinzele verwirrt. Anni steht vor mir und mustert mich.

Wie lange bin ich in meinen Gedanken versunken?

»Klar, ich bin bereit«, erwidere ich automatisch.

Aber dann drehe ich mich doch noch mal zu dem Typen um. Doch er ist weg.

»Alles okay?«, wundert sich Anni, als ich ins Leere starre. »Die anderen sitzen schon.«

»Ja, mein Punsch ist nur alle«, tue ich es ab. Tatsächlich muss ich feststellen, dass ihre Kollegen bereits ihre Plätze eingenommen haben. Wann ist das alles geschehen? Wer hat an der Uhr gedreht?

Anni bestellt mir einen neuen Punsch und schiebt ihn mir hin. »Hier, das wird helfen. Du stehst ja heute total neben dir.

Und jetzt komm, geh zu deinem Platz. Ich kündige gleich alles an. Das wird ein Spaß!«

Den Punsch serviert sie mir zusammen mit einem Grinsen. Dann huscht sie auch schon auf die Bühne, und ich begebe mich an unseren Tisch. Meine Bewegungen fühlen sich seltsam ferngesteuert an. Ich nehme Platz und trinke einen Schluck aus meinem Glas.

Wirklich nicht schlecht, das Zeug. Eigentlich sogar lecker. Apropos lecker – ein letztes Mal sehe ich mich noch nach diesem Typen um. Doch er ist und bleibt verschollen.

Wenngleich ich mir einrede, dass es besser so ist, spüre ich einen leichten Stich. Er war schon wirklich süß. Diese Augen. Dieser Blick. Dieses Funkeln.

*Geschenk und Inhalt*, ermahne ich mich, als das Licht gedimmt wird und Anni gegen das Mikrofon klopft.

»Test eins, zwei, drei.« Sie grinst. »Kleiner Spaß. Meine lieben Kolleginnen und Kollegen, es freut mich unheimlich, dass wir uns heute zu dieser herrlichen Weihnachtsfeier treffen. Ein ganzes Jahr ist schon wieder geschafft, und wir haben alle wirklich gute Arbeit geleistet.«

»Genau!«, tönen einige Kollegen, und Anni erntet einen kleinen Applaus.

»Prima, ihr seid leicht zufriedenzustellen. Aber trotzdem sollt ihr nur das Beste vom Besten bekommen.«

»Immer her damit«, feixt jemand.

Anni lässt sich nicht beirren. »Jetzt zusammen zu feiern, ist eine – wie ich finde – zauberhafte Sache«, sagt sie und schenkt allen ein strahlendes Lächeln.

»Damit der Abend unvergesslich wird, habe ich mir, mit Zustimmung von Herrn Dr. Brenner, etwas Besonderes einfallen lassen.«

Ich bin schwer versucht, »Tombola« zu rufen, doch ich halte

mich zurück und nippe stattdessen am Punsch. Bald würde ich noch einen in der Krone sitzen haben.

»Wie ihr ja alle wisst, hegen wir die lange Tradition einer Wichtelaktion, doch dieses Jahr ist unsere Hauptattraktion eine Tombola, bei der uns Herr Dr. Brenner beschenkt – bitte, einen herzlichen Applaus dafür.«

Alle klatschen, und ich klatsche hoffnungsvoll mit.

»Aber zuvor, zum Warmwerden, haben wir noch ein fabelhaftes Programm für euch auf die Beine gestellt. Den Auftakt macht unser geschätzter Herr Kollege Heinz Grünbaum mit seiner sonoren Stimme. Begrüßt mit mir ganz herzlich den Heinzinator der Musikwelt.«

Aaaaah!

Also dafür ist der Alkohol.

Anni zwinkert mir zu, als die große Talentshow beginnt, in der alle zeigen, was sie außer Arbeiten noch so können. Heinz singt Karaoke. Seine zuvor nichtssagende Stimme ist plötzlich wie verwandelt, als er *Rudolph, the Red-Nosed Reindeer* trällert, während er dabei eine rote Nase trägt.

Dann kommt Bärbel, die einen Stepptanz aufführt.

Und Wolfgang, der uns Seemannsknoten beibringt, die man angeblich auch beim Geschenkeverpacken einsetzen könnte, aber irgendwie muss ich an einen Kidnapper denken. Ganz sicher gehe ich niemals auf sein Boot.

Sogar Herr Dr. Brenner macht mit. Er spielt *Ave Maria* auf der Flöte.

Eine Margot trägt theatralisch ein Gedicht vor – *Es treibt der Wind im Winterwalde* –, und ein Achim veranstaltet mit allen ein Weihnachtsquiz, bei dem ich kläglich scheitere. Mein Punsch ist leer, ich sehe längst nicht doppelt, aber dafür eine Zaubershow von zwei verkleideten Feuerwehrmännern. Danach führt eine Anneliese einen Kumbaya-My-Lord-Tanz-Gesang mit Tamburin auf. Das Gerassel der kleinen Schellen daran brennt sich in meine Ohren wie ein Tinnitus.

Bitte, bitte, mach, dass es aufhört.

Anni tritt für die nächste Anmoderation ans Mikrofon. Was kommt jetzt? Frösche verkleiden? Synchronklatschen und um die Tische tanzen? Zuckerstangenziehen? Oder machen wir eine große Kollage für die Brandschutztür?

Was es auch ist, es kann nur so spannend werden, dass ich mich aufhängen will.

»Ja, das war toll!«, juchzt sie begeistert und alle jubeln. Manche stampfen sogar mit den Füßen. So ähnlich müssen Kaffeefahrten sein. Dir wird ein Wellnesswochenende versprochen, und am Ende hast du eine Rheuma-Matratze für dreitausend Euro gekauft. Merry Christmas.

»Und nun zum Höhepunkt des Abends«, verkündet Anni. »Wir könnten die Lose für unsere großartige Tombola jetzt einfach so verteilen, aber das fände ich ziemlich schmucklos. Und was wäre Weihnachten ohne einen waschechten Weihnachtsmann?«, fragt sie und fängt an zu grinsen.

Ein Raunen geht durch den Saal.

Ach, du liebe Zeit, sie wird doch nicht etwa einen Stripper engagiert haben?

Der Gedanke hat kaum Zeit, in meinem Kopf Gestalt anzunehmen, als sie schon weiterspricht: »Und, ihr Lieben, er ist heute hier. Der echte Weihnachtsmann! Er ist extra vom Nordpool angereist. Also, geschätzte Kolleginnen und Kollegen, begrüßt mit mir allerherzlichst den Weihnachtsmann!«

Anni grinst, ein Tusch ertönt und Weihnachtsmusik setzt ein.

Fassungslos starre ich auf die Bühne, die jetzt unter tosendem Beifall vom Weihnachtsmann betreten wird, bisher nicht mehr als ein Umriss mit Kostüm.

Okay, das hier sind alles erwachsene Menschen. Wir sind auf keinem Kindergeburtstag. Aber das scheint niemanden zu stören. Im Gegenteil. Anscheinend bin ich die Einzige, die es eigenartig findet.

Unbehaglich klatsche ich mit und setze eine fröhliche Miene auf, als mich Herr Dr. Brenner erwartungsvoll ansieht, der ebenfalls begeistert mitklatscht.

Ob es noch schlimmer werden kann, frage ich mich, als der Weihnachtsmann an den Mikrofonständer tritt.

Ja, es kann. Denn der Weihnachtsmann ist kein Geringerer als der Typ von der Bar.

# Kapitel 4

Na toll, da finde ich einmal seit Ewigkeiten einen Mann interessant, und dann ist er gleich der Weihnachtsmann. Von allen Kerlen auf diesem Planeten. Ausgerechnet das! Die Verkörperung von so ziemlich allem, was ich fürchterlich finde.

Dabei wirkte er so nett. Sexy. Irgendwie normal. Aber die skeptische Stimme in meinem Hinterkopf hat Recht behalten. Wenn etwas zu gut ist, um wahr zu sein ... Da wären wir wieder beim Thema.

»Ho, ho, ho!«, hallt es durch den Raum, während er eine goldene Glocke läuten lässt, und ich stöhne innerlich. »Seid ihr denn alle artig gewesen?«

Natürlich sorgt diese Frage für heiteres Gelächter.

Ähm, eigen-artig oder un-artig vielleicht?

»Was, wenn nicht?«, ruft eine Kollegin mittleren Alters, die ihn kokett mustert.

»Das wäre allerdings ein Problem. Lose gibt es nur für brave Mitarbeiter.« Er lässt die Augenbrauen wackeln, die dabei unter dem weißen Pelzbesatz seiner Mütze verschwinden.

»Mist!«, ruft sie lachend. »Ich meine, ich bin alles, was du willst.«

»Moni, hör auf zu träumen«, scherzt Heinz.

»Dann bist du artig«, schlägt Santa Claus vor. »Nun, wie dem auch sei. Ich bin heute extra weit, weit vom Nordpol hergekommen, um an dieser tollen Veranstaltung teilzunehmen, und ich habe Lose für tolle Geschenke dabei, die jetzt verteilt werden.«

Endlich! Fast bin ich geneigt, noch einmal zum Plakat des

Starnberger Sees zu schauen, aber irgendwie kann ich meinen Blick von dem Mann auf der Bühne nicht abwenden. Was für eine skurrile Mischung aus hot and not, wobei das Not allein von seiner Aufmachung herrührt. Allerdings symbolisiert das einen ziemlichen Sprung in der Schüssel. Das ist, als würde man eine Katze gegen das Fell bürsten. Und wenn er so was macht, hat er wahrscheinlich noch andere Leichen im Keller liegen.

»Natürlich benötige ich ein klein wenig Hilfe«, behauptet er. »Denn der Weihnachtsmann hat ja immer einen lieben Wichtel an seiner Seite. Welcher Weihnachtswichtel würde sich denn freiwillig zur Verfügung stellen?«

Er lässt seinen Blick durch den Saal schweifen.

»Moni!«, schlägt Heinz vor. »Du wolltest doch alles sein, was er will.«

»Ich dachte da an etwas Privateres«, verwehrt sie sich glucksend. »Wenn du verstehst.«

»Lass den armen Mann verschnaufen. Er kommt eben erst vom Nordpol.« Nach einer kunstvollen Pause fügt Heinz an: »Ich dagegen bin schon den ganzen Abend hier.«

Ich wusste es! Ich wusste es!

Auf diesen Weihnachtsfeiern versuchen also doch alle dasselbe.

»Ho, ho! Nicht gleich so viele auf einmal«, scherzt der Weihnachtsmann.

Na gut, er vielleicht nicht. Der sucht nur seinen Wichtel, was irgendwie auch pervers ist. Er lässt seinen Blick weiter suchend über die Köpfe der Anwesenden hinweggleiten.

Instinktiv verstecke ich mich hinter der kleinen Menükarte, die auf dem Tisch steht, obwohl ich das Ding bald schon auswendig kenne. Aber darum geht es gerade nicht. Ich will einfach nur äußerst beschäftigt wirken. Bloß keinen Augenkontakt. Bloß nicht auffallen, denke ich mir, und versuche, ihn so gut es geht zu ignorieren.

Es ist schwer zu sagen, welcher Teufel mich reitet, als ich hinter der Karte zu ihm hervorspicke. Okay, möglicherweise ist es schwieriger als gedacht, diesen verstörend gut aussehenden Santa Claus zu ignorieren. Seine Augen funkeln amüsiert, und das Licht der Bühne lässt seine Gesichtszüge noch markanter wirken.

Zerstreut fächele ich mir mit der Karte etwas Luft zu. Ist das schwül hier drin! Kein Wunder bei einem Saal voller Gäste und Speisen. Nervös lege ich die Karte weg, reibe über meinen Hals abwärts und zupfe am Oberteil meines Kleides.

Nein, ich will ihn ja gar nicht anstarren. Diesen unverschämt attraktiven Kerl mit seinem selbstsicheren Lächeln. Verdammt, wie schafft er es, in so einem albernen Kostüm so selbstbewusst zu bleiben? Es ist ja nicht so, als würde ihn niemand im dem Outfit sehen.

Mich hingegen machen Menschenmengen total nervös. Besonders, wenn sich ihr Fokus auf mich richtet, weil ich eine Ansprache halten soll oder so was. Deshalb liegt mir die selbständige Arbeit von zu Hause aus sehr. Da habe ich Ruhe. Das hier ist verrückt. Total verrückt.

Ich bemühe mich, irgendwo anders hinzusehen, und wünsche mich meilenweit fort. Wieso bin ich nur hier? Es ist so voll. Mir ist viel zu warm und mulmig zumute. Wieso kann der Kerl nicht endlich einen Wichtel finden?

»Wie wäre es mit Ihnen?«, höre ich dumpf seine Stimme durch den Saal klingen.

Meine Augen gleiten über die Menge, und ich frage mich, wer nun wohl aufsteht.

Wieso sehen mich die Leute an?

Und wieso ist es plötzlich so grell?

Ich lege die Hand an die Stirn, um meine Augen abzuschirmen, und blinzele in Richtung Bühne, von wo aus ein Scheinwerfer auf mich gerichtet ist. Aber schlimmer noch: Santa Claus sieht mich direkt an und deutet mit seinem ausgestreckten Finger auf mich.

»Was?«, murmele ich benommen.

»Kommen Sie!«, ermuntert er mich – Hilfe, *mich!* Er dreht seine Handfläche nach oben, während er die Hand unverwandt zu mir ausstreckt, als wollte er mich dazu einladen, zu ihm zu kommen und sie zu ergreifen.

Nope.

Das muss eine Verwechslung sein. Nicht zum ersten Mal hege ich diesen Gedanken bei ihm. Schon vorhin konnte ich schwer glauben, dass er mich gemeint hatte. Doch jetzt ist alles noch viel surrealer. Alle beobachten mich, warten meine Reaktion ab. Selbst dieser vermaledeite Scheinwerfer lässt nicht von mir ab.

»I... Ich bin nur die Grafikerin«, stammele ich. »Für die Karten.«

Mit flattrigen Fingern ergreife ich die Menükarte und wedele demonstrativ mit ihr herum, auch wenn ich diese Karte zur Abwechslung mal nicht gestaltet habe. Aber darum geht es gerade nicht. Das muss er doch einsehen.

Wo ist eigentlich Anni? Sie muss mich retten.

»Ach, kein Problem«, beschwichtigt mich der falsche Weihnachtsmann. »Sie sehen wie der perfekte Weihnachtswichtel aus.«

Das hat er jetzt nicht gesagt.

»Wie bitte?«

Verschwörerisch legt er die Hand an den Mund und raunt mir zu, als wären hier nur wir beide: »Ich bin sonst auch kein Weihnachtsmann.«

Ist mir sch...egal. Ich will hier weg!

»Ho, ho, ho«, tönt er sogleich.

Nö, nö, nö, hallt eine innere Stimme dagegen.

Die Anwesenden lachen und jemand zeigt sich ganz verblüfft: »Dann stimmt das mit dem Nordpol etwa auch nicht?«

»Doch natürlich«, entgegnet er. »Deswegen konnte ich auch einspringen. Der echte Weihnachtsmann und ich, wir wohnen Tür an Tür. Manchmal tauschen wir Kostüme.«

Plötzlich schießt mir durch den Sinn, dass ich doch noch schnell einen Weihnachtsschock vortäuschen könnte. Allergie auf Zimtsterne oder so etwas, doch als ich in die geschwungene Kristallschale auf dem Tisch linse, finde ich dort nur noch Krümelreste vor.

Mist! Mir gehen die Ideen aus. Mein vom Adrenalin umwölktes Gehirn weiß keine Lösung für dieses fürchterliche Problem.

»Na, gehen Sie schon hoch«, will Heinz mich animieren. »Wir könnten es auch nicht besser machen, und außerdem wollen wir unsere Lose.«

»Aber ich bin nur extern«, versuche ich, mich herauszuwinden.

»Der Weihnachtsmann auch«, hält die Kumbaya-Liese dagegen.

Anni!, rufe ich im Stillen den Namen meiner Freundin, als würde sie das wie einen schützenden Schild heraufbeschwören. Doch natürlich klappt das nicht. Das Augenmerk aller bleibt auf mich gerichtet, und ich spüre, wie meine Ader an der Schläfe zu puckern beginnt.

Santa Claus lächelt mich noch immer an. Das macht er mit Absicht. Mit purer Absicht. Ich will ihn mit seiner puscheligen Bommelmütze verprügeln.

»Ja, Frau Engel, trauen Sie sich ruhig«, schaltet sich nun

auch noch Herr Dr. Brenner ein, was mich dazu zwingt, mich zusammenzureißen. »Wir sind hier wie eine große Familie, und Sie gehören dazu.«

Wenn er wüsste, was mir gerade durch den Kopf geht, würde er mich nicht in seine Firma adoptieren. Bommelmützenprügel ist nicht halb so besinnlich, wie er denkt.

»Das ist die perfekte Wahl«, beteuert er. »Sie hatten ja noch keine Gelegenheit für einen Bühnenauftritt, und viele von uns waren schon dran.«

Er scheint ernsthaft zu glauben, ich würde mich außen vor gelassen fühlen, wenn ich nicht auch mal auf die Bretter, die die Welt bedeuten, dürfte. Dabei könnte er nicht falscher liegen. Aber es ist schwer, der Hand, die einem sonst das Futter reicht, etwas abzuschlagen.

»Wenn Sie wirklich meinen«, knirsche ich ergeben. »Das ist echt sehr nett von Ihnen.«

»Prächtig«, stimmt Herr Dr. Brenner zu. »Dann haben wir unseren Weihnachtswichtel, würde ich sagen.«

Sofort fangen alle im Saal an zu klatschen, und der Moment, als ich mich aus meinem Stuhl erhebe, kostet mich einiges an Überwindung. Es ist, als wäre die Schwerkraft heute stärker als sonst. Meine Beine sind puddingweich, und mein Herz trommelt wie eine wild gewordene Büffelherde.

Das ist das Alter. Kein Zweifel, denn in der gegenwärtigen Situation bin ich gewiss gleich um mehrere Jahre, wenn nicht Jahrzehnte, gealtert.

Falls ich Glück habe, falle ich in Ohnmacht. Probehalber verharre ich noch ein paar Sekunden länger am Tisch, um auf den Effekt zu warten, doch den Gefallen tut mir mein Körper wiederum nicht.

Allerdings entdecke ich, von meiner stehenden Position aus, endlich Anni. Aber es ist anders, als ich es mir vorgestellt habe, und zwar, weil sie begeistert durch zwei Finger pfeift und mich anfeuert.

»Ja, Jule!«

Na, wunderbar. Eben habe ich mich noch gefragt, ob es schlimmer gehen kann. Nun habe ich die Antwort. Es geht schlimmer. Immer.

# Kapitel 5

Unter tosendem Applaus und mit dem Gefühl von Gicht, Arthritis und Rheumatismus – alles zugleich – im Leib schiebe ich mich gegen meinen Willen bis zur Bühne vor. Es ist echt bescheuert, dass ich nun auch noch den Weihnachtswichtel spielen soll. Am liebsten würde ich einfach nur im Boden versinken. Stattdessen muss ich das Podest erklimmen, das in meiner Lage so ungastlich wie der Mount Everest im tödlichen Himalaya anmutet.

Mich beobachten sowieso schon alle. Ihre Blicke brennen sich überdeutlich in mein Bewusstsein. Meine Wangen glühen, meine Finger kribbeln und ich fühle mich ganz atemlos. Auf der Bühne wird das alles noch viel schlimmer sein. Dann kommt das Rampenlicht dazu. Das Lampenfieber. Der Weihnachtsbammel. Das Gefühl, im falschen Film besetzt worden zu sein.

Alles nur *seinetwegen*!

Zwinkernd hält der Weihnachtsmann mir die Hand entgegen, ohne sich seiner verheerenden Wirkung bewusst zu sein, und ist auch noch zu Späßen aufgelegt: »Hallo, mein hübsches Kind, wie heißt du denn?«

Ernsthaft?

Ich sehe ihn an und kneife die Augen zusammen, als könnte ich ihn dadurch niederstarren. Aber er zuckt nicht mal mit der Wimper. Schließlich greife ich nach seiner dargebotenen Hand, die ich jedoch absichtlich viel zu fest drücke. Hoffentlich zerquetsche ich ihm dabei ein paar Finger, denn das hätte der freche Kerl durchaus verdient. Allein dafür, dass er findet, dass ich wie ein Wichtel aussehe. Welche Frau hört *das* denn bitte schon gerne?

Dabei trage ich ein hinreißendes, enganliegendes Cocktailkleid und habe mich stundenlang für diese Feier aufgebrezelt, zu der ich eigentlich gar nicht kommen wollte. Weil ich so grundanständig bin und mich entschieden zu oft zu irgendwelchen Aktionen breitschlagen lasse. Offenkundig sogar zum Wichteln. Und das heißt wirklich viel bei mir. Aber darüber zu spotten, schlägt dem Fass den Boden aus.

Sollte ich ihn bisher auch nur eine Sekunde lang sympathisch gefunden haben, dann ist das jetzt aber so was von Geschichte.

Wobei, seine Augen ... Sie funkeln selbst jetzt, da ich seine Hand malträtiere. Eine gewisse Herausforderung liegt in ihnen, als würde mein Handeln ihn lediglich zu irgendwas anstacheln.

Plötzlich zieht er mich mit einem Ruck zu sich hoch, und ich strande fast auf seinem starken Körper. Meine Hände legen sich wie von selbst auf seine feste Brust, und seine Arme schmiegen sich schützend um meine Taille.

»Hoppla«, raunt er, und ich schlucke hart.

War das nun ein Unfall oder Absicht?

Das ist ehrlich schwer zu sagen, denn ich kann kaum klar denken, wenn er mir so nah ist. Der Duft seines Parfums oder Deodorants steigt mir in die Nase. Von einem Aftershave kann es nicht kommen, denn unter dem angeklebten weißen Rauschebart, der ein bisschen schief an seinem Kinn hängt, bedecken raue Stoppeln sein Gesicht. Aber was es auch ist, es vernebelt mir die Sinne. Er riecht so gut, dass ich tief einatme.

»Hallo«, begrüßt er mich erneut, und die Strahler an der Decke spiegeln sich wie ein Sternenmeer in seinen Augen wieder.

Das ist es also, weshalb sie so glänzen. Das muss es sein. Dichte, dunkle Wimpern werfen Schatten auf seine grüne Iris. Wie lange wir so dastehen, kann ich kaum sagen. Aber dann dringt eine Stimme zu mir durch.

»Hey, der ist für mich«, beschwert sich Moni, und ihre Worte holen mich zurück ins Hier und Jetzt, wo ich gut sichtbar für jedermann an Santa geschmiegt auf dem Podium stehe, als wäre ich eine willenlose Marionette und er mein Held oder so ein Unsinn.

Sogleich reiße ich mich zusammen, bin ganz fokussiert. Total. Behände streiche ich mein Kleid glatt und weiche auf wackligen Beinen einen Schritt zurück.

Er lächelt immer noch, und sein Blick ist so intensiv, als würde er bis auf den Grund meiner Seele dringen können. »Verzeihung, deinen Namen habe ich jetzt nicht verstanden.«

Kein Wunder. Irgendwie hat es mir die Sprache verschlagen. Das ist eindeutig meine Bühnenpanik. Ich räuspere mich und lächele unsicher in die Menge. Lenke meinen Blick von ihm ab.

Doch das ist irgendwie gar nicht besser. Verdammt, sind das viele! Mit einem Mal steigt mein Respekt für all jene, die sich zuvor auf die Bühne getraut haben. Ich hatte es nur als unsinniges Programm abgetan, aber nun, da ich selbst hier stehe, frage ich mich, wie man überhaupt irgendeine Performance bewerkstelligen soll. Es grenzt an ein Wunder, dass Wolfgang sich nicht verknotet oder Herr Dr. Brenner sich nicht auf seiner Flöte verspielt hat. Selbst die Darbietung mit dem Tamburin erscheint mir nun weniger lächerlich.

»Ähm, Jule«, entgegne ich und versuche, nicht so aufgeregt zu klingen, wie ich mich gerade fühle.

»Jule.« Es ist, als würde er meinen Namen auf seiner Zunge zergehen lassen, und mein Blick gleitet nun doch zurück zu ihm. Er steht da und lächelt. »Das ist ein wirklich schöner Name.« Dabei sieht er mir etwas zu lange in die Augen.

Doch allmählich bin ich mir seiner betörenden Wirkung bewusst. Das ist in gewisser Weise so ähnlich, wie wenn meine Freundin Anni ihre geheimen Jedi-Tricks anwendet. Nur, dass es sich bei ihm völlig anders anfühlt.

Aber er kann vergessen, dass ich mit ihm flirte oder auch nur zurücklächele. Und nicht bloß, weil er ein Weihnachtskostüm trägt. Allerdings stört der weiße Rauschebart immens. Ich stehe weder auf Hipster, noch auf ältlich anmutende Männer. Erst recht nicht vom Nordpol.

»Schön, dass du mich heute unterstützt«, sagt er zwinkernd.

Jedi-Tricks! Jedi-Tricks, rufe ich mir in Erinnerung. Dagegen bin ich immun.

»Einen kräftigen Applaus für unseren Tombola-Wichtel«, ruft er aus, und macht es mir gleich viel leichter, ihn nicht zu mögen.

Das Publikum klatscht beifällig. Sicher ist die Euphorie auch der zügellosen Vorfreude auf die Tombola geschuldet.

Er hebt die Hände, um die Menge wieder zu beschwichtigen, und wendet sich mir mit einem spitzbübischen Lächeln zu. »Also, lieber Weihnachtswichtel, nun sag uns mal, was ist das Schönste an Weihnachten?«

Je öfter er mich Wichtel nennt, umso mehr baut sich in mir der unbändige Drang auf, ihn mit seiner Zipfelmütze oder besser noch einer Rute zu drangsalieren. Aber wo sind denn bitte die Ruten dieser Welt, wenn man sie mal braucht? Natürlich nicht hier.

Dabei hat er sonst nicht gerade an seiner Verkleidung gespart. Der Mantel, den er trägt, ist aus einem tiefrot glänzenden Samtstoff gefertigt, der mit dichtem Kunstpelz verbrämt ist, und in meiner Erinnerung weiß ich, wie weich sich das

Material angefühlt hat. Ein schwarzer Gürtel mit goldener Metallschließe hält alles um seiner sportlichen Taille zusammen. Die roten Hosen verschwinden in edlen, dunklen Fliegerstiefeln, die teils aus Glatt-, teils aus Veloursleder bestehen und zudem mit Lammfell gefüttert sind.

Ziemlich modisch in Anbetracht der Umstände.

Doch die Rute fehlt. Er hat nur einen Geschenksack und diese alberne Glocke dabei.

Also schön, demnach werde ich wohl nicht als die Frau, die den Weihnachtsmann verprügelt hat, in die Annalen der Firmengeschichte eingehen. Stattdessen werde ich schonungslos in die Show integriert. Ein wahr gewordener Albtraum – ich als Teil des Programms.

Er scheint von meinem inneren Konflikt nichts zu ahnen und schaut mich fragend an.

»Äh, das Schönste an Weihnachten«, wiederhole ich lahm und bemühe mich, die Stimme in meinem Kopf zu ignorieren, die ununterbrochen flüstert: ›Der erste Januar, der erste Januar.‹

Wenn alles vorbei ist und endlich das neue Jahr anfängt.

Wenn der Baum, den man besser gar nicht erst kauft, weder verbrannt ist, noch sich zu Tode genadelt hat.

Wenn niemand stirbt.

Wenn man dem Trubel entgeht.

Die Liste ist endlos, und doch scheint mir keine der Antworten für das laufende Gespräch geeignet zu sein.

»Da gibt es doch so vieles«, ermuntert er mich zu einer Äußerung und grinst. Er sieht genau, wie ich mich winde. So ein Schuft.

Habe ich schon erwähnt, dass ich ihn am liebsten in seinen blöden Sack stecken würde?

Noch immer sind alle Augen auf mich gerichtet. Auch die

von Dr. Brenner, der möglichst weiterhin daran glauben soll, dass mein Herz für Weihnachten schlägt, um mir künftige Aufträge zu erteilen.

Komm schon, Jule! Fieberhaft suche ich nach einer klischeehaften Antwort, die allen im Raum gefällt, bis mir die glorreiche Eingebung kommt: Was würde Anni sagen?

Mein Blick schweift über die Menge und bleibt an meiner Freundin haften, die bis über beide Ohren grinst und uns noch immer die Daumen für den Hauptgewinn drückt.

»Ja, äh, die Euphorie und die Hoffnung?«, schlage ich vor.

Auf den Starnberger See. Diese Erholung bräuchte ich nach diesem Abend ganz dringend. Ich spüre, wie mir vor lauter Stress ein Schweißtropfen den Rücken hinabrinnt.

»Das ist eine schöne Antwort«, stimmt er zu und klingt beinahe ein bisschen überrascht, dass mir doch noch etwas so Rührseliges eingefallen ist. »Sonst noch was?«

Wie jetzt? Noch mehr?

Innerlich schüttele ich mich zum hundertsten Mal dafür, dass ich mich zu dieser blöden Weihnachtsfeier habe überreden lassen.

Dieser neuen Eingebung folgend, füge ich an: »Ja, Weihnachtsfeiern natürlich.«

Er nickt belustigt. »Unbedingt. Aber was noch?«

*Was noch? Was noch?*, äfft eine innere Stimme in mir ihn insgeheim nach, und ein Cartoon-Streifen läuft in meinem Kopf ab, so ähnlich wie beim Roadrunner und dem Kojoten, in dem ein frecher Weihnachtsmann mich mit dieser Frage irre macht und dafür – zum Soundtrack einer explodierenden Dynamitstange – von einer Bühne fällt und mit den Füßen nach oben im Boden stecken bleibt. Ähnlichkeiten mit lebenden Personen sind natürlich rein zufällig.

»Was sollte man sich denn da mehr wünschen?«, frage ich

gedehnt. »Wenn einem in dieser besinnlichen Zeit doch sowieso schon ganz warm ums Herz ist?«

*Hüstel.*

Amüsiert deutet er nun auf seinen Beutel.

Ach ja, da war ja was.

»Oh, die Geschenke«, fällt es mir ein.

»Genau, die Geschenke. Für mich, als Weihnachtsmann«, gespielt fasst er sich an die Brust, »natürlich *das* Thema überhaupt.« Er wendet sich dem Publikum zu. »Und deswegen sind wir nun hier.«

Die versammelte Belegschaft hebt die Gläser und toastet uns zu.

»Auf die Geschenke«, ertönt es im Kanon.

»Okay, Jule«, wendet sich der diensthabende Santa Claus mit laut vernehmlicher Stimme wieder an mich, als alle uns erwartungsvoll anblicken. »Dann lass uns mal anfangen. Ich brauche jetzt unbedingt deine Assistenz. Du bist sozusagen der Notarwichtel dieses Abends und für den reibungslosen Ablauf zuständig.«

»Ich glaube ja, das heißt nicht Notar sondern notorisch«, scherzt Heinz.

Ich wiederum glaube ja, dass er zu tief in den Eierpunsch geschaut hat. Doch ich beiße mir nur auf die Zunge und lächele mit vielen Zähnen.

»Nun bitte ich die artigen Mitarbeiter von Tisch eins, zu uns auf die Bühne zu kommen«, tönt der Weihnachtsmann, »damit sie ihre Lose aus dem Sack ziehen dürfen.«

Vorfreudig laufen die ersten zu uns vor – es sind immer vier Personen pro Tisch und auf jedem ist eine Platznummer angebracht. Glucksend und kichernd stellen sie sich in einer Reihe auf, um ihr Glück zu versuchen.

Den Anfang bei der Tombola macht eine junge Buchhalterin, die verwegen juchzt: »Was wäre das für ein Spaß, wenn ich gleich zum Start das Wochenende gewinnen würde?«

»Nee!«, schallt es von allen Seiten.

Herr Dr. Brenner schmunzelt zufrieden, weil sein ganzes Team so aus dem Häuschen ist. Sicher will er ebenfalls nicht, dass die Spannung verfrüht raus ist.

Auch in mir spüre ich ein nervöses Kribbeln. Nun ist also der Moment der Tombola gekommen. Gewiss anders, als ich es mir vorgestellt habe, aber dennoch könnte etwas Gutes dabei herauskommen. Ich meine, wenn ich gewinnen würde, wäre alles andere egal.

Sie greift in den Stoffbeutel, wühlt mit ihrer Hand darin herum, als würde das etwas nutzen, und fischt einen glänzenden Umschlag hervor.

»Oh, er ist golden!«, triumphiert sie.

»Die sind alle golden«, feixt der Weihnachtsmann.

»Oh.« Sie zuckt mit den Schultern, macht ihn auf und zieht ein Kärtchen hervor, auf dem der Preis steht. Es ist – Trommelwirbel – eine Fußballlampe.

Ich kann nicht verhindern, ein belustigtes Grunzen von mir zu geben, als sie es vorliest. Aber auch von den anderen ist Gelächter vernehmlich.

»Kann man das tauschen?«, flüstert sie mit schiefem Lächeln.

»Tauschen könnt ihr später«, stimmt der Weihnachtsmann zu. »Das ist ja Teil des Spaßes.« Nun wendet er sich an mich und hält mir das Kärtchen von ihr hin. »Sei so lieb und hole der reizenden Dame bitte ihr Geschenk zum Glück.« Er tippt auf die Rückseite. »Die sind alle nummeriert, falls du dir mal nicht sicher bist, welches gemeint ist.«

Allerdings entdecke ich das Ungetüm von einer Fußballlampe blindlings.

»Sieh es mal so«, höre ich Santa Claus zu ihr sagen, als ich mich zum Gabentisch aufmache, der seitlich bei der Bühne steht. »Die Lampe ist einigermaßen neutral und du kannst sie mit Stickern von deinem Lieblingsklub bekleben.«

Sag jetzt nicht Bayern München, denke ich nur, weil das immer eine ewige Debatte bei den Leuten auslöst.

»FC Kaninchenzüchter?«, entgegnet sie ironisch, und ich gluckse erneut.

Kaninchen sind aber auch zu süß. Außerdem verbinde ich sie mit dem Frühling. Wenn es doch nur schon so weit wäre.

Ich hole die Lampe und reiche sie ihr möglichst feierlich. Allerdings kann ich verstehen, dass sie nicht gerade vor Glück im Kreis hopst. Aber wenigstens ist mein Starnberger See noch im Rennen.

Weitere Kollegen kommen und gehen. Bautechniker, Wartungsmitarbeiter, Brandschutzexperten, Vertriebler ... Von den meisten habe ich die Namen und Tätigkeiten längst wieder vergessen. Einer nach dem anderen zieht einen Umschlag, und jedes Mal beim Öffnen steigt die Spannung, denn die Chance auf den Hauptgewinn wird für die verbliebenen Lose größer und größer. Und dennoch ...

Ich überreiche Duftkerzen, Stifthalter, Lebkuchendosen, Gesellschaftsspiele, ein Raclettegerät, Badezusätze, Kaffeetassen, Pralinenschachteln, Gutscheine, Wintereierbecher, Backförmchen für Kekse, Schneekugeln, einen Weihnachtsbaum in der Dose, ein Glühweinset und Schals.

Herr Dr. Brenner hat mit manchen Geschenken sogar Humor bewiesen, denn unter den Gaben befinden sich auch ein puscheliger Toilettendeckel im Zipfelmützendesign, den Wolfgang bekommt, und ein Malbuch für Gelangweilte im Büro. Das landet ausgerechnet bei Heinz, der aussieht, als hätte er schon als Kind nicht gerne gezeichnet.

»Chef, mir ist hier doch nie langweilig«, schleimt er sich ein und tauscht prompt sein Malheft mit der Fußballlampe.

»Mir ist natürlich auch nie langweilig«, beeilt sich die Buchhalterin zu sagen, lächelt aber selig.

Schließlich ist der letzte Tisch des Abends dran – der von Anni und mir! Meine Freundin kommt mit zwei anderen Kollegen zu uns auf die Bühne.

»Oh mein Gott, ich kann es nicht fassen!«, tuschelt sie und drückt aufgeregt meine Hand. »Der Hauptpreis ist noch übrig und wir beide dürfen zwei der Lose ziehen.«

Auch ich habe unsere Chancen im Kopf überschlagen und bin immer hibbeliger geworden. Kann es wirklich wahr sein, dass ausgerechnet wir gewinnen? Das würde völlig gegen meine bisherige Weihnachtsstatistik sprechen. Aber träumen – ja, träumen – darf man doch. Spätestens jetzt.

Meine Hände sind ganz schwitzig. Auf dem Geschenktisch stehen bloß noch fünf Präsente. Allerdings sind wir nur zu viert an unserem Tisch, wie alle anderen zuvor auch.

»Wer kriegt eigentlich das letzte Geschenk?«, erkundige ich mich bei ihr. »Dein Chef?«

Herr Dr. Brenner hat sich bisher vornehm zurückgehalten, weil er sich als Gastgeber wohl nicht selbst beschenken wollte. Oder doch? Nimmt er, was übrig bleibt? Das wäre ja ein Knüller, wenn am Ende er zum See fahren würde.

Aber die Antwort kommt prompter als gedacht.

»Hey, ich arbeite hier auch gerade«, erklärt der Weihnachtsmann zwinkernd.

Überrascht blinzele ich ihn an. »Davon habe ich ja noch nie gehört, dass der Weihnachtsmann Geschenke kriegt.«

»Einmal darf es aber doch passieren, oder? Ich meine, verdient hätte er es.«

Er sieht mich mit seinen tiefgrünen Augen an und bringt

mich in meiner ohnehin schon aufgewühlten Verfassung nur noch mehr durcheinander. Vor lauter Nervosität kribbelt mein Bauch ganz wild. Einer von uns fünf wird das Wellnesswochenende gewinnen. Oh. Mein. Gott.

Bitte, bitte, bitte ...

Lass jetzt nichts mehr schief gehen.

Eine Kollegin drängelt sich in der Reihe vor meine Freundin.

»Ich bin schon länger dabei!«, erklärt sie aufgeregt.

Todsicher werde ich ihr den Hals umdrehen, wenn sie jetzt den Starnberger See zieht.

Die Gewinnchancen sind inzwischen so verrückt hoch, dass nun niemand mehr etwas verpassen will. Leider muss ich als Wichtel die anderen vorlassen. Das mit dem Wichtelsein wird immer blöder.

Mein Herz hämmert aufgeregt und ich schlucke hart, als sie ihren Umschlag zieht und ihn aufmacht. Sogleich huscht ein enttäuschter Ausdruck über ihr Gesicht. »Oh, es ist ein Waffeleisen.«

Puh!

Sie reicht mir ihre Karte, auch wenn das mittlerweile völlig unnötig ist. In Anbetracht der wenigen übrigen Geschenke besteht keine Verwechslungsgefahr mehr. Ich eile los, um ihr Präsent zu holen, und stolpere dabei fast über meine eigenen Füße.

Hilfe, ich bin so grobmotorisch, wenn ich aufgeregt bin. Als Nächstes bekomme ich noch Schluckauf oder so etwas. Oh, ich kann mit Nervosität absolut nichts anfangen. Dann bin ich kaum noch ich selbst. Beinahe schwindelig im Kopf kehre ich zu ihr zurück und drücke ihr erleichtert die Packung in die Hand.

»Also, ich würde auch mit einem von euch tauschen, ohne

zu wissen, was ihr habt«, sagt sie. »Na, wie wär's? Kriege ich vielleicht dein Los, Anni?«

Meine Freundin lacht nur. »Vergiss es!«

Schon reibt Anni sich die Hände und tritt vor den Sack. Santa Claus schüttelt ihn ein wenig, sodass die verbliebenen vier Umschläge rascheln. Ich muss an die springenden Bälle bei der Ziehung der Lottozahlen denken. Die Spannung ist unerträglich.

Feierlich greift Anni hinein. »Ich kann mich nicht entscheiden«, klagt sie und schaut mich mit großen Augen an.

»Nimm einfach das richtige Los«, sporne ich sie an.

Komm schon!

Sie gibt einen quiekenden Laut von sich, als sie ihren Umschlag zieht.

»Ich glaube, ich kriege einen Herzinfarkt«, murmelt sie, als sie ihn öffnet. »Aber dann erbst du meinen Gewinn«, verspricht sie mir lächelnd.

Langsam zieht sie die Karte heraus und ...

Starnberger See, Starnberger See ...

»Eine Sektflasche«, liest sie vor.

Oh nein. Enttäuscht und noch immer kribbelig hole ich sie und reiche sie ihr.

»Jetzt liegt es an dir«, beschwört sie mich und drückt uns noch einmal die Daumen. »Wenn alles gut geht, stoßen wir mit dieser Flasche am Seeufer an.«

Die fiebrige Stimmung im Saal ist beinahe mit den Händen greifbar. Selbst diejenigen, die nichts mehr gewinnen können, halten den Atem an.

Es sind bloß noch drei Geschenke übrig: eine Thermoskanne, der singende Plüschelch und der Hauptgewinn.

Annis Kollege ergattert die Thermoskanne. Ich kann es kaum fassen.

»Jetzt sind nur noch wir beide übrig«, sagt der Weihnachtsmann und wendet sich mir zu. Seine Stimme vibriert bis in
meinen Bauch. Schicksalhaft sieht er mich an und lässt mir
den Vortritt. »Hier. Du bist dran.«

Die Deckenstrahler glühen in meinem Nacken, als ich mich
über den Geschenksack beuge.

»Halt!«, dröhnt da die Stimme von Herrn Dr. Brenner
durch den Raum. »Ich möchte es mir nicht nehmen lassen,
die letzten beiden Geschenke selbst zu überreichen. Noch mal
einen kräftigen Applaus für unser Weihnachtspersonal.«

Was?

Das Klatschen der Leute dringt wie durch Watte zu mir
durch. Die Anspannung surrt durch meine Fingerspitzen, als
ich über dem Sack verharre. Dabei will ich es endlich wissen.

Unruhig sehe ich zum Weihnachtsmann auf und schlucke
hart, als ich merke, dass er mich mit seinem durchdringenden
Blick beobachtet. Es ist ein seltsamer Moment. Trotz des to-
senden Applauses ist mir, als gäbe es gerade nur uns beide.
Seine Augen ziehen mich magnetisch an. Mir ist so heiß. Meine Wangen glühen und färben sich gewiss rosa.

»Ich will den See«, flüstere ich ihm zu. »Es ist mein Lieblingssee.«

Keine Ahnung, warum ich das sage. Natürlich will er das
Geschenk auch haben. Und was sollte ich von der flüchtigen
Bekanntschaft mit diesem Fremden schon glauben?

»Da bin ich schon«, tönt Herr Dr. Brenner und durchbricht
diese eigenartige Trance. »Es kann weitergehen. Sehr schön,
sehr schön.«

Ich nicke und starre in den Sack. Zwei goldene Umschläge
kuscheln darin aneinander. Der eine großartig, der andere
eine Niete. Insgeheim hoffe ich, dass ich irgendwie spüren
kann, welcher der Richtige ist, doch ich bin völlig ratlos. Sie

sehen absolut identisch aus, aber ihr Inhalt ist es nicht. Die beiden verschwimmen vor meinen Augen, als würde ich doppelt sehen.

»Nur Mut, Frau Engel«, fordert mich Herr Dr. Brenner auf.

Werde ich endlich einmal Glück haben oder schlägt der Fluch erneut zu? In wenigen Sekunden werde ich es wissen.

Ene, mene, muh ...

Ich greife einen Umschlag heraus und starre ihn an. Das ist er also, mein Gewinn. Mir ist total flau zumute. Die ganze Aufregung ist zu viel. Außer ich gewinne. Das wäre – wie sagt man so schön? – wie Weihnachten und Ostern zusammen.

Auch der Weihnachtsmann nimmt sein Los zur Hand und steckt den nun leeren Sack an seinen Gürtel.

»Wir öffnen sie gleichzeitig«, schlägt er vor. »Denn irgendwie ist es ja sowieso klar, was übrig bleibt.«

Ich nicke. Im Zeitlupentempo – oder vielleicht kommt es mir auch nur so vor – ziehe ich das Kärtchen aus dem Umschlag. Dort steht es schwarz auf weiß.

Ich blinzele und blicke hoch zum Weihnachtsmann. Auch er hält seine Karte geöffnet in der Hand. Seine Augen blitzen aufmerksam.

»Also, Frau Engel?«, bohrt Annis Chef nach.

»Ein Elch«, krächze ich. »Ich hab den Elch.«

»Aber das heißt ja ...« Sein Fokus richtet sich sogleich auf Santa Claus, der ihm – beinahe verzeihend lächelnd – sein Kärtchen reicht. Herr Dr. Brenner klopft anerkennend auf das Papier. »Ja, hier steht es fürwahr. Herzlichen Glückwunsch zum Hauptgewinn!«

Es sind die richtigen Worte, nur leider sind sie nicht für mich bestimmt. Aber was habe ich erwartet? Was hätte ich auch anderes erwarten können?

Dennoch fühlt es sich an, als würde ein weiterer Wunsch

platzen und Bekanntschaft mit meiner Realität von Weihnachten schließen.

»Moment eben, es soll ja alles seine Richtigkeit haben«, erklärt Herr Dr. Brenner mit gehobenem Zeigefinger. »Ich will nur geschwind noch Frau Engel ihr Geschenk reichen.« Schmunzelnd teilt er mir mit: »Ich habe eine ganze Weile nach einer singenden Plüschfigur gesucht, die *Last Christmas* kann.« Sogleich intoniert er die leidige Melodie, während er zum Gabentisch läuft und mir meinen Gewinn holt.

Kann es kaum erwarten. Der Elch wird wahrscheinlich wie mein Radio enden.

»Und wenn es geht, machen wir im Anschluss noch ein Foto von Ihnen mit dem Plakat in der Hand, lieber Weihnachtsmann«, fährt er an Santa Claus gewandt fort.

Ich will bloß noch nach Hause. Dann hat dieser Spuk hier endlich ein Ende.

Herr Dr. Brenner kommt mir, beladen mit der Plüschfigur, entgegen. Vielleicht liegt es an dem Impuls, bloß noch fort zu wollen. Jedenfalls gehe auch ich auf ihn zu, und dann unterläuft mir ein folgenschwerer Fehler. Ich knicke mit dem Absatz um und für den Bruchteil einer Schrecksekunde fürchte ich zu fallen. Im letzten Moment kann ich mich zwar noch halten, doch mein Schritt wird zu ausladend. Ich stolpere unglücklich auf ihn zu, falle ihm förmlich in die Arme. Während ich mich am Elch festklammere, höre und spüre ich, wie mir der gesamte Rock aufreißt. Das Geräusch geht mir durch Mark und Bein. Das darf jetzt nicht wahr sein!

So stehe ich also vor Herrn Dr. Brenner, der jetzt derart erheitert lacht, dass sein Doppelkinn dabei wippt. »Na, da hat es unser Weihnachtsengel aber eilig, um zu mir zu fliegen.«

Hat er es etwa nicht bemerkt oder denken sich Männer nichts dabei?

Ich bin so perplex darüber, dass ich nur noch meinen Rock zusammenhalten kann. Möglichst unauffällig platziere ich den Elch vor der Stelle. Zum Glück singt das Teil gerade nicht.

»Der Wichtel, nicht der Engel«, entgegne ich nur und merke, wie bescheuert das klingt.

Eilig verlasse ich im allgemeinen Trubel um den Hauptgewinn die Bühne.

# Kapitel 6

»Wichtel, nicht Engel«, äffe ich mich selbst vor dem Spiegel der Damentoilette nach und rolle mit den Augen.

Das war ja wohl absolut mega peinlich. Wie habe ich auch nur eine Sekunde lang glauben können zu gewinnen? Dank meines ewigen Weihnachtsfluchs habe ich stattdessen den blamabelsten Abend des Jahres verbracht. Und die schlechte Nachricht lautet: Weihnachten steht erst noch bevor.

Niedergeschlagen blicke ich an mir herunter und betrachte mein ehemals schönes Kleid, das nun völlig ruiniert ist. Die ganze Naht ist aufgerissen, und der zuvor schickliche Geh-schlitz reicht nun fast bis zur Hüfte hoch. Es blitzt sogar ein Teil meiner Unterwäsche hervor.

Verzweifelt versuche ich, die Stoffseiten irgendwie zusammenzuhalten, aber vergeblich. Da hilft nichts. Wirklich gar nichts.

Wobei, möglicherweise hilft ja Asbest. Immerhin hat Heinz vorhin doch so von dieser Wunderfaser geschwärmt. Aber das stellt natürlich keine Option dar. Nicht bloß wegen der Gefahrstoffkennzeichnung. Leider kommt mir auch sonst keine Lösung in den Sinn.

Seufzend gebe ich auf und betrachte mich im Spiegel. Bedauerlicherweise sehe ich genauso erschöpft aus, wie ich mich fühle. Das ist ganz schön frustrierend.

Na ja, sieh es positiv, Jule, sage ich mir. Immerhin lebe ich noch nach diesem ganzen Bühnendesaster, das seinen Anfang bereits vor Stunden genommen hat – etwa mit dem singenden Heinz oder der steppenden Bärbel.

Und mein Kleid könnte ja auch modisch gewollt so aussehen. Könnte aber auch nicht. Bei all der Vorliebe fürs Hautzeigen, die jetzt total im Trend ist, geht mir das mit der Aussicht auf mein Höschen doch irgendwie zu weit.

Am liebsten würde ich auf der Toilette bleiben, bis alle gegangen sind, und mich dann unbemerkt herausschleichen. Doch wahrscheinlich bleiben die meisten noch mehrere Stunden, und ich kann schlecht die gesamte Zeit die Damentoilette blockieren. Also stellt das keine Option dar.

Möglicherweise könnte ich aus dem kleinen Fenster schlüpfen, wenn ich es wie Spiderman schaffen würde, am Waschbecken empor und an der Wand entlang bis zur Öffnung zu klettern. Die Bewegungsfreiheit hätte ich zwar nun in meinem Kleid, aber mein sportliches Talent dürfte zu wünschen übrig lassen. Außerdem würde ich bei meinem Glück vermutlich mit dem Hintern in dem viel zu kleinen Fenster stecken bleiben, was dann ja auch nicht gerade ansehnlich wäre. Zumal dabei ausgerechnet der Teil mit dem kaputten Rock noch herausragen würde. Also verwerfe ich den Gedanken gleich wieder.

Leider bleibt mir keine andere Wahl, als mich den Feiernden ein letztes Mal zu stellen. Meine einzige Hoffnung ist, dass inzwischen alle so betrunken sind, dass keiner merkt, wie ich aussehe.

Das ist der Plan. Ich gehe jetzt zurück in den Saal, verabschiede mich rasch von Anni und dann verschwinde ich von hier. Was für ein Abend!

Ich atme tief durch und sammele mich für den heiklen Abgang. Wehe, wenn Anni mir noch einmal damit kommt, dass es keinen Weihnachtsfluch gäbe, der auf mir lastet, und dass ich dafür doch zu alt wäre und mir nur etwas einreden würde. Die Fakten sprechen für sich.

Mit fahrigen Händen richte ich meine Haare, werfe einen letzten Blick in den Spiegel und trete dann aus der Toilette in den Flur. Sogleich zucke ich heftig zusammen, denn vor mir steht kein Geringerer als der Weihnachtsmann, oder wie auch immer er sich sonst nennt.

Seine tiefgrünen Augen begegnen meinen, und auch wenn ich ihn wirklich äußerst anziehend finde, trete ich ein Stück zurück und betrachte ihn fragend.

»W...was machst du denn hier? Willst du mich zu Tode erschrecken?«, stammele ich.

Doch er schüttelt nur den Kopf und lächelt mich an. Sein Blick wandert über mein Kleid und verharrt auf dem ellenlangen Riss. »Schick siehst du aus.«

»Sehr witzig«, entfährt es mir und ich versuche, mich darauf zu konzentrieren, die Stoffschichten erneut zusammenzuhalten. Was natürlich kaum gelingt.

»Sorry, ich wollte dich nicht erschrecken.« Er hält mir den Elch hin, den ich vor der Damentoilette abgestellt habe.

Irgendwie kam es mir unpassend vor, ein Plüschtier mit in den Nassbereich zu nehmen. Wobei das Ding ja singen kann und damit eigentlich sogar unter eine Dusche passen würde. Insgeheim hatte ich gehofft, dass ihn jemand mitnehmen würde.

»Hey, der kann doch singen, oder?«, fällt es nun auch dem Weihnachtsmann ein.

Als ich sehe, dass er den Knopf am Arm drücken und damit die Musik einschalten will, nehme ich ihm entsetzt den Elch weg. »Nicht!«

Alles, bloß nicht die eine Millionste Vertonung von *Last Christmas*. Auch nicht in der Rentierfassung.

Doch als ich mir den Elch schnappe, lasse ich versehentlich mein kaputtes Rockteil los.

»Ja, aber ...« Er stockt und wird von dem aufklaffenden Schlitz abgelenkt.

»Was?«, murre ich.

»Weswegen ich eigentlich hier bin ...«, setzt er an.

»Du bist der Weihnachtsmann und warst für die Geschenke zuständig.«

»Ich meine, hier vor der Toilette ...«

»Du musst mal.«

Amüsiert schüttelt er den Kopf. »Das sollten wir erst noch üben.«

»Was denn?«

»Die Sätze des anderen zu beenden.«

Sprachlos schaue ich ihn an.

»Ich wollte eigentlich nur sehen, ob alles okay ist. Du weißt schon, weil du gestolpert bist und dann so schnell weg warst.«

Oh, das ist unerwartet aufmerksam von ihm, zumal er sich stattdessen an seinem Gewinn weiden könnte.

Ich nicke und räuspere mich. »Ja, schon okay, mir geht's gut.«

Was man von meinem Kleid leider nicht behaupten kann.

Seine grünen Augen verbinden sich mit meinen, und ich wende verlegen den Blick ab und grabe meine Finger in den Plüschelch. Er darf mir nicht so gut gefallen.

»Ich werde es überleben«, tue ich es ab.

»Ich kann dir vielleicht helfen.« Er mustert den Riss. »Lass mich mal sehen.«

Instinktiv weiche ich zurück. Von wegen! Der will mir doch nur aufs Bein gaffen oder mir sogar an die Wäsche. »Du hast wohl einen im Tee.«

Er blickt verwundert drein. »Wie kommst du denn darauf?«

»Jedenfalls sind deine Pupillen ständig so geweitet.«

»Du meinst, wenn ich dich ansehe?«

Ähm ... Sein Blick wandert von meinen Augen zu meinem entblößten Bein hinunter. Sofort schnippe ich mit meiner Hand vor seinem Gesicht herum, während ich mit der anderen probiere, den veränderten Schnitt meines Kleides mit dem Elch zu kaschieren. Ich darf schon mal festhalten, dass Elchi auf diesem Gebiet nicht sonderlich kompetent ist.

»Huhu, hier oben spielt die Musik.«

»Ernsthaft, lass mich mal sehen. Ich kann das eventuell richten.«

»Das habe ich schon probiert. Auf die Schnelle kann man da nichts machen. Oder hast du etwa Zauberkräfte? Oder am Ende Nadel und Faden dabei?«

Bedauernd schüttelt er den Kopf. »Das jetzt nicht. Aber du vergisst, wer ich bin. Ich meine, ich bin der Weihnachtsmann. Der kann einfach alles.«

Mit einem verschmitzten Lächeln greift er nach dem Klebebart, tritt an mich heran, was mich gehörig durcheinander bringt, und geht vor mir auf die Knie.

Irgendwie hatte ich mir den Moment, in dem ein Mann eines Tages vor mir niederkniet, anders ausgemalt. Ich bin zu perplex, um zu reagieren. Ehe ich auch nur einen klaren Gedanken fassen kann, berühren seine Finger die Stoffschichten meines Rockteils und ziehen sie zusammen. Benebelt sehe ich zu, wie er mit seinen schlanken Fingern den Klettverschluss von seinem falschen Bart ablöst und probiert, ihn an mein kaputtes Kleid zu kleben. Als seine Hand dabei mein Bein streift und ich seine Finger auf meiner Haut spüre, zieht sich mein Bauch heftig zusammen. Das Kribbeln flutet durch mich hindurch, und auch mein Herz schlägt gleich viel schneller. Doch ich will mir nicht anmerken lassen, was er gerade in mir auslöst. Ich meine, er ist der Weihnachtsmann. Von allen Kerlen auf diesem Planeten.

»Was immer du da vorhast, ich glaube, das wird nichts«, murmele ich.

Aber er lässt sich von seinem Vorhaben nicht abbringen. Denn noch immer zupft er an meinem Rock herum.

»Warte es ab. Der ist selbstklebend. Womöglich funktioniert es ja doch.«

Skeptisch schaue ich ihm zu. Wenn jetzt jemand auftauchen und uns so sehen würde, käme das sicher merkwürdig rüber. Der Weihnachtsmann, der versucht, mit dem Klettverschluss seines Bartes meinen Rock zu flicken. Aber so albern das Ganze auch ist, irgendwie ist es schon sehr nett von ihm.

Noch eine Weile probiert er sein Glück, aber der Klettverschluss will einfach nicht halten.

»Das wird wohl nichts, MacGyver. Eher noch würde die Kaugummi-Methode funktionieren.«

Er sieht zu mir auf und grinst. »Da sagst du was. Ich habe noch eine Idee.«

Eilig schnappe ich ihm den Stoff aus der Hand und trete einen Schritt zurück. »Unterstehe dich, mir einen Kaugummi ans Kleid zu kleben.«

Lächelnd steht er auf. »Schade, du bist echt eine Spielverderberin.« Frech zwinkert er mir zu, und jetzt muss ich – so sehr ich mich auch dagegen wehre – ebenfalls lächeln.

»Tja, also, ich sollte dann mal zurück.«

Doch er hebt die Hand zum Einwand. »Warte, ich habe wirklich eine Idee.«

Er lockert den Gürtel, der sein Kostüm zusammenhält, und streift sich das rote Oberteil vom Körper, wobei ich einen flüchtigen Blick auf ein Stück freie Haut um den Bund seiner roten Boxershorts erhasche, bevor sie von einem grünen Shirt, welches er darunter trägt, wieder verdeckt wird.

Verrückt, da ist ein Rentier drauf. Welcher Mann, in drei

Teufels Namen, trägt denn freiwillig so etwas? Schön und gut, er ist der Weihnachtsmann, aber trotzdem.

Ich mustere es eingehend, um nicht der Wärme, die der Anblick seiner Haut in meinem Bauch ausgelöst hat, zu verfallen. Wie kann jemand, der den Weihnachtsmann mimt, überhaupt so anziehend sein?

»Also, hier für dich«, sagt er und hält mir das Oberteil seines Kostüms hin.

Fragend sehe ich ihn an und betrachte seine leicht zerzausten blonden Haare, die jetzt etwas elektrisiert von seinem Kopf abstehen.

»Nicht dein Ernst, oder?«

»Mein absoluter Ernst«, bestätigt er, während ich noch immer das rote Gewand in seiner Hand betrachte. »Steht dir sicher super!«

Ich schüttele den Kopf. »Nein, oh, nein. Ich ziehe das nicht an, dass geht echt nicht ...«

Schon aus Prinzip.

Er streicht sich durchs Haar. »Ich dachte auch eher daran, dass du es dir um die Hüfte bindest. So wäre der Riss etwas verdeckt.«

Noch immer probiert er, sein Haar zu bändigen. Allerdings entgeht mir nicht, dass sein Blick dabei erneut zu meinem Beinschlitz wandert. »Wobei er mich nicht stört. Ganz im Gegenteil. Ich finde, er steht dir gut. Zweifellos gehörst du zu den Frauen, die alles tragen können.«

Verarscht der mich?

Hastig greife ich nun doch nach dem Oberteil und ziehe es ihm aus der Hand. »Na schön, ich binde es mir um.«

Ein Versuch kann zumindest nicht schaden. Also schlinge ich mir das Teil um die Hüften. Dabei verdeckt es den Riss tatsächlich.

»Es funktioniert«, sagt er zufrieden.

»Danke, schätz ich«, gebe ich unwillig zu.

»Du siehst zwar aus wie ein leicht demolierter Weihnachts-wichtel, aber das ist halb so wild. Irgendwie süß.«

Er lacht, und ich trete an ihn heran und tippe ihm energisch mit einem Finger auf die Brust.

»Lehn' dich mal nicht so weit aus dem Fenster, Freundchen. Dein Shirt ist jetzt auch nicht eben der Reißer.«

Kurz sind wir uns ganz nah, und ich atme den herben Duft seines Parfums ein. Schon auf der Bühne ist mir nicht entgangen, wie gut er riecht. Ich bin so abgelenkt, dass ich meinen Finger etwas zu lange auf seiner Brust verweilen lasse, wobei ich die harten Muskeln darunter ertaste, die nun von keiner weichen Kostümjacke mehr verborgen werden. Selbst durch das Shirt kann ich die Wärme seiner Haut spüren. Ich muss mich echt zusammenreißen.

Er blickt an sich herunter, wobei ihn mein kleiner Vorstoß eher zu amüsieren scheint. »Was hast du gegen mein Shirt?«, raunt er. »Da ist immerhin ein Rentier drauf. Die sind gerade total angesagt.«

Ich lache. »Wo? Am Nordpol?«

Er nickt bekräftigend. »Absolut, dort ist es gerade der letzte Schrei. Die Engel und Wichtel reißen sich um die hübschen Stücke.«

Also, Humor hat er ja.

»Ich habe das eben nicht böse gemeint, Weihnachtswichtel«, sagt er und tritt noch näher an mich heran. »Ich finde wirklich, dass dir mein Oberteil steht.«

Er soll aufhören, mich so zu nennen.

Ich ziehe meine Hand weg und weiche zurück. »Du über-spannst den Bogen, Weihnachtsmann.«

Gespielt betrübt legt er seine Hand an die Brust. »Tut mir

leid, ich bin wirklich sehr taktlos. Wie konnte ich bloß sagen, dass du darin gut aussiehst? Entschuldige bitte, du siehst natürlich absolut scheußlich aus. Wie kann ich das alles jemals wiedergutmachen?«

Okay, dass war jetzt schon wieder irgendwie lustig. Bevor ich einen Vorschlag machen kann, kommt er mir zuvor.

»Ich hab's. Ich lade dich zu einem Drink an die Bar ein. Was sagst du?«

Einen Moment lang betrachte ich ihn nachdenklich. Mir ist durchaus bewusst, wie ich aussehe. Okay, auf die Gefahr hin, dass alle anderen nicht betrunken sind, wäre es nicht schlecht, wenn zumindest ich betrunken wäre. Ein kleiner Drink kann jedenfalls nicht schaden.

»Also gut.« Ich nicke. »Aber nur unter einer Bedingung.«

»Ho, ho, ich bin gespannt.« Seine Augen funkeln herausfordernd.

»Hör auf, mich Wichtel zu nennen.«

# Kapitel 7

»Also schön, dann sollten wir uns wohl mal richtig miteinander bekannt machen. Mein Name ist Lucian und nicht Weihnachtsmann.« Er lächelt, als wir am Tresen der Bar lehnen, vor uns zwei Glühweine in gläsernen Stiefeln, die der Barkeeper mit der Schneehasenkrawatte soeben abgestellt hat.

»Und ich bin Jule, aber das weißt du ja schon.«

Er nickt. »Stimmt, und wie ich schon sagte, gefällt mir dein Name. Vor allem hat er auch eine schöne Bedeutung, wobei ich gerade nicht sicher bin, ob sie zu dir passt.«

Lucian zwinkert mir zu, und ich sehe ihn fragend an.

»Ach ja, warum?«

Schelmisch legt er den Kopf schief. »Na ja, Jule bedeutet erst mal ›die Fröhliche‹.«

Verwundert wölbe ich eine Augenbraue. »Hey, ich bin ja mal total fröhlich.«

Er lacht. »Stimmt, entschuldige bitte. Natürlich bist du das. Mein Fehler.«

»Schön, dass wir das geklärt haben.«

»Sicher, ich bin lernfähig. Aber außerdem bedeutet Jule auf Dänisch ›Weihnachten‹.«

Unsicher mustere ich ihn. »Das hast du dir gerade ausgedacht, oder?«

»Nein, das war gar nicht nötig. Manchmal sind die Dinge von alleine lustig.«

Irgendwie ist das tatsächlich ziemlich komisch. Das passt so sehr zu mir wie zwei linke Schuhe zueinander. Wobei, darüber soll man nichts sagen. Vielleicht gibt es irgendwo auf der Welt jemanden mit zwei linken Füßen, der genau so was braucht. Bloß die Wahrscheinlichkeit dafür, die ist das alte Problem.

»Warum weißt du so was überhaupt?«, wundere ich mich.

»Bist du Wikipedia?«

»Nö, ich bin doch der Weihnachtsmann. Da gehört solches Wissen zum Repertoire.«

»Stimmt, richtig. Mister Rentier«, necke ich ihn und betrachte sein Shirt.

»Du bist wirklich sehr speziell, Jule.«

Speziell? Ja, so will jede Frau genannt werden. Aber die Art, wie er es sagt, lässt es geheimnisvoll klingen.

Irgendwie lasse ich mich dazu hinreißen zu erwidern: »Und du schmeißt mit Komplimenten nur so um dich.«

Es ist eigentlich weniger, was ich sage, als der Ton, den ich dabei an den Tag lege. Okay, Erde an Jule, ich muss dringend aufhören, mit ihm zu flirten.

Gerade, als ich mich mit meinem Glühwein ablenken will, sagt er: »Trinken wir darauf, was meinst du?«

Er hebt sein Glas, und ich tue es ihm bereitwillig gleich.

»Wenn du mich betrunken machen willst, das wird nicht funktionieren. Ich bin immun gegen Weihnachten. Selbst in flüssiger Form.«

Hoffe ich jedenfalls.

Sein Mund formt sich zu einem frechen Grinsen, als würde er mir kein Wort glauben.

»Also dann Prost«, sagt er, und wir stoßen an.

Ich nehme einen Schluck und spüre sofort die wohlige Wärme im Bauch. Irgendwie sind Punsch und Glühwein doch ganz lecker. Aber womöglich liegt das auch nur an Lucians Einfluss. Seine Gesellschaft ist angenehmer als gedacht. Nachdenklich streiche ich mit dem Finger über den Glasrand meines Getränks.

»Sag mal, wie wird ein Mann wie du eigentlich Weihnachtsmann? Und vor allen Dingen warum?«

Doch bevor er antworten kann, nehme ich von der Seite eine hektische Bewegung wahr. Irritiert wende ich den Blick ab und entdecke Anni, die äußerst ungeschickt versucht, mit mir Kontakt aufzunehmen. Sie steht mit einem Mann zusammen, dem ich flüchtig bei der Tombola begegnet bin. Ich kann mich überhaupt nicht mehr erinnern, was er eigentlich gewonnen hat, aber er wirkt ganz nett.

Unsere Blicke treffen sich, und Anni hebt anerkennend den Daumen. Grinsend formt sie mit den Händen eine Weihnachtsmütze. Na, vielleicht soll es auch eine Tanne sein. Ja, oder ein Warndreieck. Schwer zu sagen bei so einem allgegenwärtigen Symbol. Da es um Annis Zeichenkünste nicht zum Besten bestellt ist, könnte sie damit sogar ein Pferd darstellen wollen.

Allerdings verstehe ich sie mittlerweile blind und weiß auch so, was sie meint. Ich und der Weihnachtsmann, das gefällt ihr. Sie sollte mal lieber weniger Punsch trinken.

Als ich mit den Augen rolle, bemerke ich, dass Lucian unser Schauspiel nicht entgangen ist. Zum Glück ist das überhaupt nicht peinlich. Innerlich stöhne ich.

»Deine Freundin scheint, im Gegensatz zu dir, Weihnachten gerne zu mögen, habe ich recht?«

»Genau, ja. Das war es auch, was sie gerade zum Ausdruck bringen wollte.«

Sein wissender Blick wirkt amüsiert. »Es war ziemlich lustig, mit ihr zu schreiben zwecks der Buchung und der Rahmenplanung rund um das Fest. Sie nimmt das sehr ernst.«

Ich schenke ihm einen ironischen Blick. »Ach, ist das so offensichtlich?«

Gespielt verzieht er das Gesicht. »Also, es war durchaus

schwer, es herauszufinden, aber du weißt ja, ich als Weihnachtsmann kann nicht nur alles reparieren.« Dabei deutet er auf mein Kleid. »Mir entgehen auch andere Dinge nicht. Ich habe nämlich einen siebten Sinn, was Geheimnisse angeht. Den brauche ich bei meiner Arbeit natürlich auch. Schließlich muss ich rausfinden, wer brav war, und wer ...« Er lässt den Satz offen in der Luft hängen, deutet mit seiner Hand aber einen Hieb an, als käme eine imaginäre Rute zum Einsatz.

Ich mustere ihn beifällig. »Ja, sehr scharfsinnig, wirklich. Ich denke, ich muss mich vor dir wohl in Acht nehmen.«

Lucian nickt zustimmend. »Das hast du gut erkannt. Also, was ist dein Geheimnis?«

Ich will schon sagen, dass ich keins habe, als er mir zuvorkommt.

»Lass mich mal raten. Hm ...« Seine Finger beschreiben eine mirakulöse Geste, als würde er geheime Schwingungen empfangen. Für ein paar Sekunden starrt er effekthascherisch in die Luft, bevor sein Blick zu mir zurückgleitet und mich bis ins Mark durchdringt. »Du magst Weihnachten nicht besonders.« Mit dem Kinn nickt er zum Plüschelch, den ich neben mir auf der Theke abgestellt habe. »Auch keine Rentiere. Vielleicht, weil du als Kind von einem angepinkelt worden bist?«

Ich will gerade an meinem Glühwein nippen – hauptsächlich, um mein Gesicht hinter dem Glas zu verbergen und weniger durchschaubar zu wirken –, allerdings komme ich nicht dazu, weil ich lachen muss.

»Wie bitte?«, pruste ich.

Lucian zuckt mit den Schultern.

»War nur eine Vermutung.« Einmal mehr legt er den Kopf schief und mustert mich eingehend. Dabei sieht er wirklich gut aus. »Jedenfalls nehme ich an, dass etwas total Traumatisches passiert sein muss. Denn ich meine, hey, tief im Herzen mag doch eigentlich jeder Mensch Weihnachten.«

Nachdrücklich schüttele ich den Kopf. »Ich mag es eben nicht.« Als er mich neugierig betrachtet, fühle ich mich bemüßigt, es ihm zu erklären. »Na, es steckt so voller Klischees. Weihnachten ist überladen mit gespielter Fröhlichkeit, aber das ist alles nur Fassade. Jeder erwartet diese tolle Stimmung, aber keiner fühlt sie. Im Gegenteil, Weihnachten bringt das Elendste in uns zum Vorschein. Das Gefühl, am Ende des Jahres völlig unzulänglich gewesen zu sein. Einsamkeit, Melancholie, Erwartungsdruck, Selbstmorde, Familienstreitereien, Stress in Kaufhäusern, Dauerberieselung im Radio. Ernsthaft, man kann keinen Sender einschalten, ohne damit zu Tode beschallt zu werden. Ob man will oder nicht.« Mann, das klingt sogar in meinen Ohren deprimierend. Also probiere ich, mich elegant aus der Affäre zu ziehen. »Ehrlich, ich brauche das nicht. Und ich habe mich vor langer Zeit damit abgefunden, dass ich wohl einer der wenigen Mensch auf Erden bin, der diese Zeit nicht mag. Aber dazu stehe ich.«

Außer vielleicht vor Herrn Dr. Brenner, aber das hat eher etwas mit finanzieller Vernunft zu tun.

Lucian nimmt einen Schluck aus seinem Glühweinstiefel und lässt ein paar Sekunden verstreichen, bevor er fragt: »Wie hieß er?«

Irritiert sehe ich ihn an. »Wer?«

»Na, der Mann, der dir an Weihnachten das Herz gebrochen hat?«

Missmutig verdrehe ich die Augen. »Warum muss denn immer ein Mann der Grund für etwas sein? Das ist so eine typische und gleichzeitig vermessene Annahme von euch Jungs. Es ist gar nicht alles automatisch kompliziert. Ich mag Weihnachten eben nicht. Punkt. Finde dich damit ab, Weihnachtsmann.«

Lucian greift sich gespielt beherzt an die Brust. »Aber das kann ich nicht.«

»Du musst. Es tut mir leid. Und überhaupt, weißt du, was ich mich frage?«

»Schieß los!« Neugierig richtet er sich auf.

»Ich frage mich ernsthaft, warum es jeder so merkwürdig findet, dass ich Weihnachten nicht leiden kann.«

»Aus vielen Gründen.« Er macht eine vage Handbewegung. Dabei sieht er mich unablässig an, und ich muss zugeben, dieses Tannengrün, das in seinen Augen funkelt, ist wirklich unheimlich schön.

»Und die wären?«, hake ich nach, wie er es vorhin mit mir auf der Bühne gemacht hat.

Aber er lächelt, als wäre ich ihm damit ins Netz gegangen. »Gleich mal vorweg, ich mag Weihnachten nicht wegen all dem hier.« Er deutet durch den Raum. »Also diesen Weihnachtsfeiern. Das ist nicht das, was Weihnachten für mich wirklich ausmacht. Ich mag es wegen der Werte, weißt du? Wegen der schönen Dinge, die man in dieser Zeit tut.«

Fragend schaue ich ihn an, als hätte er mir einen Haufen unsortierter Puzzleteile hingeworfen. Aus diesem Wischiwaschi kann doch niemand schlau werden. »Nein, ich weiß nicht, was du meinst. Welche Werte? Was für schöne Dinge? Meinst du etwa Geschenke, die man nicht will, oder Geschenke, die man machen muss, obwohl man sie für bescheuert hält, nur um niemanden traurig zu stimmen, oder ...«

Lucian hebt die Hand zum Einwand. »Unsinn, nein. Darum geht es überhaupt nicht. Ich meine Weihnachten selbst. Was bedeutet es eigentlich? Das vergisst man so oft. Aber Weihnachten ist in erster Linie das Fest der Liebe und der Besinnlichkeit. Es geht um Dankbarkeit und Nächstenliebe. Nicht darum, etwas tun zu müssen. Sondern etwas mit den Menschen, die man liebt, zu erleben und zu genießen. Zum Beispiel über den Weihnachtsmarkt zu schlendern, sich die vielen hübschen Buden anzusehen, den Duft von gebrannten Mandeln in der Nase zu haben und Glühwein ...« Er hebt seinen gläsernen Stiefel und fährt fort: »Sich gegenseitig wärmen und verzaubern lassen.«

Aus welchem Märchenbuch ist er denn ausgebrochen?

Nee, nee, nee.

Energisch schüttele ich den Kopf. »Sorry, aber Weihnachtsmärkte, da denke ich nur an überteuertes Zeug, das niemand braucht. Menschen, die sich im dichten Gedränge mühsam durch die Gänge schieben. Eltern, die ihre Kinder hinterherziehen. Und kalte Hände. Ich hatte immer kalte Hände, aber es hat niemanden interessiert.«

Ich schlucke und ziehe es vor, nochmals am Glühwein zu nippen, der ein wohlig warmes Gefühl in meinem Bauch erzeugt. Gleichzeitig wärme ich meine Finger am Glas, die sich in der plötzlichen Erinnerung ganz klamm anfühlen.

Nachdenklich streicht Lucian sich über sein Kinn. »Na schön, du magst keine Weihnachtsmärkte. Aber wie schön ist es, Plätzchen zu backen?«

Damit entlockt er mir nur ein undamenhaftes Schnauben. »Die dann nicht die perfekte Form haben? Der Teig bröselt, man will ausstechen, darf aber nicht, und am Ende sind sie hart, weil sie zu lange im Ofen waren.«

Lucian gibt nicht auf und macht den nächsten Vorschlag: »Lustige Weihnachtsfotos unter dem geschmückten Baum.«

Aber auch das Argument geht nach hinten los. »Da weint immer jemand und hat keine Lust drauf.«

»Okay, wie ist es mit Schneemannbauen?«

Brrr.

»Das ist kalt und am Ende, wenn man es geschafft hat, wird er entweder zugeschneit, schmilzt oder endet als gelb gefleckte Tiertoilette. Oder nervige Nachbarskinder machen ihn mutwillig kaputt.«

»Ah, ich hab's. Weihnachtsfilme! Die mag jede Frau.«

»Kitschig«, tue ich es ab.

Erstaunt wandern seine Augenbrauen nach oben. »Adventskalender?«

»Die mit Schokolade drin?«

Er nickt, weil er glaubt, einen Nerv getroffen zu haben.

Doch ich verziehe das Gesicht. »Die schmeckt doch nie, oder?«

Meiner Erfahrung nach hat jede billige Vollmilchschokolade ein besseres Aroma und kostet bloß die Hälfte. Allerdings bin ich gar kein Vollmilchschokoladenfan.

Lucian lacht. »Okay, eins habe ich noch: den Christbaum schmücken, zusammen mit der ganzen Familie.«

Kurz spüre ich diesen tiefen Stich in meinem Herzen. Ja, Christbaumschmücken ...

Ich begegne seinem gespannten Blick und schüttele bedauernd den Kopf. »Nein, das ist alles mit viel zu großen Erwartungen verbunden.« Bei diesen Worten merke ich, wie meine Stimme bricht.

Er betrachtet mich fragend. »Jule, was ist der wirkliche Grund, weswegen du alles so negativ siehst?«

»Ich habe dir die Gründe gerade genannt«, weiche ich aus, zucke mit den Schultern, als würde mir das nichts weiter bedeuten, und nehme rasch einen Schluck von meinem Glühwein.

»Du hast also noch nie schöne Weihnachten erlebt? Etwas, das dich in dieser Zeit glücklich gemacht hat?«, erkundigt er sich.

Warum interessiert ihn das überhaupt? Ich bin nur die ihm fremde Frau mit dem kaputten Rock und dem Trostpreis-Elch an der Bar.

»Na ja, doch, das Silvesterwochenende hätte ich schon gerne gewonnen – was du ja abgestaubt hast.«

Ich bemühe mich um einen heiteren, unbeschwerten Tonfall. Gespräche dieser Art, die etwas zu sehr unter die Haut gehen und alte Erinnerungen wecken, die einen nur melancholisch stimmen, sind nicht gerade mein Steckenpferd.

Zum Glück lässt Lucian mich vom Haken. »Aber du hast dafür den tollen, singenden und tanzenden Weihnachtselch. Ich meine, der ist doch der Knaller. Wenn du mich nur mal kurz drauf drücken und ihn seine Magie wirken lassen würdest ...«

»Unterstehe dich!«

»Komm, einmal solltest du ihn hören. Dann verliebst du dich sofort in das putzige Kerlchen.«

»Ich glaube nicht an Liebe auf den ersten Blick.«

Besonders nicht zur Weihnachtszeit.

»Ach, nicht?« Er mustert mich interessiert.

Für einen kleinen Moment versinke ich in seinen sorglosen, tannengrünen Augen. Dann räuspere ich mich. »Aber wenn du tauschen möchtest ... Elchi gegen den See. Ich meine, ich würde dich nicht aufhalten.«

Er grinst mich an, ist aber nicht so blöd, darauf einzugehen. »Dann gibt es wirklich gar nichts, was dir in der Weihnachtszeit Freude bereitet?«

Bedauernd schüttele ich den Kopf. »Tut mir leid, wenn ich deine Illusionen zerstöre. Aber – keine Ahnung – ich denke dabei nur an Stress und Dinge, die schief gehen. Die Leute drehen deswegen durch, weil immer alles perfekt sein muss. Besser, man begräbt seine überzogenen Vorstellungen.«

Ich finde, das klingt zumindest sehr vernünftig.

Doch Lucian winkt ab. »Aber so muss es doch gar nicht sein«, widerspricht er.

Selig sind diejenigen, die noch Träume haben.

Aber ich lächele. »Na klar, das sagen sie alle und drehen dann doch durch, wenn unliebsame Socken als Geschenke unter dem Weihnachtsbaum liegen oder die Weihnachtsgans nicht ganz so knusprig ist, wie sie es sein soll.«

»Also, ich finde Socken überhaupt nicht schlimm.« Grinsend zieht er sein Hosenbein hoch und schiebt den Stiefel etwas runter, sodass ich sehen kann, was er drunter trägt: rote Weihnachtssocken mit grünen Tannen, dicken Weihnachtsmännern und schielenden Rentieren drauf.

»Sexy, sexy«, kichere ich. »Du bist ja unverwüstlich in deiner Montur.«

»Außerdem darf ich sagen, dass ich jede Gans knusprig bekomme. Das Geheimnis ist eine Honig-Salz-Zimt-Kruste auf der Haut und natürlich moderne Umlufttechnik.«

»Kochen kann er auch. Du bist ja eine echte Wundertüte.«

»Warte, wo ist meine ...?« Er zieht seine Zipfelmütze aus dem Hosenbund, die er unter den Gürtel geklemmt hat, und setzt sie auf, nur um sie gleich wieder abzunehmen. »Gestatten, ich beherrsche Wunder.«

Verrückter Kerl, aber obwohl er einen Knall von der Größe des Nordpols hat, kann ich ihn recht gut leiden.

Unser zweiter Glühwein leert sich, und als ich auf die Uhr sehe, stelle ich überrascht fest, dass es bereits kurz vor Mitternacht ist.

»Schon so spät«, murmele ich und sehe Lucian an. »Ich denke, ich mache mich mal besser auf den Heimweg. Eigentlich bin ich schon viel zu lange hier.«

Definitiv länger, als ich es vermutet hätte. Aber die Zeit ist zum Schluss irgendwie nur so verflogen.

Ich sehe mich nach meiner Freundin um. Anni ist noch immer ins Gespräch vertieft mit diesem Mann von vorhin. Sie lachen, und ich bin froh, dass sie Spaß hat, obwohl ich sie vernachlässigt habe.

»Wohin musst du denn?«, reißt Lucian mich aus meinen Gedanken.

»Warum?«, frage ich erstaunt. »Willst du mich etwa auf deinem Rentierschlitten mitnehmen?«

Er lacht. »Wenn du mich so fragst, ich habe gar keinen Rentierschlitten, aber wir könnten uns ja ein Taxi teilen.«

Hm, warum eigentlich nicht?

»Kommt drauf an, wohin du musst. Meine Wohnung liegt in der Innenstadt, Nähe Hauptmarkt.«

Er nickt. »Ich wohne in der Nähe des Bahnhofs. Das lässt sich also machen. Von dort aus habe ich es dann nicht mehr weit.«

»Tja, hättest du mit mir den Gewinn getauscht, könntest du das letzte Stück auf Elchi weiter.«

Ich klemme mir das Plüschtier unter den Arm, und wir holen unsere Jacken. Mein Mantel ist knielang, und so gebe ich Lucian sein Oberteil zurück. Das hätte ich eigentlich auch schon vorhin so handhaben können, doch der Gedanke kommt zu spät.

Lucian schlüpft wieder in sein Kostümoberteil und hantiert mit dem Gürtel herum, damit alles ordentlich sitzt.

»Mach du dich in Ruhe fertig. Ich verabschiede mich nur eben schnell noch von Anni beziehungsweise frage sie, ob sie mit will, ja?«

Er nickt. »Alles klar, und ich bestelle uns ein Taxi.«

Als ich bei Anni ankomme, fällt sie mir leicht beschwipst um den Hals.

»Hey, darf ich vorstellen?« Sie deutet zwischen mir und

dem jungen Mann hin und her. »Jule, das ist Chris, Chris, das ist meine beste Freundin Jule.«

Ich will schon seine Hand schütteln, doch sie fährt überschwänglich fort. »Jule, Chris ist unser Mann für alles. Er liebt schwarzen Kaffee, Fußball und hasst Marzipan. Chris, Jule mag es, an tollen Grafiken zu arbeiten, und hasst Weihnachten, weil sie glaubt, ein Fluch läge auf ihr.«

Hä, was tut sie da?

Noch während ich mich über meine Freundin wundere, steht Lucian mit einem Mal neben uns und sieht mich auf seine unverwechselbare Art an. Halb wissend, halb amüsiert. Ob er das jetzt gehört hat?

Ich hoffe nicht.

»Ah, und da ist ja auch der Weihnachtsmann, der unseren Hauptgewinn gezogen hat.« Hicksend scherzt sie: »Ob da alles mit rechten Dingen zugegangen ist?« Fragt's und mustert Lucian mit keckem Blick.

Doch er gibt sich diplomatisch. »Stimmt, ich habe schon gemerkt, dass der Preis sehr begehrt gewesen ist.«

»Begehrt ist gut«, gluckst Anni. »Jule konnte ich nur deswegen überreden, überhaupt herzukommen. Zu lustig, dass ausgerechnet ihr zwei euch an der Bar amüsiert habt. Immerhin bist du der Weihnachtsmann, und Jule ist unser Muffelchen vom Dienst, wenn es um das Thema geht.«

Lucian nickt belustigt. »Ich habe auch schon gemerkt, dass man sie von der Weihnachtszeit nicht überzeugen kann.«

Anni kichert. »Nimm es ihr nicht übel. Ich denke, das schafft niemand. Sie glaubt nämlich, dass ein …«

Verschwörerisch beugt Anni sich zu Lucian vor, und ich packe sie im letzten Moment und halte ihr den Mund zu, bevor sie die Katze aus dem Sack lassen kann.

»… dass Weihnachten einfach doof ist«, beende ich für sie

den Satz. »Nicht wahr, Anni?« Mahnend schaue ich sie an und räuspere mich vernehmlich.

»Ja, genau.« Sie nickt eilig. »Dass es einfach doof ist.«

Lucian spitzt belustigt die Lippen. »Wie es aussieht, könnt ihr eure Sätze gegenseitig sehr viel besser beenden, als das bei uns der Fall ist.«

Aber ich merke schon, dass er mich nur aufziehen will und genau weiß, dass ich Anni lediglich mundtot gemacht habe.

Schnell lenke ich vom Thema ab. »Ich wollte eigentlich nur wissen, ob du mitkommen willst, Anni. Ich gehe jetzt nämlich, und wir teilen uns ein Taxi.«

Sie grinst zufrieden. »Du und der Weihnachtsmann?«

Ich rolle mit den Augen. »Ja, also, wie sieht's aus? Kommst du mit oder bleibst du noch?«

Anni sucht Chris' Blick, und er lächelt.

»Also, ich würde noch einen Glühwein mit dir trinken, falls du magst?«, sagt er.

Anni strahlt. »Dann bleibe ich noch ein bisschen. Der Abend ist gerade so nett.«

Speziell mit Chris, denke ich mir und nicke. »Also schön, dann noch viel Spaß. Wir gehen jetzt mal.«

Wir verabschieden uns voneinander, und endlich hat die Weihnachtsfeier ein Ende für mich.

Lucian und ich treten nach draußen, um auf das Taxi zu warten, das er bestellt hat. Die Luft ist frisch und knackig. Es ist genau die Sorte eisiges Wetter, von dem man erfrorene Bäckchen und taube Finger bekommt. Als ich, mit meinem Gewinn unter dem Arm, in meine Hände puste, um sie warm zu halten, steigt mein Atem wie ein blasses Gespenst auf.

»Schön, oder?«, fragt er seufzend und legt den Kopf in den Nacken, um tief durchzuatmen.

»Schön kalt, meinst du wohl?«

»Na ja, wenn man vom Nordpol stammt, ist das hier wie ein lauer Abend. Wahrscheinlich haben wir sogar Plusgrade.«

Von wegen!

Spontan zücke ich mein Handy und rufe die Wetter-App auf.

»Ein Grad!«, konstatiere ich.

»Sag ich doch«, meint er zwinkernd. »Plustemperaturen.«

»Du hast echt 'nen Vogel.«

»Einen bestimmten?«, zieht er mich auf.

»Ich würde auf eine Schneeeule tippen.«

»Cool.« Er nickt. »Ich bin froh, dass es so etwas Schönes ist und nichts Nerviges.«

»Welcher Vogel ist denn nervig?«

Lucian zuckt die Schultern. »Ein Specht, könnte ich mir vorstellen. Von dem Gehämmer würde man sicher Migräne bekommen.«

»Oh Gott«, stöhne ich.

»Und Möwen klauen einem immer das Essen.«

»Aha.«

»Mit einer Taube wäre ich bestimmt auch unbeliebt. Die sind so verrufen und machen überall hin.«

»Wie gesagt, du hast 'nen Vogel.«

Mal ehrlich, es käme doch sonst niemand auf die Idee, das jetzt so genau zu analysieren. Wer erforscht denn jemals den Vogel, den er hat?

»Bist du im richtigen Leben zufällig Ornithologe?«, rate ich ins Blaue hinein.

Er grinst mich an. »Nah dran.«

Echt jetzt?

Bestimmt veräppelt er mich wieder, doch bevor ich der Sache auf den Grund gehen kann, kommt zum Glück unser Taxi und erspart mir den Kältetod. Ich bin mir nämlich absolut sicher, dass man bei diesem einen Wahnsinnsplusgrad jämmerlich erfrieren kann.

»Wohin soll's gehen?«, erkundigt sich der Taxifahrer mit breitem fränkischen Dialekt.

»Ins Lorenzer Viertel«, erkläre ich, woraufhin er nickt.

Wir sind kaum losgefahren, als im Radio *Last Christmas* gespielt wird. Missmutig würge ich den Elch, der auf meinem Schoß liegt.

»Ich liebe dieses Lied«, verkündet der Taxifahrer und dreht das Radio zu meinem Leidwesen sogar noch etwas lauter, woraufhin Lucian zu lachen beginnt.

»Zu laut?«, will der Taxifahrer wissen, aber Lucian schüttelt den Kopf.

»Nein, der Song ist toll.«

Der freche Kerl sieht mich provokativ an, und ich verdrehe einmal mehr die Augen. Noch so ein paar Abende mit ihm, und irgendwann würde ich schielen.

Natürlich ist das abwegig. Ich meine, es gibt keine weiteren Abende zusammen. Mit diesem Wissen im Kopf betrachte ich ihn gelegentlich von der Seite, wenn er es nicht merkt. Ich muss zugeben, dass ich einen wirklich lustigen Abend mit ihm verbracht habe. Später zumindest. Anfänglich hat er mich eher in den Wahnsinn getrieben. So ist das manchmal mit zweiten Blicken.

Als der Taxifahrer schließlich anhält, will ich gerade nach meinem Geldbeutel greifen, als Lucian mir zuvorkommt und bezahlt.

»Stimmt so«, erklärt er.

»Oh, das ist aber nett.« Der Taxifahrer strahlt uns an. So ist das eben, wenn Santa bei einem mitfährt. »Ich wünsche Ihnen beiden eine tolle Adventszeit.«

»Danke, und noch einen schönen Abend«, erwidere ich.

Lucian hilft mir aus dem Wagen. Seine Finger sind warm und kräftig. »Du ziehst wirklich alles Weihnachtliche an wie das Licht die Motten, oder?«, frage ich ihn.

Er zuckt mit den Schultern und streift sich angesichts der Kälte seine Zipfelmütze über den Kopf. »Na ja, fast. Du bist ja jetzt ganz und gar nicht weihnachtlich.«

»Stimmt«, gebe ich nickend zu.

Wir stehen voreinander, und eine seltsame Spannung liegt in der Luft, die mich fast vergessen lässt, dass es unter dem wolkenlosen Sternenhimmel klirrend kalt ist. Aber nur fast. Ich stecke meine Hände in die Manteltaschen, um sie ein wenig zu wärmen.

»Hast du auch kalte Füße?«, erkundigt Lucian sich jetzt und deutet dabei auf meine hochhackigen Schuhe.

»Ja, ich weiß. Sie waren keine so gute Idee. Aber sie sind eben schön.«

Er lächelt. »Stimmt, das sind sie.«

»Tja, nun, danke für das Taxi.«

»War mir ein Vergnügen. Und in welchem Haus wohnst du?«

Ich deute auf das mittlere mit der roten Tür. »Wieso?«

»Na, ich bringe dich natürlich bis ganz vor die Tür.«

Ich grinse ihn an. »Das ist wirklich nicht nötig. Was soll auf den zwanzig Metern schon passieren?«

Lucian zuckt mit den Schultern. »Gehört zum Service.«

Das entlockt mir ein Kichern. »Wenn du schon so ein formvollendeter Weihnachtsmann bist, solltest du wirklich einen eigenen Elch habe«, probiere ich, ihm das unliebsame Musiktierchen doch noch anzudrehen, während wir zusammen auf mein Wohnhaus zugehen.

Plötzlich stecke ich auf halber Strecke fest. Was in Väterchen Frosts Namen ...?

Als ich an meinem Bein hinabblicke, erkenne ich die Misere, und stöhne. »Das gibt's jetzt nicht, oder? So typisch. Dieser bescheuerte ... äh ...« Ich räuspere mich im letzten Moment. »Dieses bescheuerte Kopfsteinpflaster«, sage ich schließlich.

So viel zu meiner Zwanzig-Meter-sind-kein-Problem-Theorie.

»Warte, ich helfe dir, okay?«, bietet Lucian an.

Ich nicke erleichtert, und er reicht mir erneut seine Hand. Wie schon zuvor ist sie warm, ein bisschen rau, aber nicht unangenehm, und ich halte mich daran fest.

»Also, ich ziehe jetzt, okay?«, kündigt er an – und wirklich – einen gekonnten Ruck später hat er mich bereits befreit. Erleichtert lasse ich meinen Fuß kreisen.

»Danke.« Verlegen schenke ich ihm ein Lächeln, und er erwidert es.

»Kein Problem. Sag mal ...« Lucian mustert mich neugierig. »Du wolltest eben nicht zufällig doch eher etwas von einem Weihnachtsfluch als vom Kopfsteinpflaster sagen?«

Mist, also hat er es vorhin doch aufgeschnappt.

Seufzend schüttele ich den Kopf. »Vergiss einfach, was Anni gesagt hat. Das war Unfug.«

»Und trotzdem glaubst du daran«, durchschaut er mich. »Du bist wirklich ein Phänomen.«

»Ich glaube, mein Hausarzt vom Südpol hat eine ausgeprägte Weihnachtsallergie diagnostiziert. Dagegen bin ich völlig machtlos.«

Vorwitzig wackelt er mit seinen Augenbrauen. »Aber ich wahrscheinlich nicht.«

»Du glaubst entschieden zu viel an den ganzen Zirkus.«

»Und du zu wenig.«

»Treffen wir uns einfach in der Mitte und sagen, dass es Humbug ist.«

Lucian grinst mich an. »Ich glaube ja nicht, dass das die Mitte wäre, Mrs. Scrooge. Aber selbst der alte Ebenezer wurde in Charles Dickens' Weihnachtsgeschichte bekehrt.«

»Deshalb ist es auch eine alte Mär. Wenn Ebenezer nicht erfunden wäre, würde er seine Anwälte eine Klarstellung formulieren lassen.«

Lucian lacht. Es ist ein warmes, herzhaftes Lachen, das bis in meinen Bauch dringt, und plötzlich ist mir gar nicht mehr ganz so kalt.

»Okay, das mittlere Haus also.« Er nickt. »Das schaffen wir noch zusammen. Nicht, dass du unterwegs doch noch verloren gehst.«

»Ich finde, ein peinlicher Zwischenfall auf dem kurzen Weg genügt völlig.«

»Wenn wir uns besser kennen würden, würde ich dich die letzten Schritte einfach tragen.«

Ich schlucke, weil seine Worte sofort eine entsprechende Vorstellung in meinen Kopf zeichnen. »Die Wichtel von heute, insbesondere jene mit extraweitem Gehschlitz in der Robe, stehen nicht sonderlich auf Hebefiguren, bei denen alles total verrutscht.«

»Und das ist der einzige Grund?«, erkundigt er sich, als wir vor meiner Tür zum Stehen kommen und nur das Licht der Laterne uns Gesellschaft leistet und dabei geheimnisvolle Schatten auf seine Züge wirft. Er sieht mich fragend an, und ich merke, wie mir die Röte in die Wangen steigt.

»Ich glaube, das wäre auch sonst keine gute Idee. Aber ich wollte es nicht so direkt sagen.«

»Hm ...« Grüblerisch schieben sich seine Brauen zusammen, während er seine Lippen aufeinanderpresst und meinen Mund betrachtet. »Wie so oft sind wir nicht derselben Meinung.«

»Tja, wir sind eben wie Nord- und Südpol«, stimme ich zu.

»Wobei, eigentlich mehr wie Nordpol und Äquator. Ich mag es warm, du kalt. Ich den Sommer, du die schlimmste Zeit des Jahres.«

»Ich glaube, du hast dich gerade versprochen. Das Wort, das du suchst, lautet: ›schönste‹.«

»Haha, nein, ich weiß schon, was ich meine.«

»Sag mal, ist das der wirkliche Grund, warum du Weihnachten nicht magst? Weil du glaubst, dass ein Fluch auf dir lastet?«

Resigniert stoße ich den Atem aus. Ich könnte Anni dafür auf den Kopf stellen und schütteln, dass sie viel zu viel über mich erzählt hat.

Mit Lucian darüber zu sprechen, würde deutlich zu tief dringen. Und attraktiv oder nicht, er ist ein Fremder. Außerdem will ich gar nicht, dass er jedes Detail von mir ergründet. Zwar finde ich es nicht wirklich beschämend zuzugeben, dass ich an einen Fluch glaube, aber ausgerechnet Lucian würde es nicht verstehen. Dazu ist er viel zu sehr Weihnachtsmann. Obendrein ist es eine sehr persönliche Angelegenheit.

Also schüttele ich den Kopf. »Nein, ähm. Ich mag es einfach nicht, okay?«

Er nickt. »Okay ...«

Das Wort kommt recht gedehnt über seine Lippen, und sein forschender Blick ruht fest auf mir. Wenn er mich so intensiv betrachtet, habe ich das Gefühl, dass er wesentlich mehr von mir sieht, als es mir recht ist.

Ich räuspere mich.

»Also dann werde ich mal reingehen. Danke dafür, dass du mich heute blamiert hast – sogar mehrmals. Es war echt sehr nett.«

Lucian lacht. »Gern geschehen, Weihnachtswichtel.«

Ich will mich gerade abwenden, als er meinen Arm berührt und mich innehalten lässt.

»Jule?«

Mein Herz klopft nervös. »Ja?«

»Wie sieht es aus, wollen wir uns wiedersehen?«

Ich versinke in seinen grünen Augen und gerate ins Wanken. »Vielleicht im Januar? Wenn alles überstanden ist. Nach der Weihnachtszeit. Vorher lieber nicht, und wer weiß, was bis dahin ist ...«

Er blinzelt mehrmals. »Autsch, das klingt begeistert.«

»Das war kein echter Korb«, sage ich schnell, aber ich kann auch die Zweifel nicht so ganz verdrängen.

»Pass auf ...«, setzt er an und tritt näher an mich heran.

Erneut atme ich seinen herben, männlichen Duft ein. Er steigt mir in die Nase und wabert durch meinen Körper. Überdeutlich spüre ich, wie mein Herz heftiger unter meiner Brust klopft.

»Lass mich dir zeigen, dass Weihnachten schön ist«, bittet er mich.

Verwirrt nage ich an meiner Unterlippe. »Warum solltest du das wollen?«

»Weil ...« Er zuckt mit den Schultern. »Ich weiß nicht, ich möchte es einfach.«

Für eine Weile liegen unsere Blicke stillschweigend aufeinander. Ich habe keine Ahnung, was er in mir sieht. Aber das, was ich sehe, bringt mich mehr durcheinander, als ich es möchte.

»Das ist unmöglich. Das hat noch niemand geschafft.«

»Wetten, dass ich es schaffe?«, lässt er nicht locker. »Ich meine, hallo, wenn ich es nicht schaffe, wer dann?«

Gegen meinen Willen muss ich schmunzeln. »Du hast eine echte Persönlichkeitsstörung, und besonders in der Adventszeit gehe ich eigentlich nicht mit dezent gestörten Männern aus, die noch dazu einen Hang zu skurrilen Outfits haben. Das ist peinlich«, flüstere ich.

Doch auf Lucians Gesicht entdecke ich nur wieder jenen forschen Ausdruck, der mir schon aufgefallen ist, kurz bevor er mich gepackt und auf die Bühne gezogen hat, wo ich dann auf ihm gelandet bin. Die Erinnerung sendet ein wildes Kribbeln durch meine Nervenbahnen.

»Mit ›peinlich‹ komme ich klar«, neckt er mich.

Nickend deute ich auf seine Montur und lächele. »Ja, ich weiß.«

Er grinst selbstsicher und legt den Kopf schief. »Na, was ist? Lass mich dir beweisen, dass ich dich überzeugen kann.«

Oh, verdammt. Ich bin nicht ganz immun gegen seine Herausforderung. »Die Wette verlierst du, Weihnachtsmann.«

Ich tippe ihm gegen die Brust. Inzwischen trägt er leider wieder sein mit Kunstpelz besetztes Oberteil, doch ich weiß noch genau, wie kräftig er sich bei der letzten Berührung ohne das Ding angefühlt hat.

»Na, wenn du dir so sicher bist – wovor hast du dann noch Angst? Dann hast du ja nichts zu verlieren, oder?«

Lucian kommt noch näher, sodass sich mein Finger, und mit ihm meine ganze Hand, enger an ihn drückt. Mit einem Mal ist er mir so nah, dass mein Puls gehörig an Fahrt aufnimmt. Das Blut rauscht in meinen Ohren.

»Ich weiß nicht, Lucian ...«, versuche ich abzulehnen.

Doch er macht es mir noch schwerer. »Wenn ich gewinne, bekommst du meinen Hauptpreis. Dann kannst du an den Starnberger See.« Sein Vorschlag bringt mich vollends durcheinander.

»Du hast zu viel getrunken«, bescheide ich ihm, denn wer so etwas Absurdes offeriert, kann nur hackedicht sein.

»Aber wenn ich gewinne«, raunt er, »dann bekomme ich ...«

»Elchi?«, murmele ich.

Er schüttelt den Kopf. »Nein, der Einsatz wäre etwas höher. Irgendwie angemessener.«

Er legt seine Hand unter mein Kinn, und sein Daumen streicht über das kleine Kinngrübchen, das ich habe. Ganz nah unter meiner Lippe.

»Äh, Elchi und ...«

Ich kann kaum klar denken.

»Dann will ich einen Kuss. Einen, der die Welt aus den Angeln hebt.«

Ich schlucke hart und starre zu ihm empor. So nah, wie er bei mir steht, fällt mir erst jetzt richtig auf, dass er, trotz meiner Pumps, ein ganzes Stück größer ist als ich.

»Einen Kuss?«, stammele ich verwirrt und kann nicht aufhören, seine Lippen zu betrachten.

»Ja, einen Kuss«, flüstert er in die Nacht. »Einen weihnachtlichen Kuss.«

Immer dieses Weihnachtliche. Damit holt er mich aus meiner Trance. Kurz überlege ich. Schließlich könnte ich an den Starnberger See reisen, so, wie ich es liebe. Doch dann ermahne ich mich, dass er zwar nett ist, aber dass absolut alles, was mit Weihnachten zu tun hat, für mich letzten Endes immer in einem Desaster geendet hat. Und er ist die Personifizierung von Weihnachten. Obendrein wette ich sonst eigentlich nie, und außerdem wäre es nicht fair, einen offenkundig Betrunkenen übers Ohr zu hauen. Ich meine, bei diesem Angebot kann er nicht ganz klar im Kopf sein.

»Das wäre ein immens teurer Kuss.«

Und was, wenn er seine Welt gar nicht aus den Angeln heben würde?

»Das muss nicht deine Sorge sein.«

»Das wäre es auch nicht«, überspiele ich meine Bedenken hastig. »Denn ich würde nicht verlieren.«

Ich könnte es einfach gar nicht. Nicht mal für einen Kuss mit ihm, obwohl er wirklich attraktiv aussieht und gut riecht und sich stark anfühlt und ...

»Also? Wie lautet deine Antwort auf meine Frage?«

Ich atme tief durch und schüttele den Kopf. »Es tut mir leid, Lucian. Aber es geht nicht. Nicht so. Die Bedingungen sind ...«

... völlig abwegig.

»Ich kann das nicht.«

Denn es würde auch bedeuten, dass ich im Dauerakkord mit Weihnachten konfrontiert werden würde.

Mein Mund ist ganz pappig, als ich sage: »Meine Antwort ist Nein.«

Lucian nickt, und seine Augen verdunkeln sich. »Okay, zu schade. Trotzdem danke für den lustigen Abend. Wahrscheinlich fand ich ihn eine Spur lustiger als du. Wenn nicht mal dein Lieblingssee dich überzeugen kann oder dir der Einsatz zu hoch ist ... Das verstehe ich schon.«

Er tritt einen Schritt zurück und hinterlässt damit eine jähe Leere, die von eisiger Luft ausgefüllt wird. Als er sich abwendet, schaudere ich und spüre einen Stich in meinem Bauch.

»Lucian«, sage ich, ohne nachzudenken, doch ich bringe nur ein schwaches Wispern über die Lippen, das in der Luft verraucht wie mein zittriger Atem. Ungehört von ihm. Seine kräftigen Schritte führen ihn immer weiter von mir fort.

War das wirklich richtig? Ich sehe ihm nach, wie er in der Nacht verschwindet, und obwohl ich direkt vor meiner Haustür stehe, will ich auf einmal gar nicht mehr in meine leere Wohnung zurück, wo nur ein toter Kaktus auf mich wartet.

Aber nein, sage ich mir, ich habe ja noch Elchi.

Stumm blicke ich das Plüschtier an, und es schaut mit einem leicht debilen Lächeln und unbeweglichen Augen zu mir zurück.

»Vergiss es«, erkläre ich ihm. »Ich werde dich trotzdem nicht drücken.« Energisch schiebe ich den Schlüssel ins Schloss und trete in den Hausflur.

»Was soll's?«, murmele ich und sehe dabei den Elch an, damit es sich weniger wie ein Selbstgespräch anfühlt. »Dafür haben wir jetzt mehr Zeit, um scheußliche Cover zu designen.«

Elchi wirkt allerdings nicht im Geringsten beeindruckt. Vielleicht spricht er nur Nordpolisch. Aber irgendwie – ja, irgendwie – gäbe es schon jemanden, der sich mit ihm verstehen würde. Dumm nur, dass ich an ihn denken muss.

# Kapitel 8

»Okay, ich will alles wissen. Jede winzige, kleine, versaute Einzelheit. Ich meine, wann hat man schon mal die Chance herauszufinden, wie der Weihnachtsmann im Bett ist?«

Annis Stimme prasselt auf mich ein, als ich am nächsten Morgen mit einer Tasse Kaffee vor meinen zwei Bildschirmen sitze. Ich bin gerade dabei, sie an meinen Mund zu führen, als sie fragt: »Schieß los, hat er dich mit einer Rute versohlt?«

Beinahe verschlucke ich mich an meinem Getränk. Welche Weihnachtskette glimmt denn da bitte gerade in ihrem Kopf?

»Was, spinnst du?«, empöre ich mich. »Da war gar nichts. Er hat mich einfach nur nach Hause gebracht.«

»Ach, zu schade«, seufzt sie enttäuscht. »Irgendwie hatte ich mir vom Weihnachtsmann wirklich mehr Einfallsreichtum erwartet. Denk mal drüber nach: Mit dem Weihnachtsmann im Bett – wenn das nicht die perfekte Therapie für dich wäre, um dein Weihnachtstrauma zu verarbeiten. Das hätte sich doch kein Therapeut besser ausdenken können.«

Sie kichert, und ich reibe mir stöhnend die Schläfe.

»Das würde dir gefallen, oder? Aber nein, es war nichts. Er hat mich weder vermöbelt, noch nackt in den Sack gesteckt oder sonst was. Ehrlich, Anni, was du immer für Gedanken hast! Und überhaupt, was war denn genau bei dir und diesem Chris?«

»Nun, sagen wir so: Er kann gut küssen.«

So viel zu ihren vorschnellen Bettfantasien.

»Okay, nur küssen oder ...?«, quetsche ich sie zur Abwechslung auch mal aus.

»Na klar, logisch. Phhh! So ein Mädchen bin ich nicht.«

Ich lache. »Aber ich, oder wie?«

»Warum nicht?«, gackert sie.

»Und selbstverständlich hast du auch keinerlei versaute Fantasien.«

»Also bitte, nein!«, stellt sie sich ahnungslos. »Nur ganz harmlose. Außerdem, das mit dem nackt in den Sack stecken hast du gesagt.«

Sie lacht übermütig und bringt mich zum Grinsen. Den Kaffee werde ich sicherheitshalber erst nach unserem Telefonat anrühren. Ich traue es Anni durchaus zu, dass sie mich im Verlauf unseres Gesprächs sonst doch noch dazu bringt, ihn vor lauter Gelächter auf einen meiner Bildschirme zu prusten.

»Also gut, dann noch mal von vorne«, hakt sie nach, und die Sensationslust trieft ihr aus jeder Pore. »Er hat dich also nur ganz langweilig nach Hause gebracht? Und er hat nicht mal versucht, dich zu küssen?«

Sie garniert ihre Frage mit lauten Schmatzgeräuschen. Wenn jemals jemand so geküsst hat, ist er wahrscheinlich unmittelbar danach disqualifiziert worden. Irgendwie muss ich an die nuckelnden Putzerfische in Aquarien denken. Anni, der Saugwels.

Ich schiebe die Kaffeetasse fort und starre auf das Cover vor mir. Dabei handelt es sich um einen Blitzauftrag, der gestern Nacht noch in meinem Postfach eingetrudelt ist. Von einer Stammkundin, die es immer eilig hat, und bestenfalls soll das Cover noch heute fertig werden.

Aber obwohl ich gerade nichts am Monitor anstelle, drängt sich plötzlich das Bild von einem Paar Augen, so grün wie Islandmoos, in mein Bewusstsein. Dazu Lucians raue Stimme. *Dann will ich einen Kuss.*

»Huhu?«, quäkt Anni.

Ich räuspere mich, habe nicht mal gemerkt, wie sehr ich in Gedanken versunken bin. »Ja, äh, mehr nicht, das heißt fast ...«

Oh Gott, was rede ich da? Sofort stoppe ich mich, doch zu spät. Ich kann mir schon denken, wie Annis Fantasie bereits irgendwelche lebhaften Bilder fabriziert, die jenseits von FSK 18 liegen.

»Fast *was*?«, gräbt sie tiefer. »Jetzt wird es interessant! Rück' schon raus mit der Sprache, und spann' mich nicht so auf die Folter.«

Seufzend weihe ich sie ein. »Na schön, aber es ist nicht so, wie du denkst. Es hat nichts mit Küssen zu tun. Also nicht direkt. Was ich eigentlich sagen will: Er hat mir ein Angebot gemacht.«

»Ein unmoralisches Angebot?«, horcht sie auf und juchzt verzückt. »Oh, wie ich diesen Film geliebt habe! Robert Redford war echt ziemlich heiß in dieser Rolle. Also damals, eben jünger, da war er wie Brad Pitt. Du weißt schon, als der auch noch jünger war.«

Ich gluckse. »Jaja, damals.«

»Mmmh, ihn in jung, Robert Redford meine ich, den könnte ich mir auch als heißen Weihnachtsmann vorstellen. Hach!« Sie schwelgt in ihrer Vorstellung, die natürlich ganz harmlos sein dürfte. Sicher meint sie heiß im Sinne von heißer Körpertemperatur. Und neulich, beim Osterhasen und der Zahnfee hinter den sieben Bergen ...

»Also willst du jetzt wissen, was er mir für ein Angebot unterbreitet hat, oder stellst du dir einfach selbst was vor?«

»Ja, ich habe nur schnell laut gedacht. Ein Mädchen darf ja mal ein bisschen kreativ sein.«

»Tze, du und deine flinke Zunge. Die hat gestern viel zu viel von mir preisgegeben.«

Es soll zwar eine kleine Rüge sein, doch Anni lacht und gibt sich unschuldig. »Was? Warum denn?«

»Na, du hast dich mit dem Fluch verplappert. Dabei geht das niemanden etwas an. Ich erzähle deine Geheimnisse doch auch nicht als nette Anekdoten, um Männer aufzureißen.«

»So war das doch gar nicht.« Aber ein wenig zerknirscht klingt sie nun schon. »Ich stand so unter Strom. Dieser ganze Druck rund um die Planung. Dann noch der Glühwein. Na, und vielleicht, also bloß ein bisschen, habe ich mich von Chris durcheinanderbringen lassen.«

»Was sollte eigentlich dieses: ›Das ist Chris, er mag Kaffee. Und das ist Jule, sie liebt Grafiken und hat 'nen Knall‹?«

Anni gluckst. »Komm, sei nicht gleich angefressen. Ich wollte das einfach schon immer mal machen. So wie in dem Film *Bridget Jones – Schokolade zum Frühstück*. Weißt du noch? Ich liebe diese Szene, als Bridget ihre leidige Kollegin Mark ›the Schnuckelchen‹ Darcy vorstellt.«

Nicht zu fassen. Anni eben.

»Ich verzeihe dir, aber nur, weil ich dich lieb habe.«

Sie kichert. »Damit kann ich leben. Dann erzähl mal. Was wäre fast gewesen? Dieses ›fast‹ macht mich irre.«

Gedankenversunken pule ich am Rand meines Mousepads herum. »Okay, du erinnerst dich bestimmt noch, dass Lucian den Hauptgewinn gezogen hat.«

»Leider«, seufzt sie. »Ich hatte so gehofft, dass wir den kriegen.«

»Tja, du hättest eben den richtigen Umschlag ziehen sollen«, necke ich sie.

»Gleichfalls«, gibt sie zurück.

»Nein, der Fehler liegt ganz klar bei dir. Ich bin wegen meines Fluchs von Anfang an kompromittiert gewesen.«

Doch meine Freundin schnaubt unbeeindruckt. »Die olle

Kamelle. Also, was hat es mit dem Gewinn auf sich?«

Ich kaue an meiner Unterlippe. »Als Lucian mich nach Hause gebracht hat, hat er mir eine Wette vorgeschlagen.«

»Oho, eine Wette! Spannend, erzähl weiter«, verlangt Anni, während ich es im Hintergrund rattern höre.

Ich bin sicher, dass sie sich gerade einen Kaffee aus der Maschine lässt. Mein eigener wird indes kalt. Inzwischen könnte ich es wohl wagen, einen Schluck zu nehmen, doch ich bin viel zu sehr in meiner Erinnerung gefangen.

»Lucian hat behauptet, dass er es schaffen würde, mich davon zu überzeugen, dass Weihnachten toll ist. Natürlich ist das ausgemachter Unsinn. Aber für den abwegigen Fall, dass es ihm gelingen sollte, würde er einen Kuss von mir einfordern. Doch falls er verliert – und das ist gewissermaßen in Stein gemeißelt –, dann würde er mir die Reise zum Starnberger See schenken.«

Am anderen Ende der Leitung kehrt Stille ein. Schließlich raunt Anni: »Du hast natürlich zugesagt, oder?«

Ähm ...

Ich atme tief durch und kratze mich leicht unwohl am Hals. »Ehrlich gesagt, nein.«

»Was?«, kräht sie schockiert. »Aber warum denn nicht? Du wolltest doch unbedingt gewinnen. Nur deshalb bist du überhaupt hingegangen. Andere haben ihre Preise auch getauscht. Denk nur an die Fußballlampe! Und dieses Angebot, also, das ist doch total süß.« Ihre Stimme wird beim Wort *süß* ganz piepsig, als würde sie von Hundewelpen sprechen. »Außerdem ist das *die* Chance auf diese tolle Reise.« Anni räuspert sich vernehmlich. »Und mal ganz unter uns: Selbst *wenn* er es schaffen würde, dich zu bekehren, also, hey, ein Kuss ist jetzt nicht wirklich eine Strafe. Schon gar nicht von so einem Schnuckelchen wie ihm.«

»Kann schon sein«, räume ich, als es an meiner Wohnungs-
tür klingelt. Es ist ein schriller Ton, der einem durch Mark
und Bein geht und mit dem man vermutlich noch Menschen
am anderen Ende der Welt wecken könnte. Manchmal stelle
ich mir vor, dass hier mal ein Mafia-Pate gewohnt hat, der das
als Alarm installiert hat, doch dann denke ich mir, dass es in
diesem Wohnhaus kaum etwas Aufregenderes als Silberfische
in der Gemeinschaftswaschküche des Kellers gibt.

»Wer kommt denn jetzt?«, wundert sich Anni.

»Niemand«, brumme ich. »Das ist wahrscheinlich wieder
Frau Quälgeist.«

Anni lacht. »Lustig, dass du sie so nennst, wo sie doch Quäl-
baum heißt. Oder war es Quälbalken?«

»Querbaum«, korrigiere ich sie.

»Was übrigens auch ein ziemlich schräger Name ist. Ich
werde es mir wohl nie merken können. Zum Glück ist sie deine Nachbarin und nicht meine.«

»Ja, zum Glück«, stöhne ich. Vielleicht sind die Silberfische
doch nicht die größte Plage in diesem alten Gemäuer.

Leicht unenthusiastisch stehe ich auf und werfe einen Blick
durch den Türspion. Tatsächlich steht meine nervige Nachbarin draußen, für die ich ständig die Pakete annehme, obwohl
sie mir gut und gerne die Zeitung klaut. Hartnäckig behauptet
sie, dass sie das nicht tut, aber jedes Mal taucht sie dann am
selben Tag irgendwann auf.

»Moment, Anni, ich mache nur eben schnell auf und gebe
ihr das Paket.«

Sie kichert. »Ob sie wieder so freundlich ist wie sonst?«

»Ich gehe stark davon aus«, antworte ich voller Bedauern
und öffne die Tür.

»Haben sie mein Paket?«, murrt sie grußlos, und ich sehe
sie geduldig wie ein Zen-Meister an. Buddha wäre stolz auf

mich. Sie ist ziemlich klein geraten, hat den freundlichen Blick einer Bulldogge, das zarte Wesen eines Güterzugs und die Etikette eines Bürotackers. Alles in allem erinnert sie mich an meinen toten Kaktus.

»Ja, aber sicher«, erwidere ich scheißfreundlich, was sie zusätzlich in den Wahnsinn treibt. Mord durch übertriebene Höflichkeit – dafür buchtet mich niemand ein.

Ich hebe das Päckchen von der kleinen Bank in meinem Flur auf und reiche es ihr. Wortlos dreht sie sich um und geht.

»Ja, gern geschehen, Frau Querbaum«, rufe ich ihr noch nach. Aber sie antwortet wie üblich nicht. »Ach, und bringen Sie dann bitte die Zeitung wieder rauf, wenn sie diese gelesen haben?«

Wieder nichts. Okay, einer geht noch.

»Liebe Grüße auch an die Familie und eine äh ... Dings ... Adventszeit.«

Ich weiß, dass sie allein lebt. Selbst unser Hausmeister erledigt ungern etwas bei ihr. Seufzend schließe ich die Tür, klemme mir das Telefon erneut ans Ohr und setze mich zurück an den Schreibtisch.

»Die ist echt schräg«, findet Anni. »Hast du sie wieder heimlich verwunschen?«

»Wieso heimlich? Ich habe ihr ganz direkt eine Adventszeit an den Hals gewünscht.«

Das ist gewissermaßen so, als würde ich ihr etwas von meinem Fluch abgeben. Es wäre doch mal nett, wenn ihn zur Abwechslung jemand anders hätte.

Anni lacht nur. »Wo sind wir stehengeblieben? Ach, bei der Wette. Du wolltest aber eigentlich zusagen, stimmt's?«

»Ja, aber ... Nein, ich meine, du weißt doch, wie es mit mir und der Weihnachtszeit ist. Und eine Wette mit ihm, diesem Jünger der Weihnacht ...«

Anni lacht laut, doch ich rede schnell weiter.

»... das würde wahrscheinlich im totalen Desaster enden.«
Nach einer kleinen Pause gebe ich zu: »Andererseits habe ich
mir heute Nacht schon immer mal wieder die Frage gestellt
habe, ob ich es vielleicht doch hätte machen sollen. Wegen der
Reise.«

Anni kichert. »Klar, nur wegen der Reise.«

»Ja, natürlich. Was denn sonst?«, frage ich streng, als eine
Wiedervorlage auf meinem Bildschirm aufpoppt und mich aus
dem Konzept bringt.

»Mist!«, rutscht es mir heraus, und Anni hakt nach.

»Mist *was*?«

Sie kriegt aber auch alles mit, als hätte sie einen siebten
Sinn für meine Schwierigkeiten.

»Ach, ich habe nur gerade eine Erinnerung angezeigt bekommen. Irgendwie habe ich total vergessen, dass ich heute
einen Termin mit dieser Molly Morgenbaum habe. Ich soll sie
doch wegen ihres neuen Covers besuchen, weißt du noch? Wir
hatten darüber gesprochen.«

Anni kichert. »Ah, ja, diese Molly, für die du diese esoterisch angehauchten Buchcover machen sollst?«

»Angehaucht ist gut. Von diesem esoterischen Hauch würde
ein Elch umkippen.«

Mein Blick wandert zu Elchi, der nun dazu verdammt ist,
meinem Kaktus auf der Fensterbank Gesellschaft zu leisten.
Hoffentlich mag er warme Hufe. Er steht da, als wollte er am
liebsten loswackeln, doch ich lasse ihn nicht. Ich habe nichts
gegen Tanzen, aber leider würde der Knabe dabei gruseligen
Lärm veranstalten. Elchis Blick ruht derweil starr auf meinem
Büroradio, das ich notdürftig zusammengesteckt und zurück
auf die Anrichte gestellt habe. Es sieht fast wieder heile aus.
Man darf es nur nicht einschalten wollen.

»Deine Welt ist so lustig«, sagt Anni heiter. »Du kennst, bis auf mich, bloß schräge Leute.«

»Wieso bis auf dich?«, stelle ich mich doof.

»Hey!«, beschwert sie sich lachend.

Einen kleinen Moment lang bin ich abgelenkt, dann fällt mir wieder mein Termin ein. »Ich habe irgendwie gar keine Lust, nachher dort hinzugehen.«

»Warte, war das nicht diese schräge Tante, deren Auftrag du eigentlich schon absagen wolltest wegen der ganzen Engel?« Anni lacht weiter.

Dabei finde ich das Ganze nicht besonders lustig. »Ja, genau *diese* Molly. Und auch wenn du mich für bescheuert hältst, ich weiß immer noch nicht, warum ich mich dazu habe breitschlagen lassen, zu ihr zu fahren. Das ist doch total schräg!«

»Dann kommst du mal raus. Triffst andere Leute«, probiert sie, es positiv zu sehen. »Und hinterher haben wir neuen Gesprächsstoff. Bei mir gibt es bloß so erzkonservative Spaßkanonen wie Heinz, Wolfgang oder Bärbel. Sei lieb und erweitere unseren Horizont. Bis rauf zu den Engeln.«

»Ehrlich gesagt, habe ich sogar ein bisschen Bammel vor dem Besuch. Ich meine, sie hat mich herausgesucht, weil sie glaubt, die Engel hätten sie zu mir geführt.«

»Ja, das ist zwar schräg, aber bei dir im Grunde genommen auch nichts Neues. Außerdem ist es echt auch lustig, oder?«

»Nur, wenn man nicht selbst hin muss.«

»Sag ihr bloß nicht, das du, Jule Engel, eigentlich eine Engeltöterin bist.«

»Sehr witzig, wirklich«, knurre ich und suche im Postfach nach der letzten Nachricht der Kundin wegen ihrer Adresse.

Wie ich bereits von ihr weiß, ist sie um die sechzig, veröffentlicht ihre Bücher als freie Autorin, hat den Hang zu Esoterik und lebt in Nürnberg. Weswegen sie schließlich auch meinte, dass es einfacher sei, wenn ich zu ihr käme. Ihre neue Geschichte mit dem Titel *Nachrichten der Engel entschlüsseln* sei fertig und sie würde mir gerne ein paar Beispiele vor Ort zeigen.

Zuerst habe ich mich gewehrt, aber sie hat nicht locker gelassen, sodass ich schließlich nachgegeben habe. Weil ich mich eben viel zu oft zu Dingen überreden lasse.

»Ich bin keine Engeltöterin«, verwehre ich mich. »Was damals passiert ist, war ein Unfall. Ein schrecklicher ...«

Ich stocke, denn auch wenn Anni mich gerne damit aufzieht, habe ich das, was damals vorgefallen ist, noch immer nicht überwunden. Das ist ja überhaupt der Grund, aus dem dieser Fluch auf mir lastet. Schon gestern, als Lucian über den Christbaum geredet hat, ist es wieder in mir hochgekommen wie ein kalter Atem im Nacken, ein wunder Stich im Herzen, eine alte Schuld.

»Tut mir leid«, zeigt Anni sich reumütig. »Ich weiß ja, wie sehr dich das alles noch immer belastet. Aber das, was damals passiert ist, hat nichts mit alldem zu tun, was dir widerfahren ist, Süße. Davon bin ich ganz fest überzeugt. Deine Familie ist einfach bescheuert.«

Ich weiß, dass sie mich aufmuntern will, aber ihre Worte dringen nicht zu mir durch. Denn ich bin mir sicher, dass absolut alles damit zu tun hat.

»Was das angeht, werden wir wohl nie einer Meinung sein«, seufze ich. »Und jetzt graut es mir davor, zu diesem Termin zu fahren. Was ist, wenn die Engel mich durchschauen?«

»Hör auf, Jule!«, beschwört sie mich. »Sei nicht albern. Wenn deine Tante Hildegard nicht schon längst tot wäre, würde ich ihr gehörig die Meinung geigen oder sie persönlich ins Jenseits befördern, dafür, dass sie dir diesen Floh ins Ohr gesetzt hat.«

Anni schnaubt grimmig, und ich muss lächeln. Sie ist so herrlich niedlich, wenn sie sich aufregt. Vor allem, weil sie keiner Fliege was zuleide tun kann.

»Du warst damals noch ein Kind.«

»Themenwechsel«, bitte ich sie. Die Erinnerungen deprimieren mich sonst nur, und das hilft nicht gerade, wenn ich gleich zu den Engeln muss.

»Du gehst da jetzt hin, ziehst den Termin ganz professionell durch und gut ist's. Ich bin felsenfest davon überzeugt, dass dir keiner der dort lebenden Engel etwas tun wird. Und falls doch, drohst du ihnen dasselbe an wie dem Engel von damals.«

Das schreit ja mal nach einem Plan.

»Als ob!«

»Spaß beiseite. Hey, du hast doch gesagt, dass diese Molly am Telefon ganz nett geklungen hat, oder etwa nicht?«

»Ja, das schon«, gebe ich zu.

Nachdenklich blicke ich auf meinen Bildschirm und bemerke, dass ich, wohl völlig gedankenverloren, zu viele Mistelzweige auf das Cover der Kundin gesetzt habe. Hm, obwohl, warum eigentlich nicht? Womöglich gefällt es ihr ja. Es sieht zwar aus wie ein Mistelzweigschlachtfeld, aber der Titel lautet schließlich: *Mistelzweige und andere Desaster*.

Ja, Desaster, wo wir wieder beim Thema wären.

»Ich muss jetzt auflegen«, sage ich. »Das Cover muss noch fertig werden, bevor ich losgehe.«

»Okay, na schön. Dann mach das mal, und Jule? Ich werde übrigens mit diesen Chris ins Kino gehen.«

»Das erzählst du mir erst jetzt?«

Sie gluckst. »Ja, also wünsch mir viel Spaß.«

»Viel Spaß«, antworte ich artig, und hoffe, dass sie wirklich welchen hat. Anni ist nämlich meine kleine Chaos-Queen.

»Danke. Übrigens, Süße, falls du noch unsicher wegen der Wette bist, frag doch mal die Engel. Vielleicht wissen die eine Antwort. Angeblich kann man jetzt ja die Nachrichten der Engel entschlüsseln. Lass dir einfach ein Musterexemplar von diesem ominösen Buch geben.«

»Ich leg jetzt auf!«, stöhne ich nur.

# Kapitel 9

Zweieinhalb Stunden später habe ich alles erledigt, einen frischen Kaffee getrunken, mich geduscht und sitze nun in der Straßenbahnlinie fünf, die mich in Richtung Tiergarten bringt.

*Die Engel fragen*, gehen mir Annis Worte durch den Kopf. Ausgerechnet die Engel. Sie hat manchmal echt verrückte Ideen. Ganz abgesehen davon, dass die mit Sicherheit nicht sprechen, egal, was Molly Morgenbaum in ihrem Buch postuliert. Himmel, ein ganzes Buch zu dem Thema!

Doch das ist nicht das Einzige, was mich beschäftigt. Auch wenn ich es nicht will, muss ich doch immer wieder an Lucian und sein Angebot denken. Obwohl ich weiß, dass es vollkommen bescheuert ist. Und das ist es ganz sicher.

Aber der Abend mit ihm ...

Mmmh, der war schön. Ich schaffe es nicht, mir das Gegenteil einzureden. Trotz seiner Weihnachtsaffinität. Trotz seines Kostüms. Trotz seiner Wichtel-Neckereien. Trotz der Tatsache, dass er meinen Hauptgewinn gezogen hat. Und auch nicht trotz der Art, wie der Abend geendet hat.

Irgendwie kommt mir unser Abschluss unvollendet vor. Doch liegt das jetzt an seiner Wette? Oder an seiner Enttäuschung? Er hat mich falsch verstanden, mein Nein negativer aufgefasst, als es gemeint war. Für Erklärungen ist es nun zu spät.

Ach, diese Wette. Warum wollte er sie überhaupt? Irgendwie hätte er davon doch rein gar nichts gehabt. Denn was bringt es ihm, eine Unbekannte von der Besinnlichkeit Weihnachtens zu überzeugen? Schließlich kennen wir uns kaum, und nur weil ich meine Differenzen mit Weihnachten habe und er ganz zufällig der Weihnachtsmann ist – jedoch nicht mal der echte –, muss er doch nicht versuchen, mich zu bekehren. Das hätte ihn bloß Zeit gekostet, in einer Welt, in der alle Menschen keine haben. Und es hätte ihm den letzten Nerv geraubt, denn ich bin bei dem Thema nicht einfach. Sicher ist ihm das klar gewesen. Außerdem hat er sein Wochenende am Starnberger See riskiert. Also wofür das alles?

Ich kann mir nicht vorstellen, dass meine Küsse derart magisch sind, dass man dafür so viel in Kauf nimmt. Und selbst wenn – das könnte er vorher schlecht wissen. Trotzdem hat er nicht mehr verlangt, und diese Vorstellung löst ein wirres Kribbeln in mir aus.

Nicht mal mein Exfreund hätte sich meinetwegen solche Umstände gemacht.

Eine ganze Weile sitze ich nur da und lasse meine Gedanken kreisen. Die Welt draußen zieht an mir vorbei, ein Farbenspiel aus verschwommenen Konturen, durch die ich abgelenkt hindurchsehe. Meine Fingerkuppen streichen versonnen über das kalte Glas der Scheibe.

Manchmal kann man durch Dinge schauen, obwohl sie hart und real sind. Und manchmal erkennt man gar nichts, wo keine Mauern sind.

Seufzend lehne ich mich zurück und atme tief durch. Vielleicht hat Anni recht; meine Welt ist verkorkst. Gut, sie hat es anders ausgedrückt. Aber während sie, völlig unkompliziert, einfach so mit Chris ins Kino geht, verstricke ich mich immer bloß in Komplikationen.

Möglicherweise sollte ich auch mal mehr wagen, obwohl die Vorweihnachtszeit hereingebrochen ist. Ich meine, Lucian hat schon sehr gut ausgesehen. Doch alles an ihm ist so widersprüchlich. Er verkörpert das, was ich mag, und das, was ich nicht mag, zugleich. Davon kann man doch nur verwirrt sein.

Trotzdem, hätte ich es riskieren sollen? Ich wünschte, ich würde ein Zeichen bekommen, das mir sagt, dass alles gut wird.

Mitten im Gedanken fährt ein tiefer Ruck durch den Zug, der mich schüttelt und zusammenschrecken lässt. Die Straßenbahn stoppt, und ich schaue mich um. Hoffentlich ist nichts Schlimmes passiert. Schon rasselt eine Durchsage durch die Lautsprecher: »Liebe Fahrgäste, aufgrund einer defekten Spannleitung kommt es zu einer circa fünfzehn minütigen Verspätung. Wir bitten um Ihr Verständnis.«

Auch das noch. Ich hasse es, zu spät zu kommen. Aber ändern kann ich es auch nicht. Geistesabwesend blicke ich aus dem Fenster. Die Straßenbahn steht vor einem elektrischen Wechselplakat, und als ich lese, was da steht, traue ich meinen Augen nicht.

*Ja! Die Antwort auf Ihre Frage ist Ja!*

*Brechen Sie den Fluch –*

Dann schlägt das Plakat um.

*Den Fluch von schmutzigem Geschirr! Mit Spell zaubern Sie den Kalk einfach weg!*

Haha, sehr witzig. Das Plakat hat Humor. Für einen flüchtigen Augenblick habe ich schon an eine Form von Schicksal gedacht. Sicher kommt das von der Sache mit den Engeln. Das macht mich ganz wirr im Kopf.

Schnell zücke ich mein Handy und schicke Molly eine WhatsApp-Nachricht, damit sie mich nicht für unzuverlässig hält: »Liebe Molly, ich verspäte mich ein wenig. Die Straßenbahn hängt fest. Bis gleich.«

Dann klicke ich auf Facebook herum und sehe, dass Anni gerade eben ihr Profilbild geändert hat. Auf dem neuen Bild trägt sie ein Rentiergeweih und lacht fröhlich in die Kamera. Kurz erwäge ich, ihr Elchi anzudrehen – also als Geschenk –, doch dann verwerfe ich den Gedanken wieder, weil sie das blind durchschauen und ablehnen würde. Elchi ist das erste weihnachtliche Objekt, das sich seit langer Zeit Zutritt zu meiner Wohnung verschafft hat, und Anni findet das mit Sicherheit großartig.

Um mir die Wartezeit zu vertreiben, klicke ich mich weiter durch ihr Profil und entdecke, dass sie auch noch ein paar Bilder von der Weihnachtsfeier gepostet hat. Auf einem ist sie mit diesem Chris zu sehen. Auf einem anderen entdecke ich Heinz, wie er gerade auf der Bühne steht und singt. Ein Schnappschuss folgt nach dem anderen. Dann stolpere ich über ein Bild, das mich mit Lucian bei der Tombola zeigt, und plötzlich ist mir, als würde alles andere um mich herum in weite Ferne rücken.

Er sieht wirklich gut aus. Selbst in diesem blöden Weihnachtsmannkostüm. Verdammt! Ich muss dringend aufhören, an ihn zu denken. An sein Angebot, an all das.

Was ist nur mit mir los? Ich werde ihn sowieso nie wiedersehen. Näher als auf diesem Foto werde ich ihm nicht mehr kommen. Wahrscheinlich ist das der Grund, aus dem ich es noch eine Weile betrachte. Eigentlich ist es eine fiese Aufnahme. Denn im Gegensatz zu ihm wirke ich auf dem Bild wie der Grinch. Anni hat ein Talent dafür, mich mit den seltsamsten Grimassen abzulichten.

Toll, dass ich jetzt so im Netz zu sehen bin. Ich tippe das Foto an, um Lucian etwas heranzuzoomen, und registriere, dass sie ihn darauf verlinkt hat.

Sofort beschleunigt sich mein Puls. Okay, jetzt wird es interessant.

Er heißt Lucian Horner. Aufgeregt klicke ich auf sein Profil. Die Seite lädt und baut sich dann auf. Für seinen Hintergrund hat er eine Winterlandschaft voller Schneemänner gewählt. Was auch sonst? Sein Profilbild zeigt ihn lächelnd von der Seite. Ich will ja nicht schwärmen, aber er ist schon richtig süß.

Neugierig klicke ich mich durch seine Seite und stöbere in seinen Alben. Nicht alle Bilder sind für mich freigeschaltet, da wir ja nicht befreundet sind, aber einige kann ich mir dennoch ansehen. Auch eines, das ihn als Weihnachtsmann zeigt. Ich betrachte es eine Weile, und wieder merke ich die Wärme, die durch meinen Bauch strömt.

Herrgott, Jule! Er ist der Weihnachtsmann, ermahne ich mich. Außerdem haben wir keine Nummern getauscht. Ein bisschen fühle ich mich, als würde ich ihn stalken, aber dann denke ich, dass heutzutage jeder den anderen googelt.

Trotzdem, was bringt es?

Die Straßenbahn brummt und ruckelt dann los. Ich schließe Facebook und packe mein Handy weg. Irgendwie sollte ich es machen wie der Zug – mich vorwärts bewegen und nicht zurück.

Dennoch treibt mich die Frage um, ob ich nicht besser Lucians Wette angenommen hätte. Also, vorwiegend wegen des Preises natürlich.

Mein Blick gleitet zum Plakat.

*Die Antwort ist Ja! Ja!-Produkte sind besser im Preisleistungsverhältnis.*

Ich rolle mit den Augen. Irgendwie glaube ich nicht ans Wechselplakat-Orakel. Die Antwort ist und bleibt Nein!

# Kapitel 10

Das Haus von Molly Morgenbaum liegt am Rand der Nürnberger Oststadt im Stadtteil Mögeldorf. Als ich fünf Minuten später an der gleichnamigen Haltestelle aussteige, genügt ein kurzer Fußmarsch durch eine schmale von Bäumen flankierte Gasse. Da das Haus mit Engelsflügeln dekoriert dasteht, muss ich nicht mal mehr die Hausnummer überprüfen.

Die Nachmittagssonne, schiebt sich ein wenig aus den Wolken hervor und taucht das verwachsene Haus in ein bronzefarbenes Licht, als hätte es einen Heiligenschein.

Alles Zufall, denke ich, aber schaudere dennoch ein wenig.

Ich öffne das schmiedeeiserne Gittertor, auf dem eine Engelsfigur thront, und betrete den kleinen, gepflasterten Weg, der zur grünen, mit einem Weihnachtskranz geschmückten Tür führt. Dabei fühle ich mich die ganze Zeit über beobachtet.

Ich bin reichlich nervös, als ich klingele. Das Gebäude scheint recht hellhörig zu sein, denn ich vernehme sogleich die Glocke des Hauses, die an das Geläut eines Kirchturms erinnert. Schräg, schräg, schräg.

Während ich Schritte aus dem Inneren höre, schweift mein Blick zu dem Schild neben der Tür, auf dem mit güldenen Lettern geschrieben steht: *Willkommen in der Engelsstube von Molly.*

Auf was habe ich mich da nur eingelassen?

Eine Frau mit blonden Haaren, ganz in rot gekleidet, öffnet mir die Tür und strahlt mich an. Um den Hals trägt sie eine runde Kette mit einer roten Perle drin.

Ehe ich das Schmuckstück näher betrachten kann, drückt Molly Morgenbaum mir bereits einen feuchten Schmatzer auf die Backe.

Wie vertraut sie gleich ist. Ich weiß nicht, wie ich das finden soll.

»Ich wusste schon, dass du zu spät sein würdest«, flötet sie munter und zwinkert mir zu. »Die Engel haben es mir geflüstert.«

Ich sehe sie etwas irritiert an. »Oder eher meine WhatsApp Nachricht?«

Sie grinst. »Nein, wirklich. Ich wusste es schon vorher. Aber komm doch rein.«

Sie winkt mich ins Innere, und ich folge ihr in den Flur. Drinnen strömt mir Lavendelduft mit einer Mischung aus gerösteten Nüssen, Vanille und Glühwein in die Nase.

»Ich habe gebacken«, verkündet sie freudig. »Das mache ich jedes Jahr für alle meine Engelkinder. Ich habe da ein ganz spezielles Rezept.«

Ich wundere mich, was sie da gerade gesagt hat – Engelkinder oder Enkelkinder?

»Du musst sie gleich mal probieren«, sagt sie. »Diese Kekse sind magisch. Setz dich ruhig schon ins Wohnzimmer, einfach geradeaus durch. Ich bin gleich bei dir, dann können wir alles besprechen.«

Sie verschwindet in die kleine Küche, und ich gehe ins Wohnzimmer und nehme Platz. Alles in diesem Raum ist einfach nur überladen. Vitrinen, in denen Schmuck ausliegt, darunter Ketten – auch solche, wie Molly eine trägt – mit verschiedenen Perlen oder Edelsteinen.

Es gibt Tees und Salben, Fläschchen und Engel. Wohin man blickt – Engel. Kleine Engel, große Engel, betende Engel, lachende, badende, singende, tanzende, spielende, nachdenkende oder schlafende Engel. So weit das Auge reicht.

Mein Blick schweift ab, und ich entdecke neben den unzähligen Engelsfiguren noch kleine Nikoläuse und Schneekugeln. Im Hintergrund dudelt irgendeine Weihnachtsmusik, etwas Klassisches. Ich frage mich, wie Molly hier leben kann. Gefühlt tausende Augen starren mich an. Ich würde mich regelrecht verfolgt fühlen, was ich gerade auch tue. Ob sie wissen, was ich vor Jahren angerichtet habe? Ich schlucke und schlinge meine Arme um die Brust.

»Hach, es ist so schön, dass du da bist«, trällert Molly unvermittelt. Sie betritt den Raum, und ich setze mich kerzengerade auf. »Am Telefon war es immer so nett mit dir, aber in echt ist es einfach viel besser. Da hat man ein Gesicht zu dem Menschen.«

Molly ist mit einem Tablett beladen, auf dem sich eine Schüssel mit Gebäck, zwei Tassen und eine Thermoskanne türmen. Selbstredend hat die Kanne Engelsflügel – war ja klar –, ebenso wie die Tassen.

»Ich bin gespannt, wie sie dir schmecken«, juchzt sie. »Glühwein?«

Sie sieht mich verschwörerisch an, und ich wölbe verwundert eine Augenbraue. »Ist es dafür nicht etwas früh?«

Doch sie lacht nur. »Aber, aber, das ist doch das Schöne an der Weihnachtszeit. Man kann bereits vor vier Uhr was trinken.« Sie zwinkert vergnügt und schenkt dann unsere Tassen voll. »Also dann prost, meine Liebe. Schön, dass ich dich in meiner Engelsstube begrüße darf.«

Sie hält mir die Tasse hin, und wir stoßen an. Der Glühwein schmeckt ausgesprochen lecker, würzig und leicht süß. In meinem Bauch wird es schlagartig warm. Hui, das knallt rein.

Ich greife nach einem der Kekse – ausgestochene Engel mit Zuckerguss auf den Flügeln –, um ein bisschen was im Magen zu haben. Unbedarft beiße ich hinein – ganz klar ein Fehler. Was sind denn das für Dinger?

Ich versuche, mir nicht anmerken zu lassen, dass ich mir soeben fast einen Zahn abgebrochen habe, denn der Keks ist knüppelhart und trocken wie Bimsstein. Sollten Engel nicht irgendwie fluffig oder zart sein? Mehr so wie wolkige Makronen?

Schnell greife ich nach meiner Tasse und nehme einen Schluck Glühwein. Am liebsten würde ich den Keks sofort herunterspülen, doch dafür ist er zu fest, also weiche ich ihn möglichst unauffällig in meinem Mund auf.

Klar, dass so was mir passiert. Ding, dong, die Weihnachtszeit.

»Ich hoffe, du fühlst dich wohl bei mir«, trällert Molly, und da ich den Mund mit Glühwein und renitentem Gebäck voll habe, nicke ich nur mit fest verschlossenen Lippen. Ich probiere, dabei eine Art Lächeln zustande zu bringen, will aber lieber nicht so genau wissen, wie ich dabei aussehe. Sicher wäre das wieder so ein glorreicher Moment für einen von Annis Schnappschüssen, die mich nie von meiner Schokoladenseite zeigen.

»Ich wusste gleich, dass wir einen Draht zueinander haben würden«, seufzt sie angetan.

Als sie einen Blick durch den Raum wirft, nutze ich die Gelegenheit, um den Glühwein in meinem Mund zwischen meinen Backen und den Lippen umher zu spülen, als würde ich Mundwasser benutzen. Wahrscheinlich sehe ich dabei aus wie ein Backenhörnchen, das Gesichtsgymnastik betreibt, aber wenigstens wird der Keks dabei ordentlich durchgerüttelt und endlich weicher.

Als Molly mich wieder ansieht, verharre ich schnell, bevor sie mich noch für bescheuert hält, und endlich kann ich den vermaledeiten Keks hinunterschlucken. Auch der Wein landet spürbar in meinem Magen. Wenn ich nicht schon mal Haschkekse probiert hätte – ich war jung, entdeckungsfreudig und in Holland –, dann würde ich nun schwer vermuten, dass Molly sehr spezielle Zutaten verwendet.

»Was sind denn das für Kekse?«, erkundige ich mich, als ich endlich wieder sprechen kann.

Molly grinst. »Lecker, nicht wahr? Das Rezept habe ich von meiner Oma. Sie hat sie immer magische Kekse genannt. Ich durfte mir das Rezept vor vielen Jahren stibitzen. Na ja, warum sie magisch sein sollen, weiß ich ehrlich gesagt nicht.«

Sie zuckt mit den Schultern, und ich denke mir, dass es schon allein magisch ist, sich nicht die Zähne daran auszubeißen.

Ich nehme noch einen Schluck Glühwein und spüle die letzten Reste herunter. Dann räuspere ich mich. »Also, Molly, dein neues Buch ist fertig, was natürlich fabelhaft ist. Herzlichen Glückwunsch.«

»Ja, ich bin so stolz. Und dann ist mir auch noch dieser tolle Titel eingefallen. Ich hatte schon Sorge, dass der längst vergriffen sein könnte, aber aus mir unbegreiflichen Gründen war er noch verfügbar.«

*Nachrichten der Engel entschlüsseln.* Ich bin skeptisch, dass das ein Bestseller wird. Haben ihr das die Engel denn nicht gesagt? Trotzdem nicke ich lächelnd.

»Und wie hast du dir das Cover dazu vorgestellt? Du hast ja einiges erwähnt, aber so ganz schlau bin ich noch nicht daraus geworden. Was stellst du dir genau vor?«

Molly beginnt, heiter zu plaudern. Wir sitzen da, und ich nehme all ihre Vorstellungen auf. Sie zeigt mir Prospekte, allerlei, was sie sich zusammengesucht hat, und als sich die erste Tasse Glühwein leert, trinken wir noch eine weitere. Weil ja

Adventszeit ist, nicht etwa weil wir Schnapsdrosseln wären. Aber nach der ersten Tasse sind die Hemmungen sowieso verflogen. Die Zeit rinnt dahin, und schließlich sieht Molly mich an.

»Ich weiß nicht, was das bei dir ist«, sagt sie ungewohnt ernsthaft, »aber die Engel wollten, dass ich mich unbedingt an dich wende. Sicher, der Name ist Programm, aber da war noch etwas anderes.«

Ihr wasserblauer Blick mustert mich eindringlich, und ich greife nach der Tasse Glühwein, um meine jähe Nervosität zu überspielen. Nach einem großen Schluck räuspere ich mich. »Ich ... Äh, keine Ahnung ...«

Kann es sein, dass sie mir wirklich auf die Schliche gekommen ist? Aber warum mag sie mich dann so?

»Deine Aura«, setzt sie an. »Wie soll ich sagen? Sie ist sehr dunkel – gerade für diese Zeit. Ich meine, die Weihnachtszeit steckt doch voller Liebe.«

Sie lächelt begütigend, und ich nicke automatisch.

»Klar, Liebe, überall Liebe.« Womöglich sollte ich nicht mehr so viel trinken, doch vor lauter Anspannung tunke ich sogar noch einen weiteren Keks in mein Getränk. Diesmal weiche ich ihn außerhalb meines Mundes auf.

»Hm«, meint Molly mitfühlend. »Wie du das sagst, Kind, man könnte fast glauben, du magst Weihnachten nicht?«

Ach, mögen ...

Sie betrachtet mich forschend. »Als ob du aus irgendeinem Grund etwas gegen Weihnachten hättest.«

Ich schüttele den Kopf und zucke mit den Schultern. »Um ehrlich zu sein, ich denke eher, Weihnachten hat was gegen mich.«

Habe ich das jetzt gerade laut gesagt?

Gedankenverloren beiße ich in den aufgeweichten Keks. Der

Zuckerguss hat sich in den Glühwein verabschiedet. Letzte weiche Reste kleben an meinen Fingerkuppen, und so kommt es, dass ich mir nach dem Keks sogar die Finger lecke, was Molly wohlwollend zur Kenntnis nimmt.

»Unfug«, behauptet sie. »Weihnachten hat ganz sicher nichts gegen dich.«

Ihr Blick ist so eindringlich, als könnte sie wirklich mehr sehen als nur das, was ein Spiegel von mir zeigen würde. Manchmal sieht sie über mich hinaus, guckt über meinen Kopf oder neben mein Gesicht. Wer weiß? Vielleicht wabert meine Aura über mich hinaus.

Andererseits glaube ich nicht an Auren. Was auch immer ihre Oma für Rezepte kannte, ich bin sicher, die Ursache für Mollys Vision lässt sich eher dort finden.

»Was dir fehlt, ist die Liebe«, sagt sie.

Doch ich schüttele nur den Kopf. »Ach, Liebe, dafür habe ich gerade nicht viel Zeit.«

Sie macht ein erstauntes Gesicht. »Nicht? Merkwürdig, denn ich habe da so ein Gefühl, als ob da jemand wäre.«

Sie blickt umher und legt den Kopf mal links, mal rechts schief wie ein drolliges Käuzchen. Dann lächelt sie und sagt: »Jemand Weihnachtliches ...«

»Phhh!« Reflexartig stoße ich den Atem aus. Ich will schon verneinen, aber wie zum Kuckuck ...? Unsicher reibe ich mir die Schläfe. »Äh, ich meine, wie kommst du jetzt darauf?«

»Die Engel haben es mir geflüstert.«

Sie wird mir unheimlich.

»Also, ist da jemand?«, erkundigt sie sich. »Hast du jemanden kennengelernt?«

Ich mutmaße mal stark, dass sie nicht von Elchi spricht. Lucians grüne Augen drängen sich in meine Erinnerung, sein Profilbild bei Facebook, sein Lächeln, als wir uns geneckt haben, der Moment, als er mich zu sich auf die Bühne gezogen hat, sein betörender Duft ...

»Ähm, ja, okay. Ich habe tatsächlich zufällig jemanden auf einer Weihnachtsfeier getroffen. Diese Feiern gibt es doch ständig gerade irgendwo. Dabei kommt mir das viel zu früh vor.«

Es ist erst Ende November. Aber Anni hat mir erklärt, dass es sich nicht anders einrichten ließ, weil alles sonst schon ausgebucht war. Wie weihnachtswütig die Leute doch sind.

Sofort weiten sich Mollys Augen. Sie scheint sich für die Details der Feier überhaupt nicht zu interessieren. »Wusste ich es doch! Meine Engel sind schlau. Und was ist mit ihm?«

Ich winke ab. »Nichts. Gar nichts. Es war nur eine einmalige Begegnung.«

Einmalig, denke ich. Das war es irgendwie wirklich.

»Er war ganz süß«, räume ich ein. »Aber sonst ist nichts geschehen. Um diese Zeit des Jahres lasse ich mich lieber auf nichts ein. Und auch sonst ... Wir sind sehr verschieden, und er trägt ulkige Kostüme. Außerdem fand ich ihn anfangs eher nervig. Das passt doch alles gar nicht recht. Ich will da lieber nicht zu viel hineininterpretieren.«

Leider hält sich mein Unterbewusstsein überhaupt nicht daran. Es ist zum Mäusemelken.

Sie macht eine abwiegelnde Handbewegung. »Das nehme ich dir nicht so ganz ab. Oh, dass du teilweise selbst daran glaubst, das schon, aber das ist nur die halbe Wahrheit. Die Engel haben mir nämlich etwas geflüstert ... Warte! Allmählich wird es spannend.«

Ich finde die Art, wie sie von einem Engel zum anderen durch ihr Zimmer blickt und anscheinend auf Stimmen hört, die gar nicht existieren, eher unheimlich als spannend.

Trotzdem höre ich mich selbst fragen: »Ah, ja? Und was?«

»Nun, sie sagen: ›Magie liegt in der Luft.‹ In deinem Leben und der Liebe. Oh ja, ich habe sie bei dir gesehen«, beharrt sie, als ich beim Wort Liebe skeptisch dreinblicke. »Aber etwas in dir wehrt sich dagegen. Es hat mit dieser dunklen Aura zu tun. Hmmm ... Was ist es nur, was dich so sehr bedrückt?« Verschwörerisch blinzelt sie mich an. Erwartet sie etwas?

»Nichts, alles gut. Wirklich, Molly.«

Sie seufzt. »Nun, ich will mich wirklich nicht aufdrängen. Das ist nicht meine Art. Doch eins noch: Ich habe den Eindruck, als gäbe es eine Frage, die dich beschäftigt.«

»Wir haben doch alle so unsere Fragen«, weiche ich aus.

»Also, ich als Medium könnte für dich deinen Engel anrufen und nach einer Antwort fragen. Das wäre doch eine Lösung.«

»Ist das dein Ernst?« Ich kann nicht verhindern, völlig ungläubig zu klingen. Aber das ist einfach zu skurril. Anni wird das ganz sicher gefallen. Doch ich habe Mühe, ihr Angebot zu verarbeiten. »Eine Antwort von meinem Engel?«, vergewissere ich mich.

Sie lacht. »Ja, natürlich. Jeder hat einen Engel. Also, was sagst du?«

Wenn sie wüsste! Ich habe ganz sicher keinen. Aber auch wenn ich daran nicht glaube, nicke ich schließlich. Vielleicht wegen des Glühweins oder auch einfach nur, um Molly ihre Freude zu lassen.

»Na, schön«, willige ich ein. »Und wie funktioniert das jetzt?«

Molly lächelt schlau und sieht mich mit ihren lieben, blauen Augen an. »Du gibst mir deine Hand, und ich rufe deinen Engel an. Du musst nichts tun, als dein Herz zu öffnen.«

Das ist ja einfach. Molly nimmt noch einen Schluck aus ihrer Tasse und reibt sich die Hände. »Okay, dann rufe ich deinen Engel mal an.«

Emsig reibt sie ihre Hände weiter und immer weiter. Hätte sie ein Stäbchen dazwischen, könnte sie vermutlich Feuer machen. Das Geräusch ihrer Handflächen folgt einem drängenden Rhythmus.

»Energie wird durch Wärme hergestellt«, erklärt sie leicht atemlos. »So klappt das mit der telefonischen Verbindung besser.«

Das kann ja heiter werden.

»Also, dann wollen wir mal.«

Molly greift nach meiner Hand, schließt die Augen und ja, ich muss zugeben, dass ich eine gewisse Wärme spüre. Was allerdings logisch ist. Ihre Hand fühlt sich fast heiß an vom vielen Reiben.

Ob ich mal fragen soll, ob es schon tutet? Oder ob er schon rangegangen ist?

Kurz huscht ein Lächeln über meine Lippen. Doch natürlich verkneife ich mir solche Erkundigungen. Eine Weile sitzen wir bloß so da, als sich plötzlich ihr Gesichtsausdruck verändert.

»Das gibt's nicht!«, staunt sie. »Ah, jetzt verstehe ich.«

Ich möchte mal wissen, was mein Engel so erzählt.

»Äh, was genau?«, wage ich zu fragen.

Sie nickt. »Warte ...«

Noch immer hält sie meine Hand fest und nickt dabei eifrig weiter, als hörte sie so allerhand. Auch wenn ich das Ganze total albern finde, bin ich jetzt schon irgendwie neugierig.

Schließlich löst sie ihren Griff und sieht mich mit einem seltsam glasigen Blick an. »Das Rad des Schicksals hat sich gedreht. Die Antwort ist Ja. Du solltest es tun. Denn es wird dir sehr hilfreich sein bei dieser Sache, die dich beschäftigt und von der du so überzeugt bist, dass sie auf dir lastet.«

Verwirrt runzele ich die Stirn. »Das ist die Antwort des Engels?«

»Ja, er meinte, dass dich eine gewisse Überlegung nicht los-
lassen würde. Schon auf dem Weg hierher haben sich deine
Gedanken immer und immer wieder darum gedreht. Und ich
glaube, es hat etwas mit diesem Mann zu tun.«

Ob sie das wohl zu jedem sagt? Schließlich ist es so allge-
mein gefasst, dass es einem Horoskop entsprungen sein könnte.

*Bestimmt fragst du dich was. Ja, nein, vielleicht? Die Ant-
wort lautet – ene, mene, muh – Ja. Und es geht um einen
Mann. Tada!*

Wahrscheinlich würde das auch auf Anni passen. Oder meine Friseurin. Oder die Tamburin-Anneliese. Die halbe Welt.
Sogar auf Frau Querbaum. Sie alle könnten sich gerade Dinge
fragen wie: Mag er mich oder nicht? Soll ich ihn anrufen oder
nicht? Soll ich mit ihm ins Bett oder nicht? Soll ich mir einen
Fitnesstrainer zulegen oder nicht? Soll ich mein Abo bei dem
und dem Kerl kündigen oder nicht?

Hallo, es könnte alles sein! Mir ist, als säße ein skeptisches
Teufelchen auf meiner Schulter in einem Raum voller Engel.

»Also, ich weiß gar nicht ...«, setze ich an.

Doch Molly lächelt nur. »Lass es zu, die Antwort lautet Ja.
Was auch immer dich bedrückt, es ist an der Zeit, sich dem
Ganzen zu stellen.«

# Kapitel 11

Wieso will in letzter Zeit eigentlich jeder von mir, dass ich mich mit meinen Problemen auseinandersetze? Was ist aus der guten alten Verdrängung geworden? Darin bin ich Königin. Aber nein ...

Noch dazu ist ja wohl klar, dass bei diesem Problembewältigungsunsinn nicht gerade Spaß auf einen zukommt. Schon bei kleinen Schwierigkeiten ist das so. Beispielsweise bei Frau Querbaum. Wenn man sie zu stark konfrontiert, füllt sie einfach hinterrücks das Kreuzworträtsel in meiner Zeitung aus. Dabei krakelt sie die Begriffe mit links hin, weil sie Rechtshänderin ist, in dem Bestreben, die Handschrift von sich weisen zu können. Sie ist so listig. Aber gleichzeitig trägt sie lauter Nonsens ein. Wahrscheinlich tut sie sogar das mit Absicht. Neulich hat sie außerdem einen Teil der Coupons ausgeschnitten. Ich glaube ja, sie schaut *Couponing Extrem* und lässt sich dann verleiten.

Wie auch immer, es ist nicht unbedingt ratsam, schlafende Hunde zu wecken. Und wenn das schon im kleinen Rahmen gilt, dann erst recht bei Flüchen, die bereits lange anhalten.

Andererseits bin ich das letzte Mal, als ich mich dem Unheil stellen sollte, Lucian begegnet. Also was nun?

Ich verlasse die Straßenbahn und steige am Hauptbahnhof aus. Meine Gedanken schwirren rastlos durch meinen Kopf, und zu allem Übel bin ich auch noch leicht beschwipst.

Molly hatte mich vor meinem Aufbruch noch gebeten, eine letzte Tasse Glühwein mit ihr zu trinken. Sie wollte auf unsere Zusammenarbeit anstoßen, und ich konnte und wollte ihr den kleinen Gefallen nach dem ganzen Engelstelefonat nicht abschlagen.

Ob mein imaginärer Engel wohl auch seine Finger an diesem seltsamen Wechselplakat auf meiner Hinfahrt im Spiel gehabt hat?

Haha, ausgerechnet die Engel. Ich meine, bei denen habe ich nicht gerade einen Stein im Brett, wenn man bedenkt, was vor Jahren passiert ist ... Nein, die würden nie einen Fanklub für mich gründen.

Ach, ich muss mich zusammenreißen. Was habe ich hier bitte für Gedanken? Doch ich fühle mich recht zerstreut, als ich mich auf den Weg in die Innenstadt begebe. Inzwischen ist es dunkel, wobei es noch nicht allzu spät ist, kurz vor sechs vielleicht. Eigentlich macht es das noch schlimmer. Erst sechs Uhr, und ich bin schon beschwipst, aber hungrig. Die Kekse waren ja mal gar nicht mein Fall.

Ich laufe quer über den Bahnhof und wechsele die Straßenseite, um die gegenüberliegende, belebte Fresspassage zu erreichen. Vor dem Frauentorturm stoppe ich einen Moment und schaue mich um. Am besten hole ich mir ein Bratwurstbrötchen. Irgendwas, damit mein Magen etwas Verwertbares in sich hat.

Gerade, als ich weiterlaufen will, dringt mir eine bedauerlicherweise vertraute Stimme ans Ohr.

»Jule?«

Ich stocke, sehe auf und bekomme die Bestätigung. Ach ja, sich dem Unheil stellen – ich habe schon verstanden. Das Karma oder die Engel wollen mich dieser Tage wohl quälen. Denn vor mir steht meine ehemalige Kollegin Konstanze Lieblich. Blond, schlank, langbeinig und perfekt gestylt wie die Frau aus der Drei-Wetter-Taft-Reklame. Na toll, die hat mir gerade noch gefehlt.

Lieblich. Der Name passt absolut gar nicht zu ihr, denn sie ist alles andere als lieblich, auch wenn sie auf den ersten Blick so aussieht mit ihren blond gelockten Haaren und der schmalen Figur.

Wir haben eine Zeit lang zusammengearbeitet, und ich weiß noch, wie sie sich den Mund darüber zerrissen hat, dass ich mich selbstständig mache. Sie war die Vorzimmerdame in meiner alten Firma, und sagen wir so, wir sind uns ganz und gar nicht grün gewesen.

»So was, Jule, das ist aber eine Freude!«, tönt sie und grinst mich übertrieben an.

»Konstanze, ja, wie ... überraschend«, presse ich hervor, und sie verzieht kurz das Gesicht.

»Na, wie geht es dir?«, erkundigt sie sich und mustert mich abschätzig. »Wie läuft das Geschäft? Die Liebe?«

Ich weiß gar nicht, was ich antworten soll.

»Ähm, gut. Ich kann mich wirklich nicht beschweren. Ich habe eine Menge Aufträge, besonders jetzt.«

Sie nickt, obwohl sie sich mit Sicherheit noch nie eingehend mit meiner Tätigkeit auseinandergesetzt hat. »Ich habe schon gehört, dass du gut dabei sein sollst. Wie schön.« Sie lächelt ein falsches Lächeln, das mich nicht täuschen kann.

»Ja, finde ich auch«, sage ich nur und will gerade hinzufügen, dass ich es eilig habe, als sie mir zuvorkommt.

»Aber du bist noch immer Single, nicht wahr? Das habe ich auf Facebook gesehen.« Bedauernd schnalzt sie mit der Zunge. »Das tut mir ja so leid für dich, und gerade zur Weihnachtszeit ganz allein zu sein, ist doch total deprimierend, oder?« Sie wartet meine Antwort gar nicht erst ab, sondern schwärmt direkt von ihrem eigenen Leben weiter. »Also, ich bin ja heilfroh, dass ich und mein Philipp noch immer sagenhaft glücklich sind.«

Das ist schon immer ihre Art gewesen. Erst redet sie andere klein, wobei sie es als Mitgefühl tarnt, und dann trumpft sie mit ihren eigenen Attributen auf, um sich hervorzutun.

– »Ach, nimm es nicht so schwer, dass du dieses Programm nicht so gut beherrschst. Ich kann es dafür umso besser.«

– »Wie, du armes Ding hast gar keine Konzertkarten mehr gekriegt? Puh, zum Glück bin ich sogar im VIP-Bereich. Aber ich werde dir natürlich Bilder schicken.«

– »Oh je, nein, was ist denn nur mit deinen Haaren los? Die mögen die trockene Luft wohl gar nicht. Aber meine Cousine sieht auch immer aus wie eine elektrisierte Wollmaus. Zum Glück habe ich da keine Probleme. Mein Friseur sagt immer: ›Konstanze, deine Haare sind eine wahre Pracht.‹«

Ihr Mitleid für mich als Single kann sie sich sparen.

»Oh, ich komme ganz gut klar, auch ohne einen Mann«, halte ich dagegen. »Davon sollte das Glück im Leben ja nicht abhängen.«

Sie nickt lächelnd. »Klar, da hast du recht. Und Katzen sind ja auch schön, oder? Wäre doch eine Überlegung. Oder hattest du nicht eine ...« Ihr Handy klingelt. »Ach, das ist Philipp, er wartet bereits auf mich. Wir wollen uns einen schönen, gemütlichen Abend machen. Also dann, mach's mal gut, ja?«

Ich bin total überrumpelt, als sie sich direkt abwendet, und stehe da wie ein vergessenes Fahrrad.

»Ja, ich dir auch.«

Aber sie beachtet mich gar nicht mehr und verschwindet so schnell, wie sie aufgetaucht ist, im Getümmel.

»Ich meine, du mich auch«, verbessere ich mich.

Wegen der Ansteckungsgefahr im dicht besiedelten Stadtgebiet – ich denke ja mit – wünsche ich ihr weder Pest noch Cholera an den Hals, aber der Schlag darf sie ruhig treffen. Möglichst mehrmals.

Ich tröste mich mit dem Gedanken an ein Wurstbrötchen, man soll ja nach vorne schauen und nicht zurück, doch da bleibt mein Schuh unversehens im Kopfsteinpflaster stecken.

Echt jetzt? Schon wieder? Wie soll man bei dieser Häufung an Missgeschicken nicht an einen Fluch glauben?

Dabei habe ich diesmal gar nicht die hohen Pumps von der Weihnachtsfeier an. Aber jegliche Form von Absätzen, bis auf die ganz klobigen, wird nur allzu gerne vom Kopfsteinpflaster gefressen. Habe ich schon erwähnt, wie sehr mich der Nürnberger Straßenbelag nervt?

Ich bücke mich und versuche, meinen Schuh zu befreien. Ein ziemlich mühseliges Unterfangen; kopfüber und beschwipst. Dass ich nicht hinfalle, ist auch schon alles. Irgendwann gelingt es mir zwar freizukommen, doch der Absatz ist abgebrochen.

Jeder Schritt zu viel macht keine Freude mehr, und so verwerfe ich den Gedanken an ein Wurstbrötchen. Humpelnd mache ich mich auf den Weg nach Hause. Irgendwas werde ich dort schon im Kühlschrank finden.

Womöglich liegt es an Konstanze, dem Schuh, der eisigen Luft, dem leeren Magen oder meiner allgemeinen winterlichen Pechsträhne, jedenfalls ist mir auf einmal ganz elend zumute. Warum habe ich auch so viel Glühwein getrunken? Oder war es gar zu wenig?

Ich passiere einen Stand mit Engeln. Die haben mir gerade noch gefehlt.

Die Antwort ist Ja, höre ich Mollys Stimme durch meinen Kopf hallen, und ich hinke schnell weiter, bis ich an einem Stand mit Glühwein vorbeikomme. Die Frau dahinter lächelt mich herzlich an.

»Ein Glühwein zur Stärkung?«, fragt sie, und – warum auch immer – ich nicke.

Schließlich lautet die Antwort Ja. Das passt halt auf vieles.

»Ach, ja«, seufze ich und trete näher. »Einen kann ich schon noch trinken, so zum Aufwärmen.«

Und als Seelentröster. Ein einzelner Glühwein kann gewiss nicht schaden. Das machen doch viele Passanten so, und schließlich will Anni doch immer, dass ich weihnachtlicher werde. Also bitte, prost!

Ich lasse mir eine Tasse geben, zahle sie und nach ein paar wärmenden Schlucken dreht sich in meinem Kopf alles wie bei einem Kreisel. Oder wie beim Rad des Schicksals, erinnere ich mich an Mollys Worte. Was, wenn sie Recht hat und mein Schicksal mir wirklich etwas mitteilen will? Über Engel oder meine Aura. Hängt das alles mit meinem Fluch zusammen?

Eigentlich ist mir dieses Schicksalszeug viel zu esoterisch. Also schüttele ich den Kopf. Doch bei dem Drehschwindel, den ich ohnehin schon verspüre, lasse ich das schnell wieder.

Fakt ist: Weihnachten ist doof, und ich bin allein und einsam. Ich habe niemanden zum Liebhaben, nicht mal einen Hund oder eine Katze – blöde Konstanze.

Hach, Lucian war schon süß. Was, wenn ich doch auf die Wette einsteige? Ich meine, dann gewinne ich diese Reise, denn er hat keine Chance gegen mich – verflucht, wie ich bin.

Aber er kann sich gar nicht bei mir melden, und wenn ich an seinen Abgang zurückdenke, wird er das wohl auch nicht wollen. Mir wird bewusst, dass ich Lucian nie wiedersehen werde, und mein Bauch zieht sich zusammen.

Ich bleibe vor dem großen Weihnachtsbaum am Hauptmarkt stehen und betrachte ihn. Myriaden von Lichtern lassen ihn golden strahlen, und die Spitze, die zuoberst befestigt ist, glänzt wunderschön. Dann erkenne ich, dass es sich um einen Engel handelt, der dort sitzt, und ich atme tief durch. Das ist der Zeitpunkt, als mir endgültig alles zu bunt wird.

Am liebsten würde ich meinen Schuh nach diesem geflügelten Früchtchen werfen. Pah, Engel! In Gedanken schieße ich ihn von der Spitze. Zum Kuckuck mit Engelsanrufen.

Aus heiterem Himmel klingelt mein Handy.

Brrr, das ist unheimlich, und kalt ist mir auch.

Reiß dich zusammen, Jule. Das ist bestimmt nur Anni, die mir berichten will, wie es im Kino gewesen ist. Mit klammen Fingern fische ich mein Smartphone aus der Handtasche und blicke aufs Display. Die Nummer ist mir fremd, aber das ist nichts Ungewöhnliches, da sie meine private und geschäftliche Nummer zugleich und somit im Internet zu finden ist.

»Hallo, hier ist Jule, der Unglücksengel. Wie kann ich helfen?«

»Unglücksengel? Ich dachte, du wärst ein Wichtel?«

»W...was?«, stammele ich, als ich die Stimme vernehme. »Lucian?«

»Nein, der Weihnachtsmann. Erinnerst du dich an mich?«

Mein Magen zieht sich zusammen, und ich schaue unsicher zum Engel an der Baumspitze hoch. »Ähm, ja, ich erinnere mich düster ... sehr düster ...«

»Alles okay bei dir?«, vergewissert er sich.

Ich muss wohl sehr eigenartig klingen, wenn er das fragt. Ich räuspere mich und wische über meine Nase. »Ja, klar, bis auf den Umstand, dass ich frierend durch die Stadt humpele, weil ... Okay, lach jetzt nicht, denn es ist überhaupt nicht lustig. Mein blöder Absatz ist abgebrochen – eines meiner vielen Talente –, und jetzt stehe ich vor diesem Riesenweihnachtsbaum, von dem aus mich ein schadenfroher Engel angrinst.«

Oh je, ich glaube, ich lalle ein wenig. Bestimmt merkt er, dass ich um die Zeit bereits einen im Tee habe. Schlimmstenfalls hält er mich für einen Tollpatsch mit Alkoholproblem. Was ich nicht bin. Na ja ... tollpatschig schon.

»Hör mal, wo bist du denn gerade?«

»Am Hauptmarkt vor dem riesigen Baum. Vielleicht fackele ich ihn gleich ab – als heidnisches Ritual gegen Weihnachtsflü... äh, Pannen«, schniefe ich.

Mit einem Mal, ohne dass ich es will, bin ich ganz sentimental und irgendwie auch überfordert.

»Sag mal, weinst du?«, fragt Lucian.

Stur schüttele ich den Kopf. »Nein.« Doch wieder muss ich dabei verräterisch schniefen, also füge ich an: »Meine Nase kribbelt bloß von dieser Weihnachtsallergie. Das ist so ähnlich wie Heuschnupfen. Wirklich, mehr ist das nicht. Möglicherweise habe ich auch Weihnachtsglitter im Auge.«

Ich fühle mich total elend. Sollte Alkohol nicht eigentlich lustig machen?

Hör auf zu weinen, Jule, ermahne ich mich, aber da kullert mir schon eine Träne über die Wange.

»Pass auf, ich wohne ganz in der Nähe. Warte einfach auf mich. Ich bin in fünf Minuten da! Und dann bring ich dich nach Hause.«

»Echt jetzt?«

»Ja, echt jetzt. Dich kann man wirklich nicht alleine lassen. Also bleib, wo du bist, und bewege dich am besten nicht.«

»Okay«, schniefe ich. »Sag mal, Lucian?«

»Hm?«

»Woher hast du eigentlich meine Nummer? So langsam glaube ich, dass du doch der Weihnachtsmann bist.«

Oder dass er zumindest über seltsame Kräfte verfügt.

Er lacht. »Das Zauberwort heißt: Impressum. Wenn man dich googelt, findet man dich ganz leicht. Kein Hexenwerk.«

»Du hast mich gegoogelt?« Unwillkürlich muss ich lächeln.

»Du weißt schon, Männer und Technik. Also, ich bin gleich da.«

»Okay, bis gleich. Ich warte.«

Ich fühle mich ein bisschen leichter, als ich auflege, und betrachte den Baum, den Engel auf der Spitze und kneife die Augen zusammen.

Was haben sie nur vor, diese Engel?

Aber egal, was es ist, gleich kommt Lucian. Der Gedanke, ihn wiederzusehen, verstärkt den Rausch in meinem Kopf. Ich blicke in den Himmel empor und sehe vereinzelt die Sterne schillern. Vielleicht ist es doch Schicksal, dass er mich gerade jetzt angerufen hat. Oder haben die Engel ihre knubbeligen, kleinen Finger womöglich irgendwie im Spiel?

Molly Morgenbaum glaubt das sicher.

Ich stehe da und starre weiter nach oben, und dann, urplötzlich wie aus dem Nichts, zieht eine Sternschnuppe am Firmament vorbei. Inmitten der Nürnberger Nacht. Nur ein flüchtiger Streif, kaum länger als ein Atemzug, schön und irgendwie magisch. Ist das zu glauben?

Ich möchte mir gerade etwas wünschen, als ich Lucians Stimme höre.

»Hey, da bin ich, und ich habe dir eine Jacke mitgebracht.«

Er steht da – groß, lächelnd, mit einem tiefgrünen Blick, der zaubern kann – und ja, ich hätte mir nichts Schöneres wünschen können.

# Kapitel 12

Viel zu grelles Licht kitzelt meine Nase, als ich langsam die Augen öffne. Ich blinzele durch meine Lider und erspähe hellgraue Vorhänge. Warte, hellgraue Vorhänge? Wie ist das möglich? Wüsste nicht, dass ich solche besitze ...

Mein Blick wandert weiter und haftet schließlich auf einem kubischen Nachttisch, der mir ebenfalls gänzlich unbekannt vorkommt. Auch der Teppich, der wieder hellgrau ist, gehört mir sicher nicht.

So, noch mal von vorne. Vielleicht habe ich mir das nur eingebildet oder träume in Wahrheit noch. Rasch schließe ich die Augen und zähle innerlich bis fünf. Dann öffne ich sie wieder und blinzele hoffnungsvoll, doch ich erhasche abermals nur eine Aussicht auf dieselbe Szenerie.

Mist, das habe ich mir definitiv nicht eingebildet. Mein Blick schweift weiter durch den Raum zu einem fremden Kleiderschrank und einer schlichten Schirmlampe. Sie ist kein bisschen mit meiner gemütlichen, runden Schlafzimmerlampe vergleichbar.

Nachdenken, Jule. Wo bin ich und was ist geschehen?

Da war die Straßenbahn, dann Molly, Glühwein, Engelsgespräche ... Oh Gott, wie schräg. Ich lasse alles Revue passieren, während ich mich unsicher umsehe. Als ich meinen Kopf ein Stück weiter drehe, setzt für einen Augenblick mein Herz aus, nur um dann umso wilder weiterzutrommeln, denn neben mir liegt ein Mann – ein Mann! – und zwar nicht irgendeiner, sondern Lucian.

Hhhh!

Sogleich nimmt mein Puls an Fahrt auf. Das darf doch jetzt nicht wahr sein. Ich liege in Lucians Bett?

Nein, nein, Moment ... Was ist gestern nur passiert?

Mit offenem Mund starre ich ihn an, als sich ein Verdacht in mir aufbaut. Vorsichtig und ganz leise rücke ich näher an ihn heran und – komm schon, tu es – hebe die Decke ein Stück nach oben.

Puh, er ist zumindest nicht nackt. Aber er trägt lediglich eine rot-grün gestreifte Unterhose. Lucian ist ja recht farbenfroh. Ich entsinne mich daran, wie wir im Flur bei den Toiletten gestanden haben und ich seine bloße Haut über seinen roten Boxershorts gesehen habe, wie verführerisch er auf mich gewirkt hat und wie warm mir im Bauch geworden ist. Doch auch sein Hintern ist ausgesprochen knackig, und ich erlaube mir, ihn eine kleine Weile zu betrachten. Als Lucian jedoch im Schlaf zuckt, lasse ich die Decke schnell wieder fallen.

Erst, als sich mein Herzschlag einigermaßen beruhigt hat, gönne ich der ganzen Situation eine gründlichere Betrachtung und sehe an mir hinunter. Ich habe ein grünes T-Shirt mit einem Rentier drauf an. Definitiv nicht meins, sondern sein Shirt.

Ach, du Heilige! Warum trage ich dieses christnächtliche Unding? Anscheinend habe ich nicht mehr alle Nadeln an der Tanne. Wie unangenehm und noch dazu ganz und gar nicht sexy.

Hhhh!

Sexy ... Hatten wir letzte Nacht etwa ...?

Oh, hoffentlich nicht. Zum einen, weil ich nicht auf unverbindliche Sexabenteuer stehe, zum anderen, weil ich mich dann doch wenigstens gerne daran erinnern würde. Bin ich gestern so dermaßen geistig umnachtet gewesen, dass ich selbst *das* nicht mehr weiß?

Von einer inneren Anspannung gepackt, versuche ich, mich leise aus dem Bett zu schleichen. Plötzlich dreht Lucian sich zu mir herum und murmelt verschlafen: »Hey, guten Morgen, Engelchen.«

Erschrocken zucke ich zusammen und ziehe hastig die Decke höher – bis fast über meinen Mund. Er fühlt sich ganz pelzig an. Bestimmt habe ich mega üblen Mundgeruch. Also von wegen zartes Engelchen.

»Morgen«, nuschele ich in die Decke.

Lucian grinst mich zerknittert an. Die Abdrücke des Kopfkissens haben sich in seine Wange eingeprägt. Doch selbst das kann ihn nicht anstellen.

»Wie geht es dir?«, fragt er mich mit einem Augenzwinkern und richtet sich langsam auf.

Ich ertappe mich dabei, wie ich auf seinen muskulösen Oberkörper starre. Darauf, wie sich die Muskeln um seine Brust anspannen. Er sieht wirklich atemberaubend aus.

»Ähm, ich habe ganz schön fest geschlafen«, sage ich wahrheitsgemäß und habe irgendwie den Faden verloren.

Doch er nickt, als würde das Sinn ergeben.

Ob er gemerkt hat, wie sehr ich ihn angestiert habe?

Verlegen schaue ich mich im Raum um, suche nach meinen Klamotten und entdecke meine Hose auf einem kleinen Hocker. Genauso wie meinen Pullover und mein Spitzenoberteil, das ich drunter anhatte. Wobei die Betonung auf hatte liegt. Was haben wir hier letzte Nacht bloß angestellt?

Angestrengt versuche ich, meine Erinnerungen zusammenzusetzen. Ich war beschwipst auf dem Heimweg, war traurig, weil ich keine Katze habe, und dann ... dann stand ich vor diesem Weihnachtsbaum ... Verflixt und zugenäht, mein Kopf pocht! Daran ist nur Molly schuld, ihre komischen Engel, dieser Engel auf dem Baum und der von damals sowieso ...

Ich erinnere mich daran, dass Lucian angerufen hat. Er kam mich abholen. Wir wollten ... seltsam, wir wollten doch eigentlich zu mir, oder nicht?

Ich kann mich einfach nicht mehr entsinnen, wie wir hier gelandet sind. Sollte ich gestern Nacht nicht klammheimlich umgezogen sein, ist das jedenfalls nicht mein Apartment.

»Alles in Ordnung? Du wirkst irritiert«, stellt er fest, und ich lache auf.

»Ja, irritiert ist gut.«

Er lacht ebenfalls und ist total unbefangen. Vielleicht hat er solche postkoitalen Momente öfter. Innerlich stöhne ich. Das wäre ja noch blöder.

»Hast du Hunger?«

Ich schüttele den Kopf. »Nein, danke, gerade nicht.«

»Willst du dann eventuell einen Kaffee zum Wachwerden?«

Das hört sich deutlich besser an, und ich nicke. »Ja, ein Kaffee wäre gut.«

Lucian nickt, schiebt die Bettdecke beiseite und steht auf.

Oh. Mein. Gott. Was für einen sexy Körper er hat! Nicht nur sein Hintern ist total trainiert, auch sein Oberkörper hat sichtlich Muskeln, und ich kann nicht anders, als ihn schon wieder anzustarren.

»Bin gleich wieder da«, sagt er und verlässt das Schlafzimmer.

Am besten ziehe ich mich rasch an, jetzt, wo er weg ist. Eilig springe ich aus dem Bett und schlüpfe in meine Sachen. Das Shirt mit dem Elch lege ich ihm ordentlich auf den Hocker.

Was jetzt? Die Flucht ergreifen?

Doch dann höre ich schon die Kaffeemaschine rattern und rieche wenig später den herrlich aromatischen Duft frisch gemahlener Röstbohnen. Na, vielleicht türme ich lieber erst nach dem Kaffee.

Kurz darauf betritt Lucian das Schlafzimmer mit zwei dampfenden Tassen. »Ich weiß jetzt nicht, wie du ihn trinken magst. Mit Milch oder Zucker? Ich habe alles da.«

»Eigentlich mit Milch, aber gerade ist schwarz ganz gut.«

Er lächelt und reicht mir die Tasse. Sein Oberkörper ist noch immer unbekleidet. Autsch! Wie kann er mich so foltern? Erneut ertappe ich mich dabei, wie ich meinen Blick über seinen Körper gleiten lasse. Seine bronzene Haut, seine festen Muskeln ... Ich kann mich kaum konzentrieren.

Er nimmt einen Schluck, wobei sich sein Kehlkopf geradezu sinnlich bewegt. Sieht bei ihm eigentlich alles heiß aus?

»Herrlich«, seufzt er. »Ich brauche morgens immer erst einen Kaffee, um in die Gänge zu kommen.«

Ich nicke zustimmend und nippe schnell an meiner Tasse. Sein Kaffee ist definitiv besser als meiner. Möglicherweise war er in seinem früheren Leben Barista.

»Geht mir auch so«, murmele ich unverbindlich. Die ganze Situation ist so absurd, und ich bin total befangen. Doch ich brauche dringend Klarheit, also nehme ich all meinen Mut zusammen und frage ihn: »Was ist gestern eigentlich noch passiert? Hatten du und ich ... also ...?«

Er legt den Kopf schief und lächelt träge. »Sex?«

Meine Wangen glühen. »Ähm, ja ...«

»Hm«, macht er und beißt sich kurz auf die Lippe, was so teuflisch sexy ist, dass ich mir ein Wimmern verkneifen muss. »Nun ja ... Erinnerst du dich gar nicht mehr, Weihnachtswichtelchen?«

»Hey ...« Doch mein Protest geht völlig unter.

»... Ich sage nur, du warst kein Engel.« Er grinst und sein Blick wird verhangen.

Mir rauscht das Blut in den Ohren. Du liebe Güte, wir hatten wirklich Sex! Das ist doch jetzt ein Scherz.

»Heißt das: ja? Wir hatten echt ...oh nein, nein ...«, stöhne ich.

Lucian lacht. »So schlimm war es nun auch wieder nicht. Also, ich hatte jedenfalls nicht das Gefühl ...«

Das ist ein Albtraum, denke ich mir, als er loslacht.

»Entspann dich, Jule. Nein, wir hatten natürlich keinen Sex. Wir haben nur geredet, und du warst sehr lustig, muss ich sagen.«

»Lustig? Ist das was Gutes oder ...?«

Er nickt. »Sagen wir so, im Weihnachtsmann-Parodieren macht dir so schnell keiner was vor.«

»Oh, wie peinlich«, flüstere ich in meine Tasse. Am liebsten würde ich darin versinken. »Ich habe also den Weihnachtsmann verkaspert?«

Er nickt. »Ja, unter anderem. Außerdem auch das Christkind und Engel. Die armen Dinger sind nicht so gut weggekommen. Und Rentiere. Ich meine, was hast du gegen die süßen Tierchen? Jedenfalls wolltest du mein Shirt dazu anziehen.«

Jetzt muss ich lachen. »Das war meine Idee?«

Er grinst. »Ja, ich war auch angenehm überrascht.«

Schmunzelnd nage ich am Rand meiner Kaffeetasse und schaue zu ihm hoch. »Okay, und was habe ich noch gemacht?«

»Gegen Ende hast du was Unverständliches vom Grinch erzählt und dass dieser Film der schlechteste aller Zeiten wäre. Außerdem von einem Anruf bei Engeln.«

Ich verschlucke mich fast. Kann es noch schlimmer kommen?

Lucian sieht mich an. »Und, na ja, du hast gesungen.«

Ups, es kann.

»Ich habe *was*? Gesungen?«, krächze ich.

»Es war nicht schlimm, Jule«, beruhigt er mich. »Sondern wirklich lustig. Ganz im Ernst. Wir hatten Spaß, auch wenn du nichts mehr davon weißt.«

»Wenn du das sagst. Wie spät ist es eigentlich?«

Lucian deutet auf die Uhr an der Schlafzimmerwand. Sie zeigt beinahe halb zwölf an.

Unglaublich. So lange haben wir geschlafen? Ich nehme erneut einen Schluck Kaffee aus der Tasse, bevor ich sie auf dem Nachttisch abstelle.

»Ich denke, ich sollte dann mal gehen. Schließlich habe ich dich lange genug aufgehalten.«

Er nickt. »Okay, ich fahre dich.«

Verwundert sehe ich ihn an. »Was? Nein, ist nicht nötig. Ich komme schon allein nach Hause.«

Er grinst wissend. »Oh doch, glaub mir, das ist es. Außerdem willst du doch nicht barfuß gehen, oder?«

»Barfuß«, murmele ich, und dann fällt es mir wieder ein. Der bescheuerte Absatz ist abgebrochen. »Mist, stimmt.«

Lucian geht zum Schrank, holt sich ein Shirt heraus und zieht es sich über. Zu schade eigentlich.

»Du musst mich echt nicht fahren. Ich schnappe mir einfach ein Taxi.« Da ich mich an gestern Nacht nicht mehr erinnern kann, will ich gerade nur noch weg von hier. Das Ganze ist doch irgendwie seltsam.

»Also schön, aber das zahle ich dir«, stimmt Lucian zu.

Wow, wie lieb. Er ist ja ein richtiger Gentleman. Aber das hat er bereits bewiesen, als er mir mit meinem zerrissenen Kleid behilflich gewesen ist.

Lucian verlässt den Raum, und ich höre ihn telefonieren. Als er zurückkommt, zeigt er mir den erhobenen Daumen. »Das Taxi wird gleich da sein.«

»Danke, das ist echt nett von dir.«

Wir gehen in den Flur, und ich schlüpfe in meine kaputten Schuhe. Einerseits will ich weg, andererseits ist er schon verwirrend attraktiv.

Als es an der Tür klingelt, wird mir die Entscheidung leicht gemacht. Ich lege die Hand auf die Klinke. »Dann mache ich mich mal auf die Socken.«

Lucian nickt einverstanden. »Ja, wir sehen uns dann eh die Tage.«

Moment, was?

Irritiert sehe ich ihn an. »Die Tage?«

Er nickt wieder. »Klar, das haben wir doch so ausgemacht.«

Ich hebe die Hand zum Einwand, weil ich gar nichts verstehe. »Was soll das bedeuten?«

Lucian lacht nur. »Du weißt wirklich nicht mehr viel, hm?«

Er tritt näher an mich heran, und ich amte den maskulinen Duft seiner Haut ein. Es geht mir in die Nase und durch meinen Körper, und ich spüre, wie mein Herz heftig unter meiner Brust pocht.

»Nun, du hast eingewilligt«, sagt er.

»Hä?«

»In unsere Wette.«

»Quatsch, das würde ich nicht!«

Oder doch?

Er grinst noch breiter. »Klar, weil du meintest, die Antwort sei Ja. Und dann noch was davon, dass alle Zeichen darauf hindeuten würden, dass du mir die Hosen ausziehst.«

»Warte, was? Nein«, stammele ich.

»Gut, okay. Das war frei interpretiert. Du hast eher so was gesagt wie: ›Wenn du unbedingt verlieren willst, halte ich dich nicht länger davon ab, Mister Frosti.‹ Ich hatte gehofft, diesen Kosenamen nicht zitieren zu müssen, Wichtelchen, aber ...«

Schicksalsergeben lässt er den Satz in der Luft hängen.

Oh je, diese leicht flirtive Bezeichnung klingt schon eher nach mir. Mein Widerstand schrumpft, als ich zaghaft murmele: »Nee, oder?«

»Doch.« Lucian grinst und sieht nicht im Mindesten besorgt aus, seinen Hauptgewinn abtreten zu müssen. Ganz schön hochmütig. »Du kannst jetzt nicht mehr zurück«, behauptet er. Seine grünen Augen mustern mich siegessicher.

So leicht will ich ihn eigentlich nicht davonkommen lassen, zumal er eindeutig nicht mehr betrunken ist und trotzdem noch an diesem Unsinn festhält.

Starnberger See, Starnberger See ...

Dafür habe ich neulich immerhin meine Fernsehsendung ausfallen lassen, und Anni würde mir eins mit ihrer Sektpulle überziehen, wenn ich jetzt schon wieder ablehne.

»Und wie soll das laufen?«, erkundige ich mich möglichst desinteressiert, während ich ein imaginäres Staubkorn von meinem Ärmel schnippe.

Ich bin dieser Situation ja sooo gewachsen.

»Nun, es ist, wie ich es neulich schon vorgeschlagen habe. Ich wette, dass ich dich überzeugen werde, dass Weihnachten schön ist, und du hältst mit einem Kuss dagegen.«

»Jetzt mal ernsthaft, nur ein Kuss? Das soll alles sein?«

Er lächelt. »Ja, ein Kuss. Und ich werde gewinnen. Ganz sicher. Wie du siehst, geht es für mich mehr ums Prinzip und die Ehre von Weihnachten. Ich will einer Lady ja nichts abluchsen.«

»Phhh!«, schnaube ich und rolle mit den Augen. »Vergiss es, niemals! Mit diesem komplett überschätzten Fest kannst du bei mir nicht landen. Eher noch gefriert die Karibik.«

»Haha, wenn die Flüsse aufwärts fließen, wenn die Hasen Jäger schießen ...«

»Schon klar, du bist der König der Poesiealben. Meins habe ich leider bereits in der fünften Klasse ausgemustert. Sonst dürftest du mir was reinschreiben – irgendwo zwischen Rosen sind rot und Veilchen sind blau.«

Sein Blick wird eindringlich. »So stur, so eigensinnig.«

»Tja, du hast keine Chance.«

»Oh doch. Hallo, ich bin der Weihnachtsmann, wenn ich es nicht schaffe, dich davon zu überzeugen, wer dann? Dein Kuss ist mir sicher.«

Ich lächele, trete auf ihn zu und wische nun auch ihm einen eingebildeten Fussel vom Shirt. »Tut mir leid, wenn du's so erfahren musst, aber es gibt keinen Weihnachtsmann.«

»Ach, es gibt mich gar nicht? Mein Spiegel ist so ein Lügner.«

»Die Wette verlierst du. Und ...« Ich beiße mir auf die Unterlippe und schenke ihm einen Augenaufschlag. »... ich werde dich absolut nicht küssen.«

Mein Finger tippt gegen seine Brust, und sein Blick wird schmal und glühend.

»Na, dann, wenn du dir so sicher bist ...« Nun kommt auch er noch näher, sodass ich meinen Kopf in den Nacken legen muss, um zu ihm aufzuschauen. Mein Herzschlag sprengt jede Skala. »Wovor hast du dann Angst?«, raunt er. »Dann hast du ja nichts zu verlieren, oder?«

Mit einem Mal ist er mir so nah, dass sich unsere Körper beinahe berühren.

»Ja, ich bin mir auch sicher, aber ...« Mein Mund ist ganz trocken, und jeder klare Gedanke ist aus meinem Kopf fortgewischt.

Seine smaragdgrünen Augen nehmen mich gefangen. »Kein Aber. Dann bleiben wir dabei. Die Wette gilt? Sie startet am ersten Dezember.«

Er hält mir seine Hand hin, ganz nah vor meinem Kinn, als wollte er mich streicheln. Ich schiele beinahe auf seine Finger, und auch ohne dass er mich tatsächlich berührt, kann ich seine Wärme fühlen.

Keine Ahnung, was auf einmal in mich fährt, aber ich schlage ein, spüre seine starken Finger, die leicht rauen Schwielen, den sanften, aber doch drängenden Druck.

»Deal«, wispere ich.

Ja, ich weiß, es ist gegen jede Vernunft, aber jetzt ist es sowieso zu spät.

Was soll's, sage ich mir. Es geht um meinen Lieblingssee. Sein Pech, dass Lucian noch an den Weihnachtsmann glaubt. Oder an Wunder, die es nicht gibt. Märchen stehen nur zwischen Buchdeckeln. Und am Ende werden Anni und ich herzhaft lachen, wenn wir auf dem Balkon unseres Seeblickzimmers auf das neue Jahr anstoßen. Ja, ich sehe es vor mir.

Unvermittelt wird die Klingel mehrmals betätigt. Die Ungeduld des Taxifahrers lässt sich ihr deutlich anhören.

Lucian tritt zurück und gibt mich frei. »Also dann.«

Ich nicke. »Ja, scheint so.« Gerade will ich schon los, irgendwie bin ich ganz wirr im Kopf, doch dann halte ich noch mal kurz inne. »Äh, wie ist das dann am ersten Dezember?«

Er lächelt nur. »Lass dich überraschen.«

Während ich zu meinem Taxi humpele, frage ich mich bang, worauf ich mich da eingelassen habe.

# Kapitel 13

»Du bist echt bei Lucian gewesen? Daheim?« Annis Augen strahlen begeistert. »Ich hab's ja gewusst. Dann ist die Rute also doch noch zum Einsatz gekommen, du schlimmes Mädchen, du«, flötet sie.

Als ich wieder zu Hause angekommen bin, habe ich nicht nur unzählige Nachrichten von ihr auf dem Handy gehabt, sondern auch genauso viele Anrufe in Abwesenheit sowie Nachrichten auf meinem Anrufbeantworter.

Also habe ich mich geduscht, mir meinen Lieblingsjogginganzug angezogen und Anni schließlich angerufen, um ihr alles zu erzählen. Doch kaum, dass sie die ersten Sätze von Lucian vernommen hat, ist sie so hibbelig geworden, dass sie lauthals ausgerufen hat: »Moment, ich bin gleich da!«

Nun hockt sie im Schneidersitz auf meiner Couch, trinkt warmen Kakao und ist so aus dem Häuschen, als stünde eine royale Hochzeit bevor.

»Unsinn, keine Rute«. verneine ich. »Du solltest das echt mal für dich klären. Ich meine, ist denn bei *dir* zufällig eine Rute zum Einsatz gekommen? Vielleicht mit Chris?«

Ich klimpere mit den Wimpern. Angeblich schließen manche Leute gerne von sich auf andere, und ihr reges Interesse an jedwedem Spanking-Equipment ist durchaus auffällig.

»Nein, wir sind nur im Kino gewesen«, tut sie es ab. »Mehr als ein Kuss ist nicht gewesen. Und ich habe nicht mal ein Wellnesswochenende im Gegenzug erhalten.«

»Skandal!«, gluckse ich. »Das kommt mir so unterbezahlt vor.«

Amüsiert spitzt sie die Lippen. »Aber wir wollen uns wohl wiedersehen. Na ja, wahrscheinlich. Also, außer ich hätte keine Lust mehr.«

Das wird ja immer vager. »Ach, doch so toll?«

Ich nehme mir eine Kekspackung aus dem Regal. Es heißt zwar Prinzenrolle, aber es sind keine Prinzen drin. Auch nicht in jedem siebten Keks, was durchaus geizig ist.

Anni zuckt mit den Schultern. »Um ehrlich zu sein, ist er ziemlich langweilig gewesen. Keine Ahnung, was passiert ist, aber auf der Feier habe ich ihn irgendwie lustiger gefunden.«

Nachdenklich kratzt sie sich den Kopf, als könnte sie sich keinen Reim darauf machen.

Das bringt mich zum Lachen. »Ich würde sagen, da ist dir ein nüchterner Zustand dazwischengekommen.«

Unwohl verzieht sie das Gesicht. »Hm, ist schon unpraktisch, wenn ich ihn nur beschwipst mag.«

Vor Lachen lasse ich beinahe die Kekse fallen. »Aber eine verdammt gute Alkoholwerbung.«

Anni schnaubt unbeeindruckt. »Hör auf, was habe ich davon? Gehört mir vielleicht Ramazzotti oder Fernet-Branca?«

»Nein, aber es wäre schon cool, wenn du so ein italienisches Kräuterlikör-Imperium besitzen würdest. Ich meine, du und ich, den ganzen Tag lang an einem italienischen See ...«

»Lago Maggiore«, seufzt sie angetan.

»Comer See.«

»Gardasee.«

»Luganersee.«

Wir schmachten im Einklang. Eine kleine Weile blinzeln wir verklärt vor uns hin, während ich auf einem Keks kaue.

Dann schnalzt Anni mit der Zunge und tippt sich auf die Uhr am Handgelenk. »Oh, schon so spät, das Wunderland schließt in fünf Minuten.«

Ich stöhne bedauernd. »Schade. Wieso? Bestimmt ist das Wetter in Italien gerade viel besser.«

»Nein, wir wollen Weihnachten«, schaltet sie auf stur. »Unser Imperium muss warten.«

»Immer sind alle so grausam zu mir.«

Anni lacht. »Oh, eine Runde Schmolli-Bolli für Jule. Mimimi.«

»Apropos Rute«, necke ich sie. »Die könntest du mal gebrauchen.«

»Dumm nur, dass du kein Weihnachtszeug da hast.«

»Ist nicht wahr!«, widerspreche ich sofort. »Komm mal mit.«

Ich lasse die Kekse liegen, schleife sie in mein Arbeitszimmer und strecke meinen Finger zur Fensterbank mit dem Trostpreis aus.

»Anni, Elchi. Elchi, Anni.« Zur Bekanntmachung deute ich zwischen beiden hin und her. »Elchi hat mir verraten, dass er in dich verliebt ist und von dir adoptiert werden will.«

Meine Freundin legt skeptisch den Kopf schief. »Das halte ich für unwahrscheinlich. Wir kennen uns ja kaum.«

Also wirklich!

Empört bekräftige ich: »Aber gerade darum. Später weiß er doch zu viel über dich.«

Sie lacht mich nur aus. »Den hast du dir redlich verdient.«

»Super. Du hättest mich in Bezug auf die Feier übrigens vorwarnen können.«

»Aber dann wärst du ja nicht gekommen.«

Bestechende Logik.

»Darum geht es ja.«

»Dabei war der Abend doch toll. Herr Dr. Brenner schwärmt in den höchsten Tönen von dir.«

»Ach, wie lieb.« Das rührt mich jetzt irgendwie doch.

»Ja, er kennt dich eben noch nicht«, kontert sie zurück.

Haha!

»Außerdem, woher hätte ich wissen sollen, dass du gleich zum Wichtel vom Dienst ernannt wirst? Aber du hast das prima gemacht. Irgendwie ist er schon süß.«

Lucians grüne Augen gehen mir durch den Sinn, und ich räuspere mich unauffällig. »Ja, er hat schon das gewisse Etwas. Also, wenn man auf Weihnachtsmänner steht.«

»Ich meine doch die Plüschfigur.«

Ups.

»Schau nur, wie putzig er lächelt«, schwärmt sie. »Ach, kann Elchi nicht *Last Christmas*?«

Ich sehe, wie sie sich auf ihn zubewegt, und halte sie eilig zurück. »Finger weg!«

»Ach, was. Das Lied ist so toll. Komm schon.« Und dann beginnt sie, die ersten Zeilen zu singen.

»Stopp!«, flehe ich leidend, ohne sie loszulassen.

Anni guckt unverständlich. »Es geht aber doch um einen Mann, der gewissermaßen dasselbe Problem hat wie du. Immer an Weihnachten verliert er sein Herz. Das ist ja auch wie ein Weihnachtsfluch. Er leidet, ebenso wie du. Gewissermaßen spricht er dir aus der Seele.«

»Ehrlich?« Verwundert lasse ich sie los, doch zum Glück versucht sie nicht mehr, sich bis zu meinem Fensterbrett durchzuschlagen, um Elchi per Knopfdruck sein Lied zu entlocken.

Anni pustet sich eine Strähne aus dem Gesicht, stemmt die Hände in die Seiten und tippelt mit der Fußspitze, als würde sie bald die Geduld mit mir verlieren.

»Ja, ehrlich. Aber er hat zugleich Hoffnung. Denn dieses Jahr will er sein Herz jemand Besonderem schenken. Du hast letzte Weihnachten auch Liebeskummer gehabt, so wie er.

Aber er ist mutiger als du. Er gibt nicht auf. Er lässt sich durch seine negativen Erfahrungen nicht vom Leben abhalten.«

»Wow«, seufze ich. »Du kannst echt mitfühlend sein.«

Doch zumindest ist mir der Sänger mit der glänzenden Polyesterjacke und den aufwändig geföhnten Haaren nicht mehr ganz so unsympathisch wie zuvor.

Sie zuckt mit den Schultern. »Ich hab dich viel zu lieb, um dich aufzugeben. Dieser fatalistische Fluch-Blödsinn zieht bei mir nicht.«

»Hey, du solltest echt netter sein.« Wir verlassen mein Arbeitszimmer wieder und lassen Elchi allein. Anni verkrümelt sich zurück auf meine Couch, um ihren Kakao weiterzuschlürfen, während ich am Tisch verharre und unschlüssig über die Holzplatte streiche.

»Toll, jetzt sind wir ganz komisch drauf. Das müssen wir schleunigst ändern.«

»Anni ...«

»Also, du und Lucian«, greift sie den alten Faden auf. »Ganz allein. Gestern Nacht. Hui!«

Ich stoße den Atem aus und reibe verlegen über meinen Nacken. »Sozusagen.«

Sie grinst frech. »Und es gab keine Haue für dich?«

Ich nicke bestätigend.

Anni tippt sich grüblerisch an die Unterlippe. »Aber wie ist es dann dazu gekommen, dass du bei ihm gelandet bist?«

Ich lache, schnappe mir ein Kissen und täusche einen Hieb auf ihren Kopf an. »Ja, komisch, dass ich trotzdem bei ihm gewesen bin.«

Ich erzähle ihr alles, was sie wissen will. Von Molly, den Engeln, Konstanze, dass Lucian sich bei mir gemeldet hat und ich am nächsten Morgen in seinem Bett aufgewacht bin. Nur den Teil mit der Wette lasse ich vorerst aus.

Anni schlürft belustigt ihren Kakao. »Du Arme, da hast du ja echt was durch. Wachst neben einem heißen Kerl auf. Das ist ja schlimmer als unser Asbest-Heinz.«

Ich grinse. »Das war auch mein erster Gedanke.«

»Haha, war es nicht! Und ihr habt wirklich nicht – weißt schon – bunga, bunga ...?«

»Oh Gott«, stöhne ich. »Nein.«

»Na ja, aber ...«

»Ich weiß ehrlich gesagt nicht mehr besonders viel von diesem Intermezzo. Angeblich hatten wir Spaß.«

Sie zwinkert verwegen. »Aha.«

Zeit, mit der Sprache herauszurücken.

»Also, was soll's? Ich sage es dir jetzt.«

Ich höre sie aufgeregt nach Luft schnappen. »Wusste ich es doch. Also doch die Rute!«

»Anni!«

»Was?«, fragt sie unschuldig.

»Keine Rute, kein Besen, keine sonstigen Klapse, okay? Aber ich habe was Blödes gemacht.«

Ihre Augen weiten sich, und sie fasst sich an die Brust, als sie haucht: »Du hast ihn getötet? Den Weihnachtsmann? Keine Sorge, ich halte zu dir, auch wenn das mit dem Knast eine Umstellung wird.«

»Du machst mich wahnsinnig«, fluche ich. »Nein, warum sollte ich ihn töten?«

Aber sie schnaubt nur. »Das weißt du doch selbst ...«

»Anni!«

Sie lacht. »Ja, ich bin schon leise. Also?«

»Tja, es ist so, ich habe wohl in meinem Rausch in diese Wette eingewilligt.«

Ihr Mund klappt auf, und ihre Augen funkeln aufgeregt. »Diese Wette, dass er dir schöne Weihnachten bescheren will?

Diese Wette um das Silversterwochenende am Starnberger See?«

»Ja, bescheuert, oder? Ich meine, warum habe ich das gemacht? Die Wette verliert er eh, bedenke man nur ...«

Ich stocke und halte inne. Plötzlich fügen sich die Puzzleteile zu einem klaren Bild zusammen.

»Gib es zu, du hast nur Ja gesagt, weil du scharf auf ihn bist«, kichert Anni.

»Ja, natürlich!«, rufe ich und patsche mir an die Stirn.

Sie klatscht vorfreudig in die Hände. »Das wird gut, so gut. Du schnappst dir den Weihnachten.«

»Auf einmal macht alles einen Sinn.«

Anni nickt zustimmend. »Finde ich auch. Er kann ja nicht umsonst so sexy sein. Ich meine, er hat dich in sein Bett gelegt, du hast sogar seine Klamotten getragen – zweimal. Das ist einfach eine Fügung.«

»Es ist der Fluch!«, sage ich triumphierend, ohne auf ihr Gerede einzugehen. Das erste Mal kann es einen Sinn ergeben, dass er auf mir liegt. Plötzlich sehe ich alles ganz klar. »Wie in dem Lied.«

»Fluch? Lied?«, stammelt Anni.

»Das ist es. Dank des Fluchs kann ich nur gewinnen, weil sonst immer etwas Fürchterliches passiert ist bisher, also wird es wieder so sein, und das heißt, er wird verlieren, und wir fahren an den Starnberger See!«

Meine Freundin starrt mich sprachlos an, als wäre bei mir eine Sicherung durchgebrannt.

»Anni? Denkst du noch mit?«, frage ich freudig.

»Ähm, ja ...«

»Sonst hat der Fluch immer nur für Pech gesorgt, aber diesmal, wie beim Song *Last Christmas*, lenke ich mein Unglück um auf etwas Gutes. So zu meinem Vorteil.«

»Das, äh, das ist total pervers verdreht. Der Sänger will sich glücklich verlieben.«

»Wenn er schon sein Herz verschenkt, dann soll es gut sein, richtig?«

Sie nickt lahm.

»Also, wenn ich schon einen Fluch habe, dann soll auch was Gutes dabei rumkommen.«

»Tja, also, das ist verrückt, weißt du. Du freust dich darauf, dass etwas Schreckliches geschehen wird. Ernsthaft?«

Ich nicke entschlossen. »Ja, absolut. Und du solltest dich auch freuen, denn egal, was Lucian tun wird, es wird schiefgehen.«

»Bitte, lieber Weihnachtsmann«, stöhnt Anni leidgeprüft.

Aber ich achte nicht weiter auf ihre Scherze. »Du weißt doch, wie es ist. Selbst auf der Weihnachtsfeier ist mir was passiert. Das Kleid ist gerissen und der Preis ist uns auch durch die Lappen gegangen.«

»Und warum sollte es jetzt klappen? Tut mir leid, ich hatte so viel Kakao, ich stehe total auf der Leitung. Und falls das für dich keinen Sinn ergibt, weißt du, wie es mir geht.«

»Es hat nicht funktioniert, weil ich es auf dem direkten Weg probiert habe. Aber diesmal leiten wir es um. Diesmal lassen wir Lucian sich die Zähne an meiner Pechsträhne ausbeißen. Das ist genial.«

»Das ist schräg.«

»Zum ersten Mal kann mein Fluch mir behilflich sein.«

»Ich verstehe langsam deine verqueren Gedanken, aber ich weiß trotzdem nicht, was ich gerade sagen soll.«

Ich lächele zufrieden. »Du musst nichts sagen, Süße, fang lieber schon mal an zu packen. Denn wir werden bald einen fabelhaften Wellnessurlaub machen. Und zwar zu Silvester!«

Jetzt gluckst sie. »Na, schön, ich bin dabei. Aber dennoch.

Ich meine, er war so nett und gutaussehend. Gefällt er dir denn gar nicht? Vielleicht ist er ein Mann für dich.«

Ich winke ab. »Er ist nicht hässlich, und er ist trainiert. Aber damit hat es nichts zu tun. Es geht mir bloß um den Einsatz. Weißt du, er war ein bisschen zu siegesgewiss. Damit kommt er nicht durch. Und ich werde die Sache experimentell nutzen, um die Wirkung meines Fluchs umzuleiten.«

»Klar. Es geht dir nur um die Sache. Du bist eine ganz taffe Braut, die in seinen Armen überhaupt kein Herzrasen bekommt. Warten wir es mal ab.«

Was soll dieser skeptische Einwand, wo sie doch dauernd von mir will, dass ich positiv denke? Ich bin dabei, das zu tun, und setze mich tiefenentspannt auf das Sofa.

Die Wette kann kommen, und ich werde mit Pauken und Trompeten gewinnen. Armer Lucian. Denn gegen einen Weihnachtsfluch ist selbst der Weihnachtsmann machtlos.

Alles, was ich nun tun muss, ist, mich zurückzulehnen und der Sache ihren Lauf zu lassen. Dumm für ihn, dass er danach urlaubsreif sein wird, denn ironischerweise verspielt er ausgerechnet seine Reise.

# Kapitel 14

*1. Dezember*

Als ich zwei Tage später am Computer sitze, versuche ich, mich mit Arbeit abzulenken. Doch ich bin auf der Hut, denn er ist da, der erste Dezember. Überall kann Lucian mit einer Überraschung lauern, und ich will mich davon nicht überrumpeln lassen. Aber ich habe keine Ahnung, wie ich mich auf das Unbekannte vorbereiten soll.

Eigentlich muss ich mir ja keine Gedanken machen, denn ganz gleich, was er vorhat, der Fluch wird es regeln. Trotzdem bin ich verwirrt, dass bisher nichts passiert ist. Keine Nachricht von Lucian. Kein Anruf. Einfach nichts. Wer weiß, vielleicht hat er es sich im letzten Moment anders überlegt. Das wäre nur vernünftig. Trotzdem bleiben Zweifel.

Ich beschäftige mich mit meinem aktuellen Eilcover, um mich auf andere Gedanken zu bringen. Es trägt den berauschenden Titel »Zuckerschneeküsse«, und ich muss sagen, dass ich mich an Kitsch mal wieder selbst übertroffen habe.

Konzentriert ziehe ich noch ein paar Feinstriche, gebe die richtige Skalierung dazu, setze Schatten und Akzente und schicke den Entwurf dann per E-Mail an die Autorin, als mein Telefon klingelt. Es ist Anni.

»Na du, ist eure Wette schon im Gange? Immerhin ist heute doch der große Tag.«

Ich winke ab. »Bisher hat er sich nicht gemeldet. Er meinte ja, ich solle mich überraschen lassen. Aber allmählich glaube ich, dass der Weihnachtsmann den Mund etwas voll genommen oder seine roten Samthosen voll hat. Für mich ist es ganz klar: Wenn bis morgen nichts passiert, betrachte ich die Wette als gewonnen.«

Anni lacht hörbar. »Du bist gut! Was willst du dann tun? Zu ihm fahren und ihm den Gutschein klauen?«

»Vielleicht.« Grüblerisch lehne ich mich zurück.

»Wir werden sehen, aber ich kann mir nicht vorstellen, dass er den Tag ungenutzt verstreichen lässt, nachdem er so beharrlich auf die Wette gedrängt hat. Außerdem ist es erst siebzehn Uhr. Er hat sicher was geplant.«

Sie hat die Worte kaum gesagt, als es an der Tür läutet, und ich zucke zusammen.

»Hat es bei dir geklingelt?«, will Anni wissen, und ich nicke, auch wenn sie das ja gar nicht sehen kann.

Ob es jetzt losgeht?

Prüfend schaue ich an mir herunter. Mal wieder sitze ich im Jogginganzug da. Schließlich musste ich heute ja nicht aus dem Haus, und die Dinger sind bequem. So schön weich aus Nicki. Allerdings will ich Lucian so nicht gegenübertreten.

»Und? Wer ist es?«, drängt Anni auf eine Antwort.

»Keine Ahnung, ich bin noch in Schockstarre!«

Mit flatterndem Herzen stehe ich auf.

»Es ist bestimmt Lucian«, trällert sie, und ich rolle mit den Augen.

»Es könnte aber auch der Quälgeist sein«, halte ich dagegen. Statistisch gesehen hat meine Nachbarin viel öfter bei mir geklingelt. Himmel, die würde mir jetzt gerade noch fehlen. »Warte, ich schau mal nach.«

Leise schleiche ich zur Tür und spicke durch den Spion, aber dort ist niemand zu sehen. Auch kein Quälgeist. Wenigstens das ist schon mal positiv.

»Und?«, quengelt Anni.

»Niemand da.« Probehalber drücke ich den Knopf der Ge-

gensprechanlage. »Ähm, hallo, ist da jemand?«

Es rauscht und knackt, doch ich erhalte keine Antwort, was fast schon ein bisschen unheimlich ist. Schaudernd reibe ich mir über den Arm und sage an Anni gewandt: »Merkwürdig, da ist auch keiner.«

»Dann mach doch mal auf.«

Unwohl denke ich an einige Horrorfilme, die genauso anfingen. »Ich weiß nicht recht, am Ende sind es nur irgendwelche Kinder gewesen, die sich einen Scherz erlaubt haben. Wäre doch möglich.«

Vorsichtig werfe ich einen weiteren Blick durch den Türspion, beinahe in Erwartung, dass mir eine gruselige Scary-Movie-Maske ins Gesicht springt. Doch nichts geschieht. Der Hausflur bleibt leer.

»Schau mal nach«, verlangt Anni. »Am Ende ist da doch was.«

»Du meinst, ich soll die Tür öffnen?«

Sie gluckst. »Ähm, ja, würde sich anbieten. Wenn du dich nicht traust, hol dir doch Elchi als Beschützer. Falls dort ein Angreifer lauert, erschreckt er sich womöglich durch Weihnachtsmusik.«

»Du bist blöd.«

»Nicht so blöd wie du«, flötet sie.

»Na, schön«, seufze ich. »Aber falls ich gleich überfallen werde, musst du die Polizei rufen, hörst du?«

»Ja, mache ich«, verspricht sie artig.

Vor meinem geistigen Auge sehe ich bereits, wie ein Beitrag über mich bei *Aktenzeichen XY ... ungelöst* ausgestrahlt wird. Natürlich erst viele Jahre später, wenn sich niemand – nicht mal Frau Quälgeist – an irgendwelche Vorkommnisse erinnern kann. Wahrscheinlich sagt sie bloß so was wie: »Schade, dass Verträge mit dem Tod enden. Ich habe mich so gerne um

Frau Engels Zeitung gekümmert. Tragisch, man würde ja nie denken, dass so was im eigenen Haus passiert, aber ich bin schon froh, dass bei ihr geklingelt wurde und nicht bei mir. Bloß das mit der Zeitung ist echt kriminell. War's das? Bin ich jetzt im Fernsehen? Wehe, ich sehe nicht gut aus.«

Und Molly Morgenbaum würde sagen: »Ich hab's gesehen. Meine Engel wussten es schon vorher. Na ja, sie war eben eine Engeltöterin. Aber wo ich gerade auf Sendung bin, mein neues Buch *Im Himmel lebt sichs nach der Erde weiter – aber nur für Engel* ist fertig. Man bekommt es überall im Handel für nur 18,99€.«

Und Heinz würde sagen: »Wissen Sie, alle verteufeln Asbest, doch es gibt viel schlimmere Probleme. Wobei, ich habe es von Anfang an nicht ›Wunderfaser‹ genannt. Wenn etwas zu toll ist, um wahr zu sein, ist es wahrscheinlich tödlich.«

Anneliese würde Tamburin spielen, und dann – ja dann – würde irgendjemand Elchi einschalten.

Langsam lege ich meine Hand auf die Klinke und drücke sie in Zeitlupe herunter. Sie quietscht wie der Vorbote eines Geistes. Ich gebe mir einen Ruck und öffne die Tür.

Hhhh! Etwas, das an die Tür gelehnt wurde, poltert vor meine Füße, und ich mache einen Satz nach hinten.

»Was war das?«, ruft Anni.

»Ich bin niedergeschlagen worden.«

»Was?«, kräht sie.

»Ja, ich bin tot. Wirst du mich vermissen?«

»Wie gesagt«, meint sie nur. »Du bist noch blöder als ich.«

Ich starre auf das Objekt zu meinen Füßen. Es handelt sich um einen selbst gebastelten Adventskalender. An eine Art Pinnwand in Stiefelform sind lauter rote und grüne Säckchen in unterschiedlicher Größe angebracht worden.

»Sag schon, was los ist!«, quäkt es aus meinem Handy.

Ich atme tief durch. »Lucian muss hier gewesen sein. Er hat mir einen Kalender vor die Tür gestellt.«

Anni jauchzt erfreut. »Oh, wie süß!«

Aber ich habe deutlich zwiespältigere Gefühle als sie. »Scheibenkleister, es geht also wirklich los.«

Sie kichert nur. »Ein Adventskalender ist doch toll!«

»Ja, richtig toll.«

»Jule, ich haue dich gleich.« Doch sie klingt viel zu heiter. Außerdem ist sie zu weit weg.

Mein Herz klopft heftig. »Und was soll ich damit machen?«

»Na, wie wäre es, wenn du ihn mit in deine Wohnung nimmst? Das wäre doch schon mal ein Anfang.«

Sie kennt mich eben zu gut, auch ohne, dass sie mich sehen kann, weiß sie, dass ich wie angewurzelt dastehe.

»Glaubst du, er ist wirklich von Lucian?«

»Na ja, von wem sonst? Es sei denn, du hast im Rausch noch irgendeinen Knecht Ruprecht oder ein Rentier aufgerissen und mit ihm eine ähnliche Wette abgeschlossen. Sonst würde ich mal sagen: ja.«

Ich rolle mit den Augen und nehme den Kalender mit nach drinnen, wo ich ihn auf dem Küchentisch abstelle und eine Weile betrachte.

»Ich muss völlig verrückt sein, da mitzumachen«, murmele ich. Leicht überfordert betrachte ich die vielen Samtsäckchen, als überraschend etwas zu klingeln beginnt.

»Was ist das?«, fragt Anni, die vor Neugier bald platzt.

Ich rücke näher an den Kalender heran. »Keine Ahnung, aber es kommt aus einem der Säcke. Anni, vielleicht explodiert das Ding gleich.«

Sie lacht. »Quatsch, aus welchem Sack klingelt es denn?«

Leise horche ich hin und merke, dass das Geräusch aus dem ersten Säckchen dringt. Wachsam strecke ich meine Hand danach aus und fische ein kleines, silbernes Mobiltelefon hervor.

»Es ist ein Handy, Anni. So ein uraltes Ding aus grauer Vorzeit.«

Unermüdlich dingelt und dongelt es in meiner Hand.

»Worauf wartest du noch?«, drängt sie mich. »Geh ran und erzähl mir nachher alles. Mögen die Spiele beginnen.«

Wir legen auf, und ich starre auf das klingelnde Gerät. Für einen flüchtigen Moment hoffe ich, dass es einfach verstummt und sich alles in Wohlgefallen auflöst. Doch als ich einsehe, dass das nicht passieren wird, nehme ich ab. Ob ich will oder nicht, ich stecke mittendrin in dieser Wette.

»Hallo?«, frage ich schüchtern und bin gespannt, was mich erwarten wird.

»Hallo, Jule.« Eine unglaublich tiefe Stimme dringt in mein Ohr, und ich merke wie mein Puls zu rasen beginnt.

»Ähm, wer ist denn da? Lucian?«, stammele ich.

»Nein«, raunt es aus dem Apparat. »Hier ist nicht Lucian. Hier ist der Weihnachtsmann.«

Ich rolle mit den Augen und höre Lucian kurz darauf lachen. Ein bisschen kommt mein nervöses Herz wieder zur Ruhe. Aber nur ein bisschen, denn auch Lucian bringt mich mehr durcheinander, als mir lieb ist.

»Du hast also mein Geschenk entdeckt?«, erkundigt er sich mit normaler Stimme, und ich betrachte erneut den Kalender.

»Nein, da lag nur dieses betagte Handy. Hast du es aus einem Nachlass oder hast du einen Hang zu Antiquitäten?«

»Frech wie immer. Weder noch«, lautet seine Antwort.

»Sollte ich denn sonst noch was finden? Das ist nämlich ziemlich dürftig als Überraschung.«

Lucian lacht leise. »Nein, sonst nichts, nur dieses alte *Nokia*. Ich dachte, du hast vielleicht Lust, mal wieder *Snake* zu spielen.«

Ich grinse. »Nun, und das soll mich dann davon überzeugen, dass Weihnachten toll ist? Eine Runde *Snake*?«

Er klingt belustigt. »Wart's nur ab. Der Kalender ist mit allerlei anderem als nur mit lahmer Vollmilchschokolade befüllt, über die du bereits gelästert hast. Türchen Nummer eins hast du schon geöffnet.«

»Also doch bloß der Elektroschrott? Danke, lieber Weihnachtsmann, das wäre doch nicht nötig gewesen.« Ich gluckse. »Wäre es übrigens wirklich nicht.«

Der Kerl wird so was von verlieren!

»Jetzt lass mich mal ausreden«, fordert er, und ich muss grinsen, weil ich ihn auf jeden Fall unter Weihnachtsmann abspeichern werde.

»Pass auf, schau mal in das Säckchen, da ist noch was drin«, fordert er.

Argwöhnisch prüfe ich, ob in dem Säckchen mit der Nummer eins wirklich noch mehr zu entdecken ist, und fische einen Bleistift hervor.

»Oh, ein Bleistift!«, juchze ich, als würde ich einen tapsigen Welpen vorfinden. »Das ist ja ... sehr schön. Damit kann ich malen und schreiben und äh ...«

Er lacht.

»Cool, tausend Dank«, scherze ich. »Mir wird schon ganz winterlich ums Herz. Ich hoffe, du hast in den anderen Säckchen noch Radiergummis und 'nen Spitzer. Ich meine, das ist alles so überwältigend für mich.«

»Das ist mein Hinweis für unseren ersten Ausflug«, erklärt er. »Zum ersten Advent morgen. Ich werde dich um halb zwei abholen.«

Stutzig betrachte ich den Bleistift. Hä?

»Du wirst über das Handy auch immer wieder passende Nachrichten kriegen«, informiert er mich. »Also lade es schön auf. Das Kabel habe ich auch an den Kalender geheftet.«

»Ach, damit soll ich mich gar nicht aufhängen?«, stelle ich mich blöd, als ich die Schur von der Rückseite des gestiefelten Kalenders entferne. »Ich dachte schon, das wäre für den vierundzwanzigsten gegen Weihnachtsdepressionen.«

Er stöhnt leidend.

Jaja, du wolltest ja nicht auf mich hören.

»Benutze es bitte bloß für das Handy, nicht für den Hals.«

Ich schiebe es auf die Seite und spiele mit dem Stift. »Wow, ein Bleistift. Ich orakele jetzt mal, dass du haushoch verlieren wirst, Weihnachtsmann.«

Mehr denn je fühle ich mich siegessicher. Selbst ohne Fluch ist so ein Stift nicht gerade der Renner.

»Die Zeit wird es zeigen«, hält er sich bedeckt. »Also dann, bis morgen.«

Warte, was?

Doch da legt er schon auf. Es ist ein bisschen schade, dass wir nicht noch länger plaudern. Irgendwie ist es mit ihm immer ganz unterhaltsam. Doch bis morgen zu warten, dauert nicht mehr lange. Ich speichere seine Nummer ein und spiele ein bisschen *Snake*. Schließlich hat er das so gewollt. Es ist witziger, als ich es in Erinnerung hatte. Gehört das zu seinem Nostalgieplan?

Das ist schon irgendwie süß von ihm. Aber ich werde jetzt nicht gerade rührselig oder verspüre den unbändigen Drang in mir, loszuflitzen und alles mit Lametta zu behängen.

Mein Blick wandert zum Bleistift. Keine Ahnung, was das Ding bedeuten soll, aber eins steht fest: Ich werde gewinnen. Das ist absolut klar.

# Kapitel 15

*2. Dezember*

Guten Morgen, Weihnachtswichtel,
hast du das Rätsel um den Bleistift schon gelöst?
Ich schätze mal nicht.
Um den Tag heute schön zu gestalten, habe ich etwas für
dich in den Kalender gepackt, das du unbedingt mitnehmen
musst.
Also nicht vergessen und warm anziehen.
Wir sind nämlich an der frischen Luft.
Herzlichst, der Weihnachtsmann

»Na, bist du schon gespannt, was dich erwartet?«, will Anni
wissen. Ich starre auf die Handschuhe, die im Kalender waren, und frage mich, was er beabsichtigt.

»Schon, ich meine, ich habe nicht die leiseste Ahnung, was
dieser Bleistift zu bedeuten hat, und jetzt noch die Handschuhe dazu.«

»Vielleicht malt ihr draußen«, mutmaßt Anni.

Ich kichere. »Wie auch immer. Das wäre beides nicht sonderlich toll.«

Es kann nur schiefgehen, die meiste Zeit draußen verbringen zu wollen. Ich bin nämlich nicht allzu gerne draußen.

Während ich mit Anni plaudere, stehe ich vorm Spiegel und betrachte mein Äußeres. Ich habe mich für einen dicken, schwarzen Pullover entschieden, eine robuste, braune Hose und meinen beigen Wintermantel.

In gut zehn Minuten wird Lucian mich abholen kommen, und ich bin ziemlich aufgeregt. Anni und ich haben die letzten Stunden gerätselt, was es mit seinem Hinweis auf sich haben könnte, doch irgendwie sind wir nicht so recht dahintergekommen, was ein Bleistift mit Weihnachten zu tun haben könnte.

»Vielleicht macht ihr Bleigießen«, hat sie gemutmaßt. »In einem Bleistift ist Blei.«

Doch ich habe nur gelacht. »Nee, Graphit.«

»Das ist total verwirrend. Dann eben Graphitgießen.«

So sehr wir uns auch den Kopf über allerlei Möglichkeiten zerbrochen haben, es ist nichts Sinnvolles dabei rausgekommen. Im Gegenteil. Je länger wir geknobelt haben, umso verrückter wurde es.

»Ein Bleistift, ein Bleistift«, hat Anni geraten. »Vielleicht ist das ein Geschenk im Geschenk. Wie bei einer Matroschkapuppe. Steckt im Inneren was drin?«

»Ich werde das Ding nicht aufsägen. Bei meinen handwerklichen Fähigkeiten lande ich sonst in der Notaufnahme.«

Doch sie hat nur gegluckst. »Ja, weißt du, damit würdest du sicher verhindern, dass er gewinnt.«

»Das ist ja ein toller Plan!«

»Eventuell macht ihr ihn ganz spitz und werft ihn wie Darts.«

»Klar, Bleistiftwerfen ist das Olympische Winterspiel

schlechthin am Nordpol für alle Wichtel und den Weihnachts-
generalstab. Gleich nach Geschenkpapierdesignen und Schlit-
tenschnitzen.«

»Sag das zehnmal schnell hintereinander. Schnittenschlit-
zen ... Ah, verdammt. Schnitt...Schlittschnitz...«

»Anni!« Sie kann einen in den Wahnsinn treiben.

»Ah, ich hab's. Du sollst damit bestimmt einen Weihnachts-
wunsch aufschreiben.«

»Das ist leicht: Starnberger See.«

Seufzend wende ich mich vom Spiegel ab und habe das Gefühl, dem Braten nicht trauen zu können. Was muss Lucian
auch so geheimnisvoll sein? Also, sein Kalender. Na, schon, er
auch irgendwie.

»Sobald du weißt, wohin es geht, musst du mir unbedingt
schreiben, ja?«, bettelt Anni.

Sie ist fast noch aufgeregter als ich.

Schließlich klingelt es an der Tür. »Mach ich. Es geht los!«

»Ah!«, quiekt sie. »Mach mit dem Bleistift keine Löcher in
die Kondome.«

»Was?«

»Vergiss es. Ich hab nur laut gedacht. Viel Spaß und äh ...«
Sie kichert schadenfroh. »Viel Spaß.«

Ich drücke sie weg, stecke das Handy in die Tasche und
merke an meinen fahrigen Bewegungen, wie nervös ich bin.
Eilig wische ich mir die schwitzigen Handflächen an den Ho-
senbeinen trocken.

»Puh, okay, ich schaff das«, sporne ich mich an. »Ich muss
nicht nervös sein, sondern habe alles unter Kontrolle.
Ommmm.«

Ich sammele meinen Mut zusammen und verlasse die Wohnung. Während ich die Treppen hinabsteige predige ich innerlich: Ich werde ihn nicht gut finde, ich werde mich nicht um

den Finger wickeln lassen. Immer wieder. Dann stehe ich vor der Haustür. Showtime.

Ich öffne sie und trete nach draußen, und plötzlich denke ich nichts mehr, weil ich Lucian anstarre. Er steht da, lehnt an der Wand und sieht unfassbar toll aus. Puh, äh, ich meine, so ohne Kostüm.

Schnell reiße ich mich zusammen und scherze: »Heute inkognito unterwegs?« Denn natürlich bin ich selbstsicher.

Er grinst. »Ja, ist besser so. Die Frauen stehen total auf Weihnachtsmänner und dann hätten wir keine Ruhe gehabt.«

Knalltüte.

Ich rolle mit den Augen und erinnere ihn: »Nicht alle Frauen.«

Er lächelt nur und zwinkert mir zu. Dann stößt er sich von der Wand ab und tritt an mich heran. Herzalarm!

»Wohin geht es?«, frage ich möglichst unbedarft. Ich fummele den Stift hervor und halte ihn hoch. Langsam will ich wirklich wissen, was es damit auf sich hat.

»Du hast also noch keine Idee?«

Ich schüttele den Kopf und hebe die Hände. »Nein, ich gebe auf.«

»Du gibst auf?« Er wölbt seine Augenbrauen.

»Nur mit dem Knobeln. Das andere kannst du dir aus dem Kopf schlagen.« Ich wackele mit den Fingern, um sein Augenmerk auf meine Hände zu lenken. »Die Handschuhe taugen als Tipp auch nicht besonders.«

»Die sind ja nur dafür da, dass du nicht jammerst«, erklärt er amüsiert. »Wenn ich mich recht entsinne, findest du Weihnachtsmärkte doof, weil es dort zu kalt ist und dir immer die Hände erfroren sind, ohne dass es jemanden interessiert hätte. Also, tada!« Er deutet auf sich. »Mich interessiert es.«

»Wir gehen auf einen Weihnachtsmarkt?«, frage ich verdutzt. Was soll das denn mit einem Stift zu tun haben?

»Ich will nicht, dass du kalte Hände hast, egal, was wir machen.«

»Oh, okay.« Das ist irgendwie charmant, auch wenn er sich anscheinend bedeckt halten will, was den Zielort betrifft.

Aber so leicht mache ich es ihm nicht. »Und wo geht's hin, Frosty?«

»Nun, ich sage nichts. Du musst dich noch etwas gedulden.«

»Toll, das ist eine meiner herausragenden Tugenden«, antworte ich ironisch.

Er grinst nur. »Prima, dann lass uns gehen.«

Lucian deutet nach links, und ich stocke, als in genau diesem Augenblick eine Kutsche heranfährt. Vorne sind zwei große, weiße Kaltblüter angespannt. So edel, stolz und schön. Damit habe ich absolut nicht gerechnet.

Bass erstaunt wende ich mich zu Lucian um. »Hu, so große Pferde, ich weiß nicht recht. Das ist …«

… *total romantisch wie bei* Drei Haselnüsse für Aschenbrödel *oder so,* ruft meine innere Stimme. *Du wolltest doch schon immer mal in einer Kutsche durch die Stadt fahren.*

Von der Panik, die ich als Kind jedoch hatte, dass ein armes Pferd sich dann die Beine bricht und stirbt mal abgesehen. Schnell schiebe ich den unglückseligen Gedanken fort.

»Das ist echt …« Mein Herz trommelt hektisch. »Zu viel. Wirklich …«

Lucian schmunzelt zufrieden, und ich sehe ihn fragend an.

»Habe ich dich etwa schon weich?«

Schnell schüttele ich den Kopf. »Was? Nein, natürlich nicht. Also …«

Er lacht.

»Was denn?«, frage ich. »Was ist so lustig?«

Er räuspert sich in seine Faust. »Mein Auto steht da drüben, Jule. Dachtest du, wir fahren jetzt mit einer Kutsche los?«

Ich merke, wie mir die Röte in die Wange schießt. Ups. »Quatsch, nein, natürlich nicht. Klar, dein Auto ...«

Er lacht noch immer.

»Du hast es wohl gedacht«, sagt er, und ich verdrehe die Augen.

Lucian geht voran, auf das Auto zu und zückt den Schlüssel. Er öffnet mir die Tür, und ich steige ein. Im Inneren duftet es – welch Wunder – nach Zimt. Sogleich fällt mir der Duftbaum auf, der am Rückspiegel baumelt.

Toll, der darf sich erhängen, aber ich soll mein Ladekabel nur für antike Elektronik verwenden, dabei würde ich gerade zumindest im Boden versinken wollen.

Lucian steigt ein und lächelt.

Ich schnippe mit dem Finger gegen das Duftbäumchen. »Du bist auch der letzte Mensch auf Erden, der so was in seinem Auto hat, oder?«

»Was meinst du? Guten Duft?«Er grinst mich herausfordernd an.

Okay, ich muss zugeben, dass er schon ziemlich lustig ist. Eine Weile sehen wir uns noch so an, bis sich unsere Blicke verankern und mich das Grün seiner Augen hypnotisiert. Es ist so still, dass ich meinen Puls in den Ohren rauschen höre.

»Kann das Ding auch fahren?«, wispere ich schließlich.

Er lächelt und nickt. »Ja, ich habe da einen alten Trick vom Nordpol.« Lucian betätigt das Zündschloss, und der Motor springt an.

»Faszinierend«, glucke ich. »Was sagen deine Rentiere dazu?«

»Ach, die sind modern. Solange die Geschenke nicht verteilt sind, spielen sie beispielsweise mit den Nintendos. Sie behaupten immer, sie würden nur testen, ob sie auch funktionieren, aber ich glaube, das ist gelogen.«

»Ach so, deine Rentiere erzählen einen vom Pferd.«

»Sozusagen.«

»Du ja nicht.«

Gespielt entrüstet fasst er sich an die Brust. »Nein, nie.«

»Wie machen die das eigentlich mit den Hufen beim Gameboy-Spielen? Ich stelle mir das ziemlich kompliziert vor.«

Er zuckt nur mit den Schultern und reiht sich dann in den Verkehr ein. »Vielleicht hast du einfach eine verdorbene Fantasie.«

»Klar, das muss es sein.«

Wie bei Anni, das gnädige Fräulein Rute.

»Hast du einen bestimmten Musikwunsch?«, will er wissen, und ich überlege kurz.

»Hm, *La Macarena*? Ihr kennt doch Los Del Rio an dem kalten Ort, an dem die Kompassnadel verrückt spielt, oder? Deine Rentiere würden den Tanz lieben.«

»Oh, bestimmt. Aber das habe ich leider nicht da.«

»Dann fände ich *So schmeckt der Sommer* noch ganz gut.«

»Aha, bedauere. Sommerlieder habe ich alle nicht vorrätig. Aber vielleicht gefällt dir dieser Song auch.«

Schon drückt er auf sein Radio und es erklingen – unter lauter Glöckchengebimmel – die Töne von *Rudolph, the Red-Nosed Reindeer.*

»Dazu sage ich jetzt mal nichts.«

Er nickt. »Weißt du, wenn du Elchi mal so richtig ärgern willst, kannst du das vorspielen und ihm eine rote Nase aufsetzen.«

»Das werde ich gleich auf meine To-do-Liste für das Jahr 2189 schreiben. Also mindestens.«

Wir fahren in Richtung Plärrer und weiter bis nach Zirndorf. Auf der Fahrt rätsele ich weiter, wohin es geht, aber bei dem ganzen Weihnachtsgedudel kann ich nicht klar denken. Außerdem lenkt Lucian mich mit Small Talk ab. Als wir schließlich nach Stein fahren, dämmert es mir jedoch, und als sich dann auch noch das Schloss der Familie Faber Castell vor uns erhebt, ist mir klar, was es mit dem Bleistift auf sich hat. Denn der Bleistift ist das Wahrzeichen der Familie.

»Also doch ein Weihnachtsmarkt«, erkenne ich, und er zwinkert mir zu.

»Ja, aber ein ganz besonderer.«

Lucian lenkt seinen Wagen auf den großen Parkplatz vor dem Schloss. Natürlich ist er total überfüllt. Doch sofort huscht ein Lächeln über meine Lippen, denn das bedeutet, dass wirklich viel los ist. Dass überall gedrängelt und geschubst wird. All das ist etwas, woran ich nur fürchterliche Erinnerungen habe. Schon ohne Fluch hat er damit ganz schwere Karten.

»Wir scheinen nicht die einzigen zu sein, die die Idee haben herzukommen«, wende ich ein, und er parkt den Wagen am gefühlt anderen Ende der Stadt.

Als er den Motor drosselt, sieht er mich an. Das Grün seiner Augen liegt auf meinen, und kurz spüre ich wieder ein leichtes Kribbeln. Er soll mich nicht so ansehen.

»Nein, aber das wird uns nicht aufhalten«, erklärt er. »Also, bist du bereit, dich mit mir ins Weihnachtsgetümmel zu stürzen und Spaß zu haben?«

Ich lächele schelmisch. »Nun, du weißt, warum ich es mache.«

Er nickt, und nach ein paar Sekunden meint er lächelnd. »Weil du insgeheim Zeit mit mir verbringen willst.«

Puh!

»Ich will dich jetzt nicht schon zu Beginn enttäuschen, aber es wird voll, zu voll, zu laut und jeder rempelt jeden an. Man stolpert über lauter Füße. Wie soll mich ein Weihnachtsmarkt überzeugen? Ich habe dir doch gesagt, dass ich Weihnachtsmärkte fürchterlich finde. Die wecken in mir Fluchtimpulse.«

Aber Lucian lässt sich nicht beirren und steigt unternehmungslustig aus. Ich tue es ihm weit weniger euphorisch nach.

»Wir werden ja sehen«, meint er und wirkt zuversichtlich.

»Es ist ganz schön frisch.« Trotz der Handschuhe. Meine Zähne klappern ein bisschen.

»Ich dachte mir schon, dass du so was sagen würdest.« Ein Lächeln huscht über seine Lippen, und er öffnet den Kofferraum und zieht einen roten Rucksack hervor, der ganz schön prall gefüllt aussieht.

Ist das sein Ernst? Will er das schwere Ding mitschleppen?

»Was hast du damit vor? Willst du auswandern oder jemanden erschlagen?«

»Wenn es sein muss. Falls dir die Leute zu nah kommen, mache ich gern Gebrauch davon.«

Amüsiert schüttele ich den Kopf. »Ich wüsste nicht, warum. Wobei ...«

Falls Konstanze sich hier auch herumtreibt, könnte er sie gerne versehentlich erschlagen.

Er zwinkert. »Nein, da drin ist nur mein MacGyver-Notfall-Weihnachtsmann-Equipment.«

Hat er das jetzt gerade wirklich gesagt?

»Du veräppelst mich, oder?«

»Wenn du dich dann wohler fühlst, können wir es auch das Weihnachtswichtel-Aufheiterungs-Set nennen. Und mit dir brauche ich das ja wohl.«

Also wirklich!

Er stellt den Rucksack auf den Boden und fängt an, etwas

darin zu suchen.

»Lass mal sehen«, sage ich und will einen neugierigen Blick darauf werfen. Doch als ich nähertrete, hebt Lucian die Hand, um mir Einhalt zu gebieten.

»Nichts da, das ist absolut geheim. Also bleib, wo du bist. Der Rucksack ist Top Secret!«

»Ist das dein Ernst?«

Falls ja, hat er einen Knall.

Mit einem Zwinkern sieht er zu mir auf. »Mein voller.«

Ich bleibe stehen und frage mich, wie verrückt das bitte alles ist.

Als Lucian schließlich wieder hinter dem Auto hervortritt, hängt ihm eine seiner blonden Strähnen in die Stirn. Er kommt zu mir heran und reicht mir etwas.

»Was ist das?«, wundere ich mich und drehe es in den Händen.

»Ich habe eben an alles gedacht. Das sind Taschenwärmer. Probiere sie aus. Und falls deine Füße sich in zwei Eisklumpen verwandeln sollten, habe ich für deine Schuhe auch noch welche dabei. Dann ist dir gleich nicht mehr kalt.«

Er grinst zufrieden und reicht mir zwei rote, weiche Taschenwärmer, auf denen jeweils ein Flamingo mit Weihnachtsmütze abgebildet ist.

»Du stehst auf solche kitschigen Motive, hm?«

»Tja, nachdem du dich neulich so um mein Shirt gerissen hast, habe ich gedacht, dass das genau deinen Geschmack treffen würde.«

Lucian zwinkert frech, und ich boxe ihm vergnügt in die Seite.

»Okay, das ist nett, aber das reicht noch lange nicht aus, hörst du? Immerhin geht es hier um eine Wette.«

»Um die Besinnlichkeit von Weihnachten«, stimmt er zu.

»Fairerweise sollte ich dir sagen, dass dir nicht als Einziger höhere Mächte zur Verfügung stehen.«

Doch er grinst nur und tritt an mich heran. Kurz habe ich das Bedürfnis, ihm die kleine Strähne aus der Stirn zu streichen. Aber ich lasse es.

»Meine Mächte sind toller.«

Stolz recke ich das Kinn vor. »Das ist nicht wie bei Schere, Stein, Papier.«

»Nein, es ist besser.«

»Diese Taschenwärmer bedeuten gar nichts.«

Auch wenn sie süß sind.

»Wir sind ja auch noch lange nicht fertig«, flüstert er. Seine Stimme ist so sexy, sein Blick so knisternd und seine Nähe viel zu betörend.

Ich schlucke nervös und schüttele den Kopf. »Selbst die Ewigkeit würde nicht reichen. Und du hast nur die Adventszeit.«

Er zwinkert mir zu und schiebt mich Richtung Eingang. »Also, los geht's. Wir haben noch viel vor.«

# Kapitel 16

Eines muss ich ja zugeben. So sehr ich dieses Gedränge auf den Weihnachtsmärkten auch verabscheue, mit warmen Händen ist es gar nicht so übel. Ich weiß noch, wie fürchterlich ich es früher gefunden habe, frierend dabei gewesen zu sein, wenn meine Eltern ewig an den Ständen verweilt haben.

Doch auch wenn Weihnachtsmärkte nicht mein Fall sind, muss ich zugeben, dass das Schloss *Faber Castell* einen ganz eigentümlichen Charme aufweist. Wie ein verwunschenes Märchenschloss steht es da, und kurz wird mir tatsächlich sogar ein wenig warm im Bauch zumute. Ja, es ist ein bisschen märchenhaft.

»Kann es sein, dass es dir gefällt?«

Lucian stupst mich in die Seite und reißt mich aus meiner Träumerei zurück ins Hier und Jetzt.

»Was?« Verlegen streiche ich mir eine Strähne hinters Ohr zurück. »Nein, ich habe nur eben gedacht, wie voll es hier doch überall ist und dass dieses Gedränge wirklich anstrengend ist.«

Hoffentlich bemerkt er meine Flunkerei nicht.

»Klar.« Lucian nickt und lächelt mich an. »Lass dich einfach drauf ein. Du und ich, wir gehen nur ein bisschen spazieren. Ganz harmlos. Zwei Menschen, die gerne bummeln, weil sie die Welt ohne Vorbehalte sehen.«

Er grinst immer breiter.

Jaja, klar. Als ob ich Vorbehalte hätte ... Doch andererseits hat er ja selbst welche. Seine Weihnachtsbrille ist zutiefst rosarot. Elton John würde sie lieben.

»Ich bummele nur mit dir, weil das zu den Vertragsbedingungen gehört«, informiere ich ihn und lasse ihn zappeln.

Er nickt unbeeindruckt. »Sicher. Das ist ein ausgezeichneter Grund. Davon abgesehen gibt es hier viel zu sehen, weil dieser Weihnachtsmarkt ein klein wenig anders ist.«

Hm, okay, vielleicht bin ich – ganz minimal – neugierig.

Fragend sehe ich ihn an. »Inwiefern?«

Lucian macht eine ausschweifende Geste. »Hier geht es mehr um Kunst, es sind viele Aussteller anwesend und man kann das Schloss besichtigen. Die Räume der Familie. Bist du noch nie da gewesen?«

Ich schüttele den Kopf, und er zwinkert mir spitzbübisch zu.

»Nun, dann ist das hier dein erstes Mal mit mir.«

Das bringt mich zum Lachen. »Kann man so sagen.«

In den nächsten Stunden schlendern wir weiter über den Markt. Dank der Taschenwärmer bleibt mir auch tatsächlich warm. Lucian nimmt sich viel Zeit für mich und widmet mir seine volle Aufmerksamkeit. Nicht so wie früher, wenn ich mehr ein Anhängsel auf Weihnachtsmärkten gewesen bin.

Wir laufen an den Buden vorbei, probieren Espresso und betrachten die vielen Kunstwerke aus Metall. Vor allem die Sterne finde ich schön. Irgendwann biegen wir ins Innere des Schlosses ab und laufen durch die großen Räume, in denen die Zeit scheinbar stehen geblieben ist. Alte Gemälde zieren die Wände – die Ahnen der Familie von Faber Castell –, und man erfährt mehr über die Historie der Bleistiftdynastie.

Für mich als Grafikerin ist das Künstlerische sehr reizvoll. Die Zeit scheint nur so zu verfliegen, und ich weiß wirklich nicht, wie viel Uhr es ist, als wir das Schloss wieder verlassen und nach draußen auf den Markt treten. Am Fuß der Treppe grinst Lucian mich an.

»Was?«, frage ich.

Doch er lacht nur. »Nichts. Es ist bloß sehr interessant, findest du nicht?«

Anscheinend will er mich aus der Reserve locken. Ich gehe nicht darauf ein, sondern strecke die Arme durch, als müsste ich mich dehnen.

»So, und jetzt? War's das etwa schon?«, necke ich ihn.

Er schüttelt den Kopf. »Nein, aber ich denke, es ist mal Zeit für eine Pause.«

Wir schieben uns an den Ausstellern vorbei zu einer Bude mit Glühwein.

»Okay, ist das jetzt das Highlight?«, vergewissere ich mich. »Du willst mit unfairen Waffen spielen und mich abfüllen? Dann weiß ich nichts mehr, und du erzählst mir später, dass ich dich geküsst hätte und du gewonnen hast. Ganz abgesehen davon, dass du nicht durch einen Kuss gewinnen würdest, sondern nur dadurch, mich von der gefühlsduseligen Besinnlichkeit und lieblichen Schönheit Weihnachtens zu überzeugen, wird es dir nicht gelingen, mich noch mal außer Gefecht zu setzen.«

Lucian wäscht seine Hände in Unschuld. »Ich dich abfüllen? Also wirklich, den Schuh ziehe ich mir nicht an, Jule. Schließlich bist du schon fertig abgefüllt zu mir gekommen.«

Ich nicke. »Ja, das zwar schon, aber du hast es ungeniert ausgenutzt und mich zu dieser Wette überredet.«

Er zwinkert. »Schön, der Punkt geht an dich. Aber bevor ich mir was nachsagen lasse, schlage ich vor, wir nehmen einen.«

»Gut, Kinderpunsch«, willige ich ein, und wenig später stehen wir an einem der gemütlichen Tische und wärmen uns mit dem dampfenden Getränk von innen auf.

»Was gibt es über dich noch so zu erfahren, außer, dass du tollpatschig bist und äußerst ambivalent?«

Verwundert schaue ich ihn an. »Ambivalent? Was genau soll denn an mir jetzt widersprüchlich sein? Bitte, erhelle mich mal.« Ich stütze mein Kinn auf die Hand und trommele abwartend mit den Fingerspitzen auf der Tischplatte herum.

Lucian lehnt sich zu mir vor. »Na ja, aus mir völlig unerfindlichen Gründen verabscheust du Weihnachten, und dennoch arbeitest du gelegentlich als Weihnachtswichtel.«

Ich gluckse und hebe den Zeigefinger zur Betonung. »Einmal. Das war bloß ein einziges Mal in meinen ganzen, äh ... zarten achtzehn Lebensjahren.«

Lucian lacht, weil er sich seinen Teil zu meinem Alter denken kann. Natürlich bin ich mit siebenundzwanzig nicht alt, aber ein bisschen Spaß gehört doch dazu.

»Außerdem hast du mich zum Wichteln gezwungen.« Ich bohre meinen Finger durch die Luft in seine Richtung.

Bedächtig nimmt er einen Schluck aus seiner Tasse, ehe er antwortet. »Das kann sein. Aber wer wird denn so kleinlich sein, darauf herumzureiten, wessen Idee das war?«

»Hey, das macht mich nicht kleinlich.«

»War das eine freiwillige Meldung?« Er grinst mich an. »Also, was machst du beruflich?«

»Ich bin Grafikerin, wie du sehr wohl weißt, denn so hast du mich ja gefunden, oder? Durch das magische Impressum.«

Er lacht. »Stimmt, die Welt steckt voller Magie. Aber was genau machst du da?«

Ich nehme einen Schluck aus meiner Tasse. Der Kinderpunsch schmeckt schön fruchtig und ist vor allem sicher für meine sieben Sinne. »Ich nehme Aufträge von Firmen an, Websites, Gestaltung aller Art, Buchcover, ...«

»Was denn für Buchcover?«, wundert er sich.

»Na ja, zu dieser Zeit des Jahres sind es ziemlich scheußliche, kitschige Motive. Sie würden dir gefallen.«

Er lacht. »Hört sich nach Spaß für dich an.«

Ich schenke ihm einen ironischen Blick. »Ja, unheimlich spaßig. Trotzdem liebe ich, was ich tue, und bin mein eigener Chef. Außerdem kann ich ausschlafen, so viele Kaffeepausen machen, wie ich will, Jogginganzüge tragen, die in modisch geprägten Teilen der Welt verboten gehören, und sehr flexibel arbeiten, falls Santa Claus mich zufällig zu skurrilen Aktivitäten anstiftet. Ich kann mir die Arbeitszeit frei einteilen. Auch nachts und am Wochenende. Außerdem beantrage ich Urlaub ausschließlich bei mir selbst. Silvester hätte ich beispielsweise Zeit für den Starnberger See.«

Gespielt fasziniert legt er die Hand an seine Wange. »Nein, das ist ja interessant.«

»Der Nachteil ist«, fahre ich fort, »dass ich nicht mehr so viel unter Menschen komme und allmählich sozial inkompetent werde. Aber ich beschwere mich nicht.«

Er zwinkert frech. »Das würden dann auch eher die anderen tun. Also, mir sind deine holprigen Manieren nicht entgangen.«

»Blödmann«, sage ich grinsend und werfe ihm einen Schnipsel vom Tisch an die Brust, der von ihm abprallt und zu Boden segelt.

»Was war das? Das könnte kontaminiert gewesen sein.«

»Ist das ein Trick, um mich zu einer Mund-zu-Mund-Beatmung anzustiften?«

Er greift sich ans Herz. »Jetzt, da du es erwähnst, mir wird so komisch zumute. Ich glaube, ich kriege keine Luft. Aber der liebliche Kinderpunsch-Atem eines weihnachtsaffinen Wichtelchens ...«

»Du träumst wohl. Ich und weihnachtsliebend!«

»Das ist der Teil, der dich stört?«, erkundigt er sich leutselig. »Was ist mit dem Part, wo es um den Kuss geht?«

»Für jemanden mit Atemproblemen redest du echt viel. Ich dachte, ich hätte dich an der Brust getroffen …«

»Wahrscheinlich ist meine Lunge perforiert«, spinnt er.

»… aber mir scheint, dass ich deinen Kopf erwischt habe.«

»Ich bin da flexibel«, gibt er an. »So wie du mit deiner Arbeitszeit.«

»Ja, es hat alles seine Vor- und Nachteile.«

»Na, angesichts deiner Vereinsamung im heimischen Büro kannst du ja froh sein, dass ich nun da bin und dich nach draußen entführe unters gemeine Volk.«

Erneut nehme ich einen Schluck aus meiner Tasse. »Zu viele Menschen auf einem Fleck mochte ich aber noch nie.«

»Ach, das ist reine Kopfsache. Letztlich konzentrieren wir uns doch sowieso immer auf ganz wenige Personen, und man kann schnell vergessen, wie viele da noch sind.«

Wenn er mich so intensiv ansieht wie jetzt, verblasst tatsächlich der Rest der Welt, der uns umgibt.

»Und was machst du so?«, erkundige ich mich möglichst unbedarft und nippe an meinem Getränk. »Also wenn du nicht gerade der Weihnachtsmann bist. Oder ist das dein Hauptberuf?«

Er nickt ernst. »Ja, leider ist das so. Das heißt, ich bin die restlichen Monate über ganz schön einsam. Da fühle ich mit dir. Denn am Nordpol gibt es ja nur Rentiere und gefräßige Eisbären. Deswegen will ich dich auch küssen. Ich weiß gar nicht mehr, wie das ist.«

Ich rolle mit den Augen. »Du bist ein Scherzkeks, wirklich. Also, sag schon, was machst du sonst?«

Er lehnt sich vertraulich vor und tuschelt: »Eigentlich bin ich auch Teilzeit-Osterhase, aber verrate es keinem.«

Ich klapse ihm auf den Arm. »Lucian!«

Obwohl er einen ganz schön irre machen kann, muss ich lachen. Es macht wirklich Spaß, hier mit ihm zu stehen. Es ist gemütlich, und der Punsch schmeckt. Trotzdem darf ich ihn nicht zu sehr mögen, denn ich will den Preis gewinnen. Noch dazu geht es ums Prinzip: Wenn ich schon mal wette, verliere ich gefälligst nicht. Ich mache mir bewusst, dass er hier auch gerade nichts anderes tut.

»Also? Was jetzt?«, will ich von ihm wissen.

Er nickt ergeben. »Na, schön. Ich bin eigentlich bei der Zeitung und schreibe Artikel über alles Mögliche.«

Ich mustere ihn skeptisch. »Wirklich?«

»Ja, wirklich.«

»Weil du mich nämlich gerne an der Nase herumführst. Da kann ich dir nicht trauen, oder?«

Er sieht mir tief in die Augen, und mein Atem stockt. »Doch, Jule. Ich mache gerne Späße, aber ich halte dich nicht zum Narren.«

Verlegen räuspere ich mich und fummele am Henkel meiner Tasse herum. »Bist du da nur so gelandet oder ist das etwas, das dir am Herzen liegt?«

»Ich mag es«, antwortet er offen heraus. »Ich wollte das auch immer tun. Schreiben, berichten, ich bin zufrieden.«

Fragend wende ich meinen Kopf zu ihm und blicke ihn forschend an. »Ist es da zu dieser Zeit des Jahres nicht besonders stressig? Ich meine, wird dir das mit dem Kalender und allem nicht zu viel? Du kannst auch gerne gleich aufgeben!«

Ich lächele zuckersüß, aber Lucian winkt ab.

»Nein, nein, alles gut. Mich bringt so schnell nichts aus der Ruhe. Weißt du, es gibt so viel Schönes um uns herum. Das ist viel wichtiger, als sich ständig zu stressen und Trübsal zu blasen.« Er zwinkert mir zu. »So wie du, Engelchen. Aber das treibe ich dir noch aus.«

Ich schnalze mit der Zunge und schüttele den Kopf. »Selbst wenn es mir gerade angefangen hat, etwas zu gefallen«, ich deute einen winzigen Abstand zwischen Daumen und Zeigefinger an, um das Ausmaß zu beschreiben, »aber das bringt dir einen Punkt Abzug. Also wirklich! Du treibst es mir aus?«

Er lacht. »Du siehst das alles falsch. Weihnachten ist nicht bloß eine stressige Zeit. Es kommt immer drauf an, wie man die Dinge nimmt. Man kann durchs Leben rennen oder durchs Leben gehen.«

»Und du gehst?«, frage ich, und er nickt.

»Ja, das tue ich.« Seine Augen nehmen mich gefangen, und ich spüre schlagartig, wie es unter meiner Brust heftig klopft.

»Du siehst heute übrigens sehr gut aus, Jule.«

Mein Blick wird schmal. Was hat er vor? Und warum kommt er noch näher?

»Was soll das werden, Santa? Denkst du, ich küsse dich jetzt einfach so?«

Er beißt sich leicht auf die Lippe. »Willst du es denn?«

»Glaubst du, ich bin so ausgehungert, dass mich ein einziges Kompliment gleich um den Verstand bringt?«

»Das war nicht meine Frage: Willst du es?«

Ich umschließe meine Punschtasse und halte mich daran fest. »Die Frage ist doch eher: Warum willst du es so unbedingt? Weshalb dieser Einsatz?«

Lucian lächelt. »Ganz einfach: Unterm Weihnachtsbaum küsst sichs besser.«

»Sagt wer? Du als Weihnachtsmann?«

Er grinst herausfordernd. »Du weichst mir immer noch aus. Willst du mich küssen?«

»Nein, nicht wirklich«, sage ich kopfschüttelnd. »Aber mach dir ruhig Hoffnungen, wenn es dich aufbaut. Trotzdem kannst du nicht gewinnen.«

Lächelnd trete ich zurück. Das Spiel fängt mehr und mehr an, mir zu gefallen. Doch dann gerät ein Mann vor mir ins Taumeln, wahrscheinlich weil es so voll ist. Er stolpert, und schon ist es geschehen – sein Glühwein ergießt sich über den unteren Saum meines Mantels. Auf dem hellen Gewebe zeichnet sich ein dunkler Fleck ab.

»Oh je«, lallt er. »Das tut mir aber leid.«

Für einige Sekunden kann ich nichts anderes tun, als schockiert auf den Fleck zu starren.

»Ach Mist, Jule, das tut mir leid.« Lucian nimmt sich meiner an und begutachtet die Misere.

Aber eigenartigerweise ist mir gar nicht nach Heulen zumute. Denn ich weiß, dass der Fluch mich gerade davor bewahrt hat, meine Wette zu verlieren. Davor, dass es mir zu sehr gefällt.

»Ja, das ist echt blöd gelaufen«, stimme ich zu. »Wie immer zur Weihnachtszeit. Was hast du anderes erwartet?«

»Du meinst, im Sommer verschütten die Leute keinen Glühwein, und deshalb ist Weihnachten schlechter?«

»Tja, mein Mantel ist jedenfalls ruiniert.« Ich muss ihm ja nicht sagen, dass ich neulich erst im Schaufenster einen viel Schöneren gesehen habe. »Das ist mein Lieblingsmantel, Lucian. Ich sehe mich schon auf der Silvestergala im Seehotel.«

»Warte, ich hab da was!« Kurzentschlossen greift er in seinen Rucksack und fördert Salz, Wasser und ein Saugtuch zutage. Dann geht er vor mir auf die Knie, schüttet mir eine ordentliche Ladung Salz über den Fleck und wartet geduldig.

Das Bild ist so verwirrend wie komisch.

»Was machst du da? Willst du den Fleck ausbleichen?«

Das Salz färbt sich langsam dunkel.

»Ist ein alter MacGyver-Trick«, sagt er nur und zwinkert zu mir hoch.

»Wie süß, kannst du auch kochen?«

»Knusprigen Gänsebraten vielleicht?«

Stimmt, das hat er bereits auf der Weihnachtsfeier erwähnt.

»Das ist äußerst vielseitig von dir, aber alle starren uns bereits an. Ich bin schon froh, dass du nicht dein Kostüm trägst, sonst würden sie noch denken, dass der Weihnachtsmann mir einen Antrag macht.«

»Ja, und er hat weißes Salz als Schneeersatz mitgebracht. Entspann dich, Jule. Ich habe alles im Griff.« Als sich das Salz rosarot gefärbt hat, wischt er es sachte mit dem Tuch beiseite, sodass es zu Boden fällt.

»Geht das nicht schneller?«, jammere ich.

»Vorsichtig wegschieben, nicht weiter ins Gewebe rein reiben«, erklärt er geduldig.

»Zum Glück ist der Fleck da unten und nicht an meinem Ausschnitt«, seufze ich, sonst würde er mir mit dem Tuch über die Brust wischen müssen, was ja überhaupt nicht bescheuert aussehen würde. Ich meine, wenn mich schon jemand in dieser Region berühren würde, dann bitte aus anderen Gründen.

»Da ist ja immer noch was zu sehen«, stöhne ich, als er das Salz abgetragen hat.

»Das ist nur Jodsalz, keine Zauberzutat von David Copperfield.« Unversehens schüttet er mehr davon auf den Fleck und wiederholt die Prozedur.

»Das ist das beste Date aller Zeiten«, gluckse ich. »Oh Gott, mir ist so weihnachtlich zumute. Am liebsten würde ich mir ein Rentier mit einem Lichterkettenlasso fangen.«

»Du wildes Mädchen«, neckt er mich.

»Wir könnten ihm die Hufe anmalen und ihm beim Gameboy-Spielen zusehen. Ah, die Weihnachtszeit. Was gibt es Schöneres?«

Seufzend schiebt Lucian die nächste Ladung Salz von meinem Fleck, der zugegebenermaßen etwas blasser aussieht. Allerdings stellt er das Salz zur Seite, obwohl er noch nicht fertig sein kann.

»Was machst du da?«, wundere ich mich.

»Der Fleck ist trocken.«

»Und jetzt?«

»Jetzt wirst du dich wirklich freuen, dass er sich nicht an deinem Ausschnitt befindet.«

Sagt's und schraubt die Sprudelflasche mit einem Zischen auf. Doch statt das Wasser auf das Saugtuch zu geben, wie ich es angenommen habe, kippt er es kurzerhand auf den Fleck, wodurch sich der Mantel nass saugt.

»Hey!«, protestiere ich.

Erst jetzt drückt er das Tuch auf den Fleck, um das Wasser wieder aufzunehmen. Irgendwie kommt mir die Reihenfolge falsch vor. Mit einer Engelsgeduld tupft er, um bloß nicht zu reiben. Die nette Frau vom Punschstand stellt ihm sogar ihre Küchenrolle zur Verfügung.

»Das macht Ihr Freund aber sehr gut«, sagt sie anerkennend zu mir. »Nicht bloß fesch, auch noch gescheit. Den müssen Sie sich warmhalten.«

»Er ist nicht ...«, stammele ich.

»Eigentlich muss ich ja sie warmhalten«, scherzt er mit der Dame.

Langsam wird es mir unangenehm. »Äh, Lucian, ich habe vielleicht etwas übertrieben. Das ist gar nicht mein Lieblingsmantel. Eigentlich ist er alt und hat allmählich ausgedient.« Ich seufze verlegen.

Doch er ist gar nicht sauer, sondern lächelt nur zu mir auf. »Soso, ein kleines Missverständnis also.«

»Richtig«, gebe ich zu.

Kaum dass er den Fleck trocken getupft hat, kippt er neues Sprudelwasser auf die Stelle, und ich schnappe überrascht nach Luft.

»Wem willst du was beweisen?«, flüstere ich.

Er sieht mich an und lächelt. »Dir.«

Ich schlucke gerührt und halte still. Etwa hundert Jahre später ist die Flasche fast leer, die Küchenrolle halb abgewickelt und der Fleck ... Oh, wo ist der Fleck?

»Du hast es geschafft!«, staune ich.

»Das ist die Magie der Weihnacht«, behauptet er.

»Einfach nur so mit Salz und Wasser und na ja, so viel Zeit, dass selbst ein Elefant dabei ein Jungtier austragen kann?«

Lucian lacht, verstaut seine Sachen im Rucksack und steht wieder auf, wobei er stöhnend an sein Bein fasst. Anscheinend hat er zu lange auf dem kalten Boden gekniet. Alles bloß meinetwegen.

»Also, jetzt mal so rein hypothetisch finde ich das vielleicht doch ziemlich gut«, gebe ich kleinlaut zu.

Er lächelt charmant, und wieder fällt ihm eine neckische Strähne ins Gesicht. Doch diesmal kümmere ich mich darum, denn er hat sich ja auch wirklich viel Mühe mit mir gegeben.

»Warte«, flüstere ich und streiche sie ihm zurück. »Da, viel besser.«

»Danke vielmals.«

»Dafür doch nicht«, sage ich schulterzuckend.

»Na ja, vielleicht hat es mehr zu bedeuten als eine kleine Geste.«

Lächelnd stoße ich den Atem aus. »Du gewinnst nicht, MacGyver. Aber falls du die Lady vom Glühweinstand betören willst ...«

»Das war meine Absicht«, bekennt er grinsend.

»... dann hast du ganz gute Karten.«

»Leider kann ich ihr nicht meine Aufmerksamkeit schenken.«

»Ach, nein?«, wispere ich.

»Nein. Denn sie mag Weihnachten schon. Und ich muss dich missionieren.«

»Das wird nicht klappen«, sage ich lachend, doch irgendwie verspüre ich bei den Worten ein Flattern im Bauch.

»Das war wirklich nicht dein Lieblingsmantel?«, hakt er nach.

Ich schüttele den Kopf und streiche zufrieden über das Revers. Möglicherweise mag ich ihn seit gerade eben doch etwas mehr. Also, den Mantel.

# Kapitel 17

*6. Dezember, Nikolaustag*

»Es lag überhaupt nichts vor der Tür?«, wundert sich Anni. »Du hast also nur diesen kleinen Nikolaus, der im Kalender war?«

Der Abend dämmert bereits, und trotz des besonderen Datums hat Lucian bisher nichts von sich hören lassen.

»Ja, seltsam, oder? Ich hätte irgendwie erwartet, dass er sich mehr einfallen lässt. Erstens ist er der Weihnachtsmann, also warum taucht er hier nicht auf?« Ich stoppe kurz und betrachte den kleinen Schokoladennikolaus, der nur einen unwürdigen Ersatz darstellt. »Und zweitens ist diese Schokoladenfigur verbeult. Damit landet er keinen Stich bei seinem Weihnachtsfeldzug.«

»Du bist aber echt streng«, gluckst Anni. »Sag mal, bist du neulich nicht diejenige gewesen, der der Kalender umgefallen ist? Du weißt schon, als du dich nicht getraut hast, deine Tür zu öffnen.«

»Was willst du damit sagen?«

Sie kichert. »Wahrscheinlich hast du ihn selbst zerbeult.«

»Phhh!«, tue ich es ab. »Darum geht es gerade nicht.«

Schließlich könnte er ja robustere Schokolade verschenken. Ich wette, Molly Morgenbaums Engelkekse sind so hart, dass sie selbst einen Transatlantikflug unbeschadet überstehen.

»Nein, natürlich nicht. Er hat's verbockt.« Dabei klingt Anni jedoch nicht allzu ernst. Eher so, als würde sie sich über mich lustig machen. »Trotz der süßen Sachen, die in den letzten Tagen in deinem Kalender gewesen sind. Mmmh, der leckere

Original-Elisenlebkuchen«, zählt sie auf. »Die himmlisch duftende Kerze oder – und das ist mein persönlicher Favorit – der USB-Stick von gestern mit der stimmungsvollen Weihnachtsmusik, damit du dich für eure Treffen und natürlich die Adventszeit einstimmen kannst. Ich bin gespannt, was er noch so vorhat. Er gibt sich wirklich Mühe.«

»Okay«, gebe ich zähneknirschend zu. »Er hat sich ein paar nette Dinge einfallen lassen, aber das heute mit dem Nikolaus ist schon schwach.«

»Lass mal überlegen«, meint Anni. »Es geht ja um die Wette.«

»Eben«, gebe ich ihr recht.

»Und eigentlich willst du ja gewinnen.«

»Logisch, was sonst?«

Worauf will sie hinaus?

»Dann verstehe ich nur nicht, warum du so enttäuscht bist, wenn Lucian mal schwächelt. Eigentlich spielt er dir damit doch genau in die Karten. Es sei denn ...«

»Es sei denn was?«, frage ich argwöhnisch.

»Na ja, es sei denn, du willst, dass er dich besucht. Was meinst du, könnte es daran liegen?«

»Was?«

»Ach, komm, gib's zu – du sitzt nicht in der Jogginghose rum.«

Mist, Anni kennt mich eben zu gut. Ich muss wohl mehr auf Distanz zu meiner vorlauten Freundin gehen, denke ich im Spaß.

»Ich habe nur ganz normale Klamotten an«, stelle ich mich ahnungslos. »Ist das jetzt echt so ein Wunder? Meine Jogginghosen haben heute Waschtag.«

Sie kichert. »Ha, wenn du es sagst!«

»Ach, eigentlich ist es mir ja egal. Das letzte Mal, als der Nikolaus mich besucht hat, bin ich neun Jahre alt gewesen, und es war ein Albtraum.«

»Warum? Was ist passiert?«

Ich seufze. »Mein Onkel, der sich als Weihnachtsmann verkleidet hat, ist lallend durch die Wohnung getorkelt. Ich will lieber nicht dran denken. Danach hat es Streit gegeben, und ich bin am Ende schuld gewesen.«

»Oh, das tut mir leid. Aber nur, weil deine Familie blöd ist, kannst du doch nicht gleich Weihnachten komplett abstempeln«, sagt sie, als jäh meine Mörderklingel durch die Wohnung hallt und mir das Herz in der Brust beinahe stehen bleibt.

Er wird doch nicht ...?

»Hat es eben bei dir geklingelt?«, will Anni wissen.

»Ja, wird schon nicht so wichtig sein.«

»Du kleiner Schisser«, johlt sie. »Los, mach auf. Das ist mit Sicherheit Lucian.«

Allein die Vorstellung bringt mich ganz durcheinander.

Es klingelt erneut.

»Hopp, jetzt geh schon!«, verlangt Anni. »Man lässt den Weihnachtsmann nicht warten. Ciao, ciao.«

Wir legen auf, und ich laufe zur Tür. Vielleicht ist es ja bloß meine Nachbarin, der Quälgeist. Sicherheitshalber blicke ich durch den Türspion. Doch sie ist es nicht, sondern Lucian, und das in voller Montur.

Sofort huscht mir ein Lächeln über die Lippen, und ich zupfe meine Haare in Form, während ich unschuldig frage: »Wer ist da, bitte?«

»Der Weihnachtsmann. Ho, ho, ho, ich suche Jule Engel.«

Er spricht mit gespielt tiefer Stimme, und ich grinse in mich hinein.

»Tut mir leid, die wohnt hier nicht.«

»Ho? Du willst doch nicht etwa den Weihnachtsmann an-schwindeln, Jule. Ich weiß doch, dass du es bist.«

Ich muss kichern. »Na, schön.«

Gnädig öffne ich die Tür und sehe Lucian vor mir im Haus-flur warten. Es ist wie ein Flashback – zurück zum Abend un-serer ersten Begegnung. Er steht da in seinem roten Kostüm, mit Sack und sogar einer Rute. Anni würde ausflippen!

»Ho, ho, ho«, tönt er erneut. »Jule Engel, darf ich reinkom-men?«

»Nun, ja, wenn es sein muss.«

Lucian sieht mich mit einem Lächeln an. Selbst unter dem angeklebten Bart kann ich es erkennen. Er folgt mir ins Wohnzimmer und bleibt vor meinem Küchentisch stehen.

»Schön hast du es hier, Jule. So, aber jetzt komme ich gleich zur Sache.«

Ganz schön forsch, dieser Weihnachtsmann. Doch ich ver-kneife mir einen Kommentar, da ich hier anscheinend als Ein-zige anzügliche Gedanken bei seiner Formulierung habe.

Lucian greift in seine Manteltasche und zieht eine Papierrol-le hervor. »Nun, bist du auch immer schön brav gewesen?«

»Kommt drauf an, was man darunter versteht.«

Er zieht eine Augenbraue nach oben. »Na ja, brav eben. Aber mal sehen, ich werde das jetzt einfach mal amtlich über-prüfen.«

Dabei betrachtet er seine Schriftrolle und nickt immer wie-der, als würde er die aufgelisteten Punkte genau studieren.

»Ich sehe, du arbeitest immer ziemlich viel und trägst zu oft Jogginganzüge, weil du nicht viel raus kommst. Ist schon okay. Das ist ja nichts Schlimmes. Ich bin nicht Karl Lagerfeld sondern der Weihnachtsmann. Allerdings sehe ich hier auch, dass du einen Engel von der Christbaumspitze am Hauptmarkt schießen wolltest ... Äh, mit einem Schuh?« Er betrachtet mich mahnend und schnalzt mehrmals mit der Zunge. »Tze, tze, tze, und ich sehe, dass du Weihnachten nicht leiden kannst und dem Glücksspiel verfallen bist.«

Ich muss lachen. »Ja, ich wurde zu einer Wette genötigt, lieber Weihnachtsmann. Ich bin hier das Opfer.«

Er nickt. »Stimmt, deswegen werde ich nachsichtig mit dir sein, denn alles in allem bist du artig gewesen.« Er räuspert sich feierlich. »Darum habe ich eine Kleinigkeit für dich.«

Er greift in den Sack und fängt an, darin zu wühlen.

»Moment«, sagt er. »So leicht geht es nicht. Kannst du erst ein Weihnachtsgedicht aufsagen?«

Ungläubig wölbe ich eine Augenbraue. »Wie bitte?«

»Nun, so ist der Brauch«, brummt er in seinen Bart. Dann pustet er den Atem aus, weil ihm beim Sprechen ein Stück des Rauschebarts in den Mund gelangt ist.

Ich muss mich tierisch beherrschen, um nicht laut zu lachen. Das ist alles so hoch zeremoniell.

»Wenn du kein Gedicht kannst«, fährt er sich räuspernd fort, »dann nehme ich alles wieder mit, was ich für dich dabei habe.«

»Ähm, Advent, Advent, der Christbaum brennt?«, probiere ich es.

»Also, Jule, nein. So ein Gedicht nicht.«

»Ich weiß ja nicht mal, was du eigentlich dabei hast. Am Ende lohnt es sich gar nicht. So wie früher, wenn man in der Schule den Salat essen sollte, um auch Dessert zu bekommen, und dann war es gar kein Eis sondern bloß Obst.«

Seine Augenbrauen schieben sich zusammen. »Ja, ich spüre den tiefen Weltschmerz.«

Ich glaube, der nimmt mich nicht ernst.

»Na schön, dann womöglich so was.«

Ich rufe mir den Abend der Weihnachtsfeier in Erinnerung, als Margot *Es treibt der Wind im Winterwalde* aufgesagt hat. Wie ging das noch mal?

»Ähm, es treibt der Wind im Winterwalde ...« Sehr gut, Jule. Und jetzt? »... die Flockenherde wie ein ... Dings, äh ...«

»Hirt«, hilft mir Lucian auf die Sprünge.

Stimmt, da war ja was.

Netterweise leistet er mir weiteren Beistand wie ein Souffleur, und gemeinsam arbeiten wir uns durch das Gedicht.

»Und manche Tanne ahnt, wie balde
sie fromm und lichterheilig wird,
und lauscht hinaus. Den weißen Wegen
streckt sie die Zweige hin – bereit,
und wehrt dem Wind und wächst entgegen
der einen Nacht der Herrlichkeit.«

»Das Gedicht scheint sich dieser Tage großer Beliebtheit zu erfreuen«, meint er.

Ich grinse übertrieben, und auch Lucian kann seine Belustigung nicht verbergen, versucht dann aber, wieder ernst dreinzuschauen.

»Nun ja, das war keine Meisterleistung, Jule. Doch ich lasse es dieses Jahr mal durchgehen.« Dann greift er abermals in den Sack, zieht daraus einen weiteren Schokoladennikolaus hervor und reicht ihn mir.

»Oh, ähm, danke«, murmele ich und weiß nicht recht, was ich sagen soll, denn der Nikolaus ist völlig zerbeult. Und diesmal ist es nicht meine Schuld gewesen.

Als Lucian die Dellen bemerkt, zieht er eine Augenbraue nach oben. »Wie merkwürdig, als ich ihn mitgenommen habe, hat er noch ganz frisch ausgesehen.«

Ich nicke amüsiert, weil ich weiß, dass es sicherlich mit dem Fluch zu tun hat.

»Nun, die Geste zählt«, sage ich. »Also lasse ich es dir dieses Jahr mal durchgehen.«

Er stupst mich in die Seite, weil ich seine eigenen Worte gegen ihn verwende.

»Ich denke, es ist egal, wie er aussieht. Du wirst ihn sowieso gleich aufessen, und das macht ihn nicht hübscher.« Dann tritt er zurück und reibt sich die Hände. »So, ich muss mich mal wieder auf den Weg machen. Bis nächstes Jahr, Jule«, sagt er. »Und nicht vergessen, immer schön brav zu sein.«

Als Lucian weg ist, betrachte ich den zerbeulten Nikolaus, und obwohl ich nicht sonderlich auf Vollmilchschokolade stehe, spüre ich eine wohlige Wärme in meinem Bauch, weil Lucian da gewesen ist und sich extra verkleidet hat. Das ist schon wirklich nett von ihm gewesen und irgendwie süß.

Doch dann ermahne ich mich, dass ich ihn auch noch nach Weihnachten süß finden kann, wenn ich die Wette gewonnen habe. Kurzerhand ziehe ich die Verpackung ab und beiße dem Nikolaus den Kopf ab.

# Kapitel 18

Während die weihnachtliche Musik von Lucians USB-Stick durch mein Arbeitszimmer dudelt, rücke ich Elchi am Fenster ins rechte Licht. Denn tatsächlich fällt ein goldener Lichtstrahl durch die Wolkendecke und erhellt einen Teil meines Raums.

Draußen liegt eine dicke Schneedecke, weil es wohl die ganze Nacht über geschneit hat, und Nürnberg zeigt sich winterweiß.

»Heute brauchst du den Nordpol mal nicht zu vermissen«, erkläre ich Elchi und reibe mir sogleich die Stirn.

Himmel, so weit ist es mit mir schon gekommen, dass ich mit diesem Plüschtier rede. Da wären ja sogar Selbstgespräche besser. Zumindest höre ich mir aufmerksamer zu als er. Und kann besser antworten. Wobei ...

»Danke, wie lieb«, sage ich mit verstellter Stimme in Elchis Namen zu mir selbst.

Hirnschaden! Von dieser Musik bekomme ich eindeutig irgendwelche Störungen. Ich lasse die Finger von dem dümmlich grinsenden Knaben und betrachte alles, was ich in den letzten Tagen aus dem Kalender geholt habe. Bisher war ich so anständig, mich an die Reihenfolge zu halten und nicht alles auf einmal auszupacken. Aber, hm, diese Ungeduld in mir ist schon quälend. Denn natürlich frage ich mich längst, was Lucian noch so plant.

Am Tag nach Nikolaus ist im Kalender ein neuer Antistressball gewesen, und ich musste ziemlich schmunzeln, da ich Lucian wohl an jenem Abend, als ich betrunken bei ihm gewesen bin, davon erzählt habe. Seit ich mein Büroradio geschrottet habe, konnte ich meinen alten leider nicht mehr finden. Lucians Nachricht war kurz und bündig: »Aber nicht wieder was damit kaputt machen.« Das hat mich zum Lächeln gebracht.

Heute habe ich eine Plätzchenform gefunden. Laut einer entsprechenden Notiz will er mit mir bei Gelegenheit einen weihnachtlichen Tag verbringen. Ich soll mich einfach überraschen lassen. Doch es ist ganz klar, dass wir wohl backen werden.

Bei der Vorstellung atme ich tief durch. Denn auch wenn ich Plätzchen gerne esse, backe ich sie nicht sonderlich gerne. Irgendwann hat es mal eine solche Zeit gegeben, aber dann nicht mehr. Schon lange nicht mehr. Früher gab es viel zu oft Ärger und Streitereien. Die Weihnachtszeit hat in meiner Familie meist das Schlechteste zum Vorschein gebracht.

Ob es diesmal anders sein wird? Schwer vorstellbar. Weihnachtstage sind blöd. Und Plätzchenbacken auch. Seufzend lege ich die Ausstechform weg. Was tue ich hier überhaupt? Warum höre ich diese Musik?

Das ist der Moment, in dem ich mir eingestehen muss, dass ich Lucian nicht so nah an mich heranlassen darf. Auf dem Weihnachtmarkt am Schloss habe ich schon viel zu viel von mir preisgegeben. Und auch die Sache mit dem Nikolaus hat mein Herz erwärmt. Doch ich sollte mir nicht so viel daraus machen, denn schließlich will ich ja die Wette gewinnen, oder? Darum geht es doch. Eigentlich ...

Ein wenig hat er es mir erleichtert, weil er am zweiten Advent keine Zeit gehabt hat. Er musste irgendwo einen Auftritt als Weihnachtsmann absolvieren, denn dafür wird er dieser Tage häufig gebucht. Zumindest hat er mir aber ein paar SMS geschrieben. Für WhatsApp ist das alte Nokia nicht gerüstet.

Er hat versprochen, es wiedergutzumachen. Doch Näheres weiß ich mal wieder nicht.

Mein Telefon klingelt – das vom Büro, nicht sein Nokia. Kurz bin ich enttäuscht, dass es nicht Lucian ist. Aber dann denke ich, dass es besser so ist. Allmählich wird alles so verstrickt. Jedenfalls denke ich eindeutig zu oft an Lucian, selbst an diesen Weihnachtskram, als würde er mich einer Gehirnwäsche unterziehen.

Mein Telefon klingelt weiter, und ich seufze. Meistens betrifft es Kundenwünsche, aber auch Anni ist eine rechte Schnatterente. Man könnte meinen, dass sie bei der Arbeit nur telefoniert. Und auch jetzt ist sie dran, als ich das Gespräch annehme. Ihre fröhliche Stimme dringt mir ins Ohr.

»Na, was hat es heute gegeben?«, will sie wissen, und für einen flüchtigen Moment bin ich genervt, weil es scheinbar nur noch dieses Thema für sie gibt. Wie soll ich Lucian denn so vergessen?

Tja, was hat es heute bei mir gegeben? Abgesehen davon, dass ich mit Elchi rede und die falsche Musik höre ...

Ach, du Schreck! Schnell schalte ich das Gedudel aus, bevor sie es hören kann, doch da ist es schon zu spät.

»Hörst du etwa Weihnachtslieder?«, wundert sie sich.

»Nein.«

»Doch!« Sie lacht.

Als mir klar wird, dass ich ihr kein *Jingle Bells* für einen neutralen Rihanna-Hit verkaufen kann, räume ich ein: »Aber nur, weil das ein Arbeitsauftrag von Lucian ist. Ich muss mich doch an die Wettkonditionen halten.«

»Ist klar«, gluckst sie.

»Aber innerlich würge ich. All dieses Glöckchengeläut und Friede, Freude, Eierkuchen. Bäh. So wird er nicht gewinnen.«

»Verstehe«, sagt sie gedehnt.

Was immer sie da versteht, es ist nicht das, was ich will.

»Und, was gab es heute?«, fragt sie wieder.

Advent, Advent, mein Kalender brennt.

»Ich mache zum Beispiel gerade ein ganz tolles Cover.«
Schließlich gibt es auch noch andere Themen. Das normale
Leben. Na ja, fast. Ich räuspere mich. »Es hat den höchst
kreativen Titel: ›Kalte Füße, heißes Herz‹.«

Anni lacht. »Ja, das klingt ganz wunderbar. Aber das meine
ich doch nicht. Was ist im Kalender drin gewesen?«

»Ach, nur so eine blöde Plätzchenform. Ich werde wohl
nicht ums Backen herumkommen. Ernsthaft, Lucian hat mehr
häusliche Qualitäten als ich. Ist das schräg oder schräg? Wie
neulich mit dem Weinfleck.«

»Ja, das war süß«, schwärmt sie.

»Er meint, er würde einen weihnachtlichen Tag mit mir verbringen wollen. Das wird sicher schrecklich.«

»Total schrecklich«, unkt sie.

»Aber sein Pech. Ja, absolut.«

Anni hustet. »Was ist denn mit dir los?«

»Nichts. Wieso?«

»Ach ja? Ich glaube eher, dass Lucian Weihnachtsmann
langsam dein Herz erwärmt.«

»Nein, Unsinn! Wie du weißt, erwärmt in der Weihnachtszeit rein gar nichts mein Herz.«

Anni lacht nur. »Vielleicht bist ausgerechnet du die Schnee-
königin, und er ist Väterchen Frost. Und wenn sie nicht gestorben sind ...«

»Anni!«

Sie fängt doch tatsächlich zur Melodie von *Winter Wonder-
land* an zu singen. Ich erkenne das Lied, denn es befindet sich
ebenfalls auf Lucians USB-Stick und hat gerade vorhin noch
gedudelt.

»Church bells ring, are you listening?
Jule and Lucian, diamond rings glistening,
A Beautiful Day, a Wedding in may,
walking down the aisle with Santa Claus.«

»Ich lege gleich auf«, quieke ich. Die hat doch echt nichts zu tun bei ihrer Brandschutzfirma! »Es gibt Leute, die arbeiten müssen.«

»Genau deswegen rufe ich an«, flötet sie. »Herr Dr. Brenner lässt fragen, ob du kurzfristig noch ein paar Grafiken erstellen könntest, die wir dann auf unsere Website setzen. Ich würde dir dazu was schicken. Ist das okay?«

»Klar, ich bin so was von bereit für tolle Grafiken«, sage ich. »Hauptsache, du singst nicht länger Hochzeitslieder mit Weihnachtsmelodien. Jetzt mal ehrlich, ist doch kein Wunder, dass die Männer uns Frauen immer für bescheuert halten.«

Sie lacht nur und räuspert sich urplötzlich seriös. Es ist verblüffend, dass sie sich nicht verschluckt. »Sehr wohl, dann schicke ich gleich mal alles rüber. Bis später, Frau Engel.«

»Lass mich raten: Dein Chef ist gerade hereingekommen?«

Diese Ulknudel. Dabei weiß er doch genau, dass wir uns nicht siezen. Wir legen auf, und als ich aus dem Fenster blicke, fallen dicke Schneeflocken. Ich denke daran, wie ich immer gerne einen Schneemann bauen wollte. Einen wirklich schönen. Aber dann schiebe ich den Gedanken fort. Schnee ist doof und kalt und ...

Es summt und summt.

Anni geht mir echt auf die Nerven. Wenn sie jetzt schon wieder singt, kaum dass ihr Boss das Zimmer verlassen hat, schreie ich.

»Was denn jetzt schon wieder?«, knurre ich.

Am anderen Ende der Leitung vernehme ich ein Räuspern.

»Hat da jemand schlechte Laune?«

Es ist Lucian!

Ich fasse mir an die Stirn. »Sorry, ich dachte, du wärst Anni. Sie nervt mich schon den ganzen Tag.«

Er lacht. »Und hast du den Nikolaus aufgegessen oder aufgehoben?«

»Ach, wo denkst du hin? Ich habe ihm natürlich gleich den Kopf abgebissen.«

»Das sieht dir ähnlich«, scherzt er. »Pass auf, hast du gerade mal aus dem Fenster gesehen?«

»Ja, zufällig schon.« Ein seltsamer Gedanke, dass wir dasselbe gemacht haben. »Es schneit fürchterlich.«

Wie immer scheint ihn zu belustigen, was ich sage. »Nun, deswegen gibt es eine kleine Planänderung. Ich werde dich abholen, denn ich habe was mit dir vor. Eine kleine Entschädigung für unseren entgangenen zweiten Advent. Ist es okay, wenn ich dich gegen siebzehn Uhr abhole?«

Irgendwie fühlt es sich ziemlich okay an. Ich ertappe mich dabei, wie ich schmunzele. »Einverstanden. Wenn ich dieses Cover noch länger bearbeiten muss, springe ich nämlich aus dem Fenster.«

Annis Grafiken können bestimmt noch ein bisschen warten.

Wettverpflichtungen und so.

# Kapitel 19

Wie ausgemacht, klingelt Lucian pünktlich bei mir, und ich trete verpackt in meine Winterklamotten vor die Haustür. Trotzdem erfasst mich eine frische Brise und lässt mich schaudern.

»Es ist so kalt«, bibbere ich. »Dieses doofe Schneewetter.«

Lucian grinst. »Es gibt nur falsche Kleidung, kein falsches Wetter, wie meine Oma stets zu sagen pflegt.«

»Wohnt sie zufällig in der Karibik? Ich bin gut angezogen, und trotzdem ist mir kalt. Ich habe sogar lange Unterhosen an«, rutscht es mir heraus.

Belustigt wölbt er eine Augenbraue. »Sexy, klingt sehr gut.«

Er zwinkert mir zu, und ich mustere ihn kurz. Er hat eine lustige schwarze Mütze auf, mit einem Rentier drauf. Das scheint geradezu obligatorisch zu sein für seine Wintergarderobe. Ich rolle mit den Augen und deute darauf.

»Dass ein erwachsener Mann so was trägt, ist jetzt auch nicht gerade sexy, oder?«

»Ich bin der Weihnachtsmann, ich darf alles. Mir steht auch alles«, behauptet er, und mein Blick fällt auf den großen, prall gefüllten Rucksack, den er wieder dabei hat. Ich würde zu gerne wissen, was er da alles mit sich herumschleppt. Dass keine Camping-Kasserolle daran baumelt, ist auch schon alles.

»Du ziehst dieses MacGyver-Weihnachtsmann-Ding total durch, oder?«

»Absolut«, bestätigt er nickend. »Und keine Sorge, ich habe auch noch ein paar Taschenwärmer dabei, bevor du den Kältetod erleiden musst.«

Ich sehe mich um. Der Schnee ist tatsächlich liegen geblieben. Er ist wie ein weißer Teppich, durch den etliche Fußstapfen verlaufen. Natürlich ist es in der Stadt inzwischen weniger geworden, aber auf den Wiesen liegt er nach wie vor. Dennoch weiß ich nicht, was Lucian jetzt vorhat.

Ich reibe mir die Hände. »Also, was darf es heute sein?«

»Das wirst du gleich sehen, los einsteigen.« Er öffnet sein Auto und hält mir die Beifahrertür auf.

Ich steige nur allzu gerne ein, denn Lucian hat eine Sitzheizung. Allerdings funktioniert die erst, wenn der Motor läuft.

Darum sage ich: »Hopp, dann starte mal den Wagen.«

»Da kann es aber eine nicht erwarten.«

»Mein Po ist kalt.«

Das beschert mir einen neugierigen Blick von ihm. »Oh?«

Ich stupse Lucian in die Seite. »Brumm, brumm.«

Bereitwillig lässt er den Motor an, und ich schalte die Sitzheizung sogleich auf die höchste Stufe, drehe die Heizung warm und stelle alle Düsen auf mich. Dann halte ich meine Hände davor und seufze zufrieden. Zum Glück ist der Wagen schon bei der Herfahrt warm geworden. So muss ich mich mit keinem eisigen Gebläse herumschlagen.

»Das ist der Vorteil an meiner Selbständigkeit. Ich muss bei dem Wetter nicht aus dem Haus. Na ja.« Ich zucke mit den Schultern. »Sonst jedenfalls nicht.«

»Aber dann verpasst du ja das Beste.«

»Fahren wir denn weit?«

Er schüttelt den Kopf. »Nein, keine Sorge.«

Doch ich schnaube nur. »Glaub mir, im Auto zu sitzen, stört mich nicht. Es ist das Aussteigen, mit dem ich es nicht eilig habe.«

»Dann fahre ich extra langsam. Ist bei dem Schnee auf der Fahrbahn doch sowieso ratsam.«

Allerdings fährt er mir zuliebe wie ein Opa, während ich im Rückspiegel die lange Schlange von Scheinwerfern sehe.

»Das ist so lustig«, glucke ich. »Wenn du jetzt noch ein Kennzeichen vom Nordpol hättest, würden sich alle verscheißert fühlen.«

Lucian grinst. »Was für ein Länderkennzeichen wäre das denn?«

»D für Deutschland, E für Spanien«, grübele ich. »Hm, vielleicht N-O-R-D-P-O-L?«

Lucian lacht. »Das ist bestimmt noch nicht vergeben.«

»Ja, oder H-O-T-S-C-A-H-R. Das wäre internationaler.«

Er wirft mir einen befremdeten Seitenblick zu. »Dein Englisch war nicht so super, oder? Wüsste nicht, dass das die Übersetzung von Nordpol wäre.«

»Doch«, behaupte ich und nicke eifrig. »Home of the Santa Claus and his reindeers.«

»Wow«, stöhnt er. »Warum bin ich da bloß nicht drauf gekommen? Wo es doch auf der Hand liegt …«

Ich zucke mit den Schultern. »Fantasiemangel.«

»Das muss es sein. Danke für die medizinische Diagnose, Dr. House.«

Ich lache, und weil ich keinen Schnipsel habe, mit dem ich ihn bewerfen könnte, aktiviere ich zum Spaß seine Warnblinkanlage.

»Wir werden verhaftet, bevor wir ankommen«, klagt er, doch dabei muss er sich ein Grinsen verkneifen. »Na, wenigstens denken jetzt alle, dass ich bloß eine Panne habe und nicht wie ein Idiot fahre.«

Trotzdem schaltet er den Knopf für die Warnblinkanlage wieder aus, wobei sich unsere Fingerspitzen berühren. Es ist, als würde mich ein kleiner Blitz treffen. Nur ein Funke. Trotzdem bringt er mich völlig durcheinander.

Wenig später parkt Lucian am Marienpark. Die Strecke war wirklich ziemlich kurz. Trotzdem haben wir es geschafft, viele, viele Autos hinter uns anzuhäufen, die nun erlöst beschleunigen können.

»Jetzt bin ich aber wirklich neugierig«, sage ich, als wir aussteigen. Mittlerweile ist es stockdunkel geworden, doch wegen des Schnees ist es nicht so finster. Es ist, als würde er aus sich selbst heraus strahlen. Außerdem sind darin kaum Spuren zu sehen.

»Was machen wir hier?«, frage ich, während wir gemeinsam durch den Schnee stapfen und unsere Abdrücke hinterlassen. Es knirscht unter unseren Sohlen, was sich aber angenehm anfühlt.

»Ist nicht mehr weit«, sagt Lucian, und wenig später bleibt er stehen, öffnet den Rucksack und holt zwei Fackeln hervor.

Erstaunt betrachte ich die Dinger. »Du hast wirklich Fackeln in deinem Rucksack?«

Er lacht. »Wie du siehst.«

Lucian zündet sie an, und um uns herum wird es hell. Es ist ein warmer, beinahe sonniger Schein, der die Nacht und die Kälte im Inneren des Lichtkegels auszusperren vermag.

»So, jetzt haben wir Licht«, sagt er zufrieden. »Also lass uns einen Schneemann bauen.«

Ich grinse erfreut. »Ehrlich? Einen Schneemann?«

»Klar, los!« Lucian kniet sich in den Schnee und fängt an, mit den Händen eine Kugel zu formen.

»Schneemannbauen im Dunkeln«, seufze ich vergnügt und setzte mich zu ihm, um ihm zu helfen. »Dass ich das wirklich tue.«

Unsere Kugel wird allmählich größer.

»Jetzt müssen wir rollen«, erklärt er. Lucian robbt durch den Schnee, und ich muss kichern.

»Du hast wirklich Ideen«, gluckse ich und beginne, eine zweite Kugel zu formen.

»Los gib es zu: Das wolltest du schon immer machen. Ich meine, fürs Schneemannbauen ist man nie zu alt.«

Ich versuche, mir nicht anmerken zu lassen, dass ich vielleicht doch ein bisschen Spaß habe. Dass ich früher wirklich gerne Schneemänner gebaut habe.

»Als ich klein war, habe ich die immer mit meinem Papa gemacht«, erinnert sich Lucian.

Kurz spüre ich einen Stich im Bauch. Aber er nimmt nicht so viel Platz ein wie sonst, und ich rolle meine Kugel weiter.

»Hat dein Vater auch Schneemänner mit dir gebaut?«, erkundigt er sich, und ich schüttele den Kopf.

»Dafür hatte er keine Zeit, und meine Mama hatte auch immer viel zu tun.« Ich weiß gar nicht, warum ich ihm das erzähle. Mit ihm fühlt sich alles so leicht an.

»Das tut mir leid«, sagt er.

Ich rolle weiter an meiner Schneekugel, passe nicht auf und übersehe im Halbdunkel eine Wurzel, die aus dem Boden ragt. Schon falle ich mit dem Gesicht voraus in den Schnee.

Brrr!

»Alles okay, Jule?« Lucian ist sofort zur Stelle, beugt sich über mich und hilft mir wieder auf die Beine.

»Ja, alles okay«, beruhige ich ihn. »Mein Gesicht ist nur schockgefroren.«

Um seine Lippen zuckt ein Lächeln. »Das ist das beste Mittel gegen Falten.«

Hhhh!

»Willst du mir etwa gerade sagen, dass ich faltig wäre?«

Na, warte! Mit einem Mal überkommt es mich. Ich bücke mich, forme einen Schneeball, und ehe Lucian weiß, wie ihm geschieht, landet er auch schon in seinem Gesicht.

»Da hast du deine Anti-Falten-Therapie!«, krähe ich schadenfroh.

»Ho, ho, ho, jetzt kannst du was erleben!«, ruft er, und ich renne schnell davon. Lachend merke ich, wie mich ein Ball trifft.

Kalt, kalt, kalt. Muss schnell nachladen.

Ich drehe mich herum, schöpfe neuen Schnee und renne auf ihn zu. Mit einem lauten »Wusch«, das von mir kommt, nicht vom Schnee, decke ich ihn ein. Er schnappt mich, und wir fallen beide zu Boden. Ausgelassen wälzen wir uns im Schnee herum, bis wir paniert sind wie zwei bleiche Schnitzel, und wir müssen immer mehr lachen.

»Jetzt seife ich dich ein!«, verkündet er mit einem Grinsen auf den Lippen, und ich versuche, mich aus seinem Griff zu befreien, aber er ist viel stärker und größer als ich. Wahrscheinlich auch sportlicher.

Lucian lächelt, und mit einem Mal sind wir uns so nahe, dass alles in mir knistert wie bei einem prasselnden, wärmenden Lagerfeuer. Sein Gewicht drückt mich in den Schnee, und er sieht mir tief in die Augen. Lucians Lippen, diese sinnlichen Lippen, sind nur noch wenige Zentimeter von meinen entfernt. Ich sehe seinen Atem, der in der Luft über mir schwebt.

In meinem Bauch kribbelt es ganz wild, und die Zeit scheint zum Erliegen zu kommen. Ganz plötzlich ist da nur noch dieser eine Gedanke. Ich will ihn spüren, seine Lippen auf meinen, die wohl selbst das Eis zum Schmelzen bringen könnten. Weil es schön ist, hier zu sein mit ihm.

Schon nähert sich sein Gesicht meinem, bis schließlich seine kalte Nasenspitze meine berührt und sanft anstupst.

»Du bist wunderschön, Jule«, haucht er mir zu, und alles in mir drin dreht sich benommen.

Am liebsten würde ich diesen Augenblick einfrieren. Dieses unglaubliche Gefühl. Aber dann schrillen im letzten Winkel meines Verstandes die Alarmglocken. Halt, stopp! Die Wette. Und die Katastrophen, die mir bei allem, was zu Weihnachten beginnt, stets auflauern. Wenn er mich wirklich mag, mag er mich später auch noch.

Bevor seine Lippen meine berühren können, stemme ich meine Hände gegen seine Brust und rolle mit ihm herum auf die Seite.

»So einfach ist es nicht«, sage ich.

Halb schwindelig greife ich nach einer Ladung Schnee und werfe sie mit ordentlichem Schwung nach ihm. Um uns beide abzukühlen. Um das Spielerische, das wir zuvor dabei empfunden haben, zurückzuholen. Denn – oh, Weihnachtsmann – sonst kann ich nicht klar denken.

Mein Schneeball trifft Lucian am Kopf.

»Autsch!«, ruft er und bleibt liegen. Erst glaube ich, dass er mich veräppeln will. Aber dann merke ich, dass er es wirklich ernst meint. »Da war irgendwas Hartes drin, Jule.«

Er reibt sich die Stirn.

Ja, meine Katastrophen lassen nie lange auf sich warten.

Ich gehe vor ihm in die Knie und untersuche ihn genauer. Tatsächlich, seine Stirn ist rot und geschwollen.

»Tut mir leid, wirklich«, stöhne ich. »Das war nicht meine Absicht.« Erneut greife ich nach etwas Schnee.

»Was hast du vor?« Er legt seine Hand vors Gesicht, und ich lache leise.

»Nur kühlen, versprochen.«

Er nickt, aber irgendwie habe ich das Gefühl, immer alles zu ruinieren.

# Kapitel 20

*3. Advent*

Fünf Tage liegt unser letztes Treffen nun zurück. Schon klar, er hat eine Arbeitswoche, aber trotzdem war der Umstand, unter dem wir uns verabschiedet haben, reichlich unglücklich – Lucian mit einer dicken Beule am Kopf. Spitzenklasse.

Wahrscheinlich hat es so richtig wehgetan. Manche Leute sollen davon ja schon Gehirnerschütterungen erlitten haben, und wir haben lediglich ein Pflaster drauf geklebt. Selbstverständlich hatte er welche in seinem MacGyver-Rucksack.

In gewisser Weise hat er es natürlich selbst verschuldet. Immerhin wollte er mich hinterrücks küssen, gegen jede Wettregel. Dabei dürfte er das nur im Falle seines Gewinns.

Doch ich kann es drehen und wenden, wie ich will, inzwischen bin ich extrem aufgeregt, wie unser heutiges Treffen wohl verlaufen wird. Ich will mich nicht zu sehr drauf freuen, doch ich fühle mich so aufgekratzt, als hätte ich fünf Tassen Kaffee intus.

»Ob er dich wieder küssen will?«, schnattert Anni nun, die mich mittlerweile täglich anruft.

»Das steht nicht zur Debatte. So einfach bin ich nicht zu haben.«

»Niemand sagt, dass du einfach bist.«

»Sehr witzig. Aber schau, wir dürfen ja auch nicht an den Starnberger See fahren, bevor wir überhaupt gewonnen haben.«

»Wieso wir? Mit mir hat er nicht gewettet. *Du* musst gewinnen ... Falls du das willst.«

»Ja, was denn sonst?«

Hm, ziehe ich die rote oder die blaue Bluse an? Unschlüssig stehe ich vor meinem Spiegel und halte mir beide abwechselnd an. Mich beschleicht der leise Verdacht, dass Mister Santa Claus Rot bevorzugen könnte.

Meine Freundin kichert. »Wobei es echt romantisch gewesen wäre, oder?«

»Unsinn«, tue ich es ab, doch die Vorstellung facht meinen Puls an. In Gedanken liege ich mit ihm wieder im Schnee, er ganz nah über mir, warm und kräftig, heiß und männlich, außerdem attraktiv. Die grünen Augen, sein Blick aus purem Feuer, die sexy Lippen ...

»Wann will er denn zu eurem Date kommen?«, reißt Anni mich aus meinen Gedanken.

»Ähm, das ist kein Date. Es ist unsere Wette«, erinnere ich sie, aber Anni lacht nur kurz auf.

»Jaja, wenn du das sagst. Also?«

»Um die Mittagszeit.«

Mein Blick huscht zur Uhr. Schon so spät. Wahrscheinlich kriege ich einen Herzinfarkt, bevor es zwölf schlägt.

»Und hast du schon eine Idee, wohin es diesmal geht?«

»Als ob ich das bisher je gewusst hätte.«

»Stimmt allerdings. Weißt du noch, der Bleistift?«

»Total seltsam, dass wir völlig falsch gelegen haben«, stelle ich mich ratlos. »Wo du doch so gute Ideen hattest.«

»Na, ich hatte wenigstens welche. Also nichts gegen meine Ideen. Lucian ist bloß nicht so kreativ gewesen wie ich.«

Ob Molly Morgenbaums Engelanrufe mich erhellen könnten? Schnell verwerfe ich den Gedanken wieder.

»Es ist ein Jammer, dass du keine Bodycam trägst«, klagt Anni. »Sonst könnte ich alles live mitverfolgen.«

Das hätte mir gerade noch gefehlt.

Schließlich ist der Moment des Dates – äh, des Wetttreffens – gekommen. Lucian klingelt an meiner Tür, und ich öffne ihm in der roten Bluse. Einfach nur, weil ich ihn ablenken will. Sonst hätte ich natürlich die blaue angezogen.

Sein Blick gleitet anerkennend über mich, und sogleich breitet sich ein angenehmes Kribbeln in mir aus.

»Hallo, schöne Frau. Na, bereit zu backen?«

Also das hat er heute vor. Dann steht wohl der weihnachtliche Tag an. Insgeheim habe ich es bereits vermutet, denn allzu lange dauert es bis Weihnachten nun nicht mehr.

»So bereit, wie man für Backen jemals sein kann«, erwidere ich zwinkernd. Mein Blick fällt auf seine Stirn. Er hat noch immer eine leichte Beule. »Wow, hat dich ein Elch geknutscht?«

»So ähnlich«, sagt er schmunzelnd. »Immer, wenn du schläfst, lässt Elchi mich herein, damit ich heimlich seine Hand drücke und ihn *Last Christmas* singen lasse. Das macht ihn so euphorisch, dass er beim letzten Mal etwas zu sehr ausgeflippt ist. Wenn du wüsstest, wie der tanzen kann.«

Ich bin erleichtert, dass wir wieder so unbeschwert miteinander umgehen.

»Na, dann komm doch rein. Du kennst ja den Weg.«

»Ja, ich begrüße nur schnell meinen Kumpel, Elchi.«

Meine Augen weiten sich, als er an mir vorbei zum Arbeitszimmer spaziert.

»Nicht drücken!«, krakeele ich und laufe ihm hinterher. Dabei bin ich ein wenig zu stürmisch und rumpele mit Lucian gegen mein Sideboard mit dem Radiowecker, der prompt zum zweiten Mal in diesem Winter auseinanderfällt.

»Du hast ihn kaputt gemacht«, behaupte ich kichernd.

»Autsch, meine Hüfte«, lacht er nur. »Du hast wirklich ein Talent ...«

»Oh, danke schön«, sage ich, als hätte er mir ein Kompliment gemacht. Dann zwinkere ich ihm frech zu. »Hoffentlich endet das heute nicht in einem schlimmeren Desaster.« Dabei deute ich auf seine Stirn.

»Ja, ich könnte enden wie dein Radio«, murmelt er, und ein Lächeln spielt um seine Lippen. »Was hat es dir nur getan?«

»Es ging nicht anders. Wir hatten unüberbrückbare Differenzen.«

Ich lotse ihn in meine Küche, und er stellt seinen Rucksack auf einen der Stühle. Wie immer hat er ihn dabei.

»Irgendwann wirst du dir einen Bruch heben.«

»Ich bin, wie du weißt, nur für alles gewappnet.«

Er packt die Zutaten aus, die er fürs Backen mitgebracht hat. Schnell wandern Mehl, Zucker und Eier auf meine Arbeitsplatte. Dazu noch kleine Schachteln mit allerlei Zuckerperlen.

»Und was genau backen wir jetzt?«

Er sieht mich spitzbübisch an. »Ich dachte an Nussmakronen und Zitronenbeißer!«

»Ich weiß nicht mal, was das sein soll, geschweige denn, wie man so was macht«, stammele ich.

Das kann ja heiter werden. Hoffentlich ist das Zeug besser als gewisse Engelkekse.

Lucian lacht. »War nur ein Spaß. Wir machen einfache Butterplätzchen.«

Ich rolle mit den Augen, während er etwas Weißes aus dem Rucksack holt. »Okay, wenn es sein muss.«

Lucian kommt zu mir heran. »Muss es. Also ...« Er reicht mir das weiße Etwas, das sich, als ich es auseinanderfalte, als Schürze entpuppt.

»Misses Santa«, lese ich die Aufschrift ab. »Ernsthaft? Das kann ich unmöglich anziehen. Das ist ja Kitsch pur.«

Mit einem Mal lacht Lucian. »Ach, ja?« Dann deutet er auf meine ausgelatschten, pinken Einhornschuhe.

Ups, ich habe ganz vergessen, dass ich sie noch trage.

»Das ist was anderes«, behaupte ich. »Die sind ...«

Denk nach, denk nach, Jule.

»Ja?« Neugierig zieht er eine Augenbraue nach oben.

»Äh, vegan?«

Lucian lacht heiter und winkt ab. »Los, anziehen.«

Er bindet sich sogar selbst eine Schürze um.

»Mister Santa«, lese ich.

Er nickt zufrieden. »So ist es, und jetzt legen wir los!«

Schicksalsergeben ziehe ich mir die Schürze an, aber nur, um meine rote Bluse vor Mehlstaub zu schützen. Wir kneten und rühren, was das Zeug hält, und ich muss zugeben, dass es irgendwie lustig ist, als wir den Teig ausgerollt haben und anfangen, die kleinen Förmchen hineinzudrücken. Wir stechen Sterne und Mützen aus, Weihnachtsmänner und Glocken, Stiefel und Rentiere. Schließlich füllen sich zwei Backbleche.

»Mehr Bleche habe ich nicht«, sage ich. Immerhin bin ich alleinstehend, küchenscheu und definitiv nicht Paul Bocuse.

Lucian schiebt sie in den Ofen. »Jetzt heißt es warten und aufpassen, damit nichts verbrennt.«

Ich grinse nur. »Ja, das wäre zu blöd.«

Er schüttelt den Kopf. »Ehrlich, man könnte meinen, du willst, das etwas schief geht.«

Lucian runzelt die Stirn und sieht mich durchdringend an.

»Nein, wo denkst du hin? Ich finde das doch ganz toll.«

Er lacht. »Dann wird dir gefallen, was wir gleich im Anschluss machen. Wir werden nämlich Weihnachtsfilme schauen.«

Wahrscheinlich habe ich mich bloß verhört. So eine finstere Drohung. »Was?«

Er tritt vor seinen Rucksack und fischt vier DVDs heraus.

Ich runzele die Stirn. »Wer hat heutzutage bitte noch DVDs?«

»Jemand, der auch uralte Handys besitzt. Also ich zum Beispiel. Ich habe sie aus meiner Steinzeitwinterhöhle mitgebracht. Und ich habe sogar einen Player dabei, falls du keinen hast. So gibt es keinerlei Ausreden. Obendrein weiß ich, wie man ihn anschließt.«

Er hat ja wirklich an alles gedacht. Ich lasse ihn den DVD-Player anschließen und blicke in den Ofen. Bisher sind die Kekse nicht verbrannt, sondern sehen sogar wirklich gut aus. Mmh, außerdem duften sie gut nach Vanille und Mandeln.

Dann klingelt es an meiner Tür.

»Bin gleich wieder da«, rufe ich, gehe hin und blicke durch den Spion.

Oh je, auch das noch! Frau Quälgeist. Was will sie denn schon wieder hier? Das Paket, das ich für sie angenommen habe, hat sie doch längst.

Seufzend öffne ich die Tür und betrachte sie fragend. »Ja, bitte?«

Sie starrt mich finster an. »Was haben Sie mit meinem Paket gemacht?«

»Hallo, Frau Quergeist. Ich wünsche Ihnen auch einen schönen dritten Advent. Und die Antwort, auf ihre entzückend gestellte Frage lautet: nichts.«

Geh dir das mal bei deinen Engeln sagen lassen.

Sie schnaubt höhnisch. »Von wegen!«

So langsam verliere ich die Geduld mit ihr. »Ich habe es Ihnen übergeben, wie ich es immer, ständig und andauernd mit all ihren Päckchen mache«, erläutere ich.

Aber ich sollte dringend mal damit aufhören.

»Darin hat was gefehlt«, behauptet sie. »Haben Sie es aufgemacht?«

Ich falle aus allen Wolken.

»Was?« Ungläubig starre ich sie an.

»Sie haben schon verstanden.«

Jetzt bin ich echt genervt. »Nein, habe ich nicht, und ich habe keine ...«

... *Zeit*, will ich sagen, *nie wieder Zeit und außerdem die Faxen dicke*, als Lucian auftaucht.

»Hallo, ich bin Lucian«, stellt er sich freundlich vor, und ich starre ihn fragend an.

Was soll das werden? Doch dann lache ich mir ins Fäustchen, weil ich weiß, dass er beim Quälgeist nichts mit seiner Nettigkeit erreichen wird.

Allerdings lächelt sie kurz.

Ist das zu fassen?

Aber wirklich nur kurz. Nicht länger, als ein Blinzeln dauert. Dann wendet sie sich schweigend ab.

»Wie immer charmant«, sage ich und halte jäh inne. Kurz schnuppere ich in der Luft. »Mist, riechst du das auch?«

Lucians Augen weiten sich, und ich grinse schadenfroh.

»Hoppla, hat da etwa jemand die Plätzchen vergessen, weil er lieber mit einer leibhaftigen Frostbeule Bekanntschaft schließen wollte?«

Lucian spurtet in die Küche, zieht sich Handschuhe an und öffnet die Ofenklappe. Schon dampft es ihm entgegen.

Ich mache ein Fenster auf, auch wenn es draußen reichlich frisch ist, und geselle mich dann zu ihm. Mittlerweile hat er die Kekse aus dem Ofen befördert. Braun und dunkel liegen sie da wie Pfeffernüsse.

»Knusprig«, scherze ich. »Macht man die so? Ich bin lieber nicht besonders hungrig.«

Statt zu fluchen, lacht er. »Weißt du, was das heißt?«

»Dass jemand mit einem eisbärischen Appetit sie allein essen kann?«, mutmaße ich.

Amüsiert schüttelt er den Kopf. »Nein, dass wir noch mal neue ausstechen.«

Ich gebe mir keine Mühe, ein Stöhnen zu verbergen. »Ui, ich kann mich kaum halten.«

Doch sein Entschluss steht fest. »Teig genug haben wir noch.«

Schließlich befüllen wir zwei neue Bleche. Während ich ihn necke, weicht er keinen Meter mehr vom Ofen weg, und am Ende haben wir fertige, goldbraune Butterplätzchen.

»Puh, geschafft.« Ich sehe ihn an. »Bin ich jetzt erlöst?«

»Nicht so ganz.« Ich kann ihm an der Nasenspitze ansehen, dass er irgendwas im Schilde führt.

»Und wer soll das alles essen?«

Lucian greift zum Rucksack und holt kleine Spritztüten und Dosen hervor. »Wie wäre es mit dieser Frau, die eben geklingelt hat? Der können wir doch etwas bringen.«

Ich sehe ihn an, als ob er verrückt geworden ist. Doch dann geht mir ein Licht auf. »Du böser Junge. Aber das ist eine gute Idee für unsere, nun, nennen wir sie: ›Pfeffernüsse‹. Malen wir die zur Tarnung hell an?«

»Nichts da!«, ruft er lachend. »Sie kriegt was von den Richtigen.«

Irgendwie gehen wohl die Elche mit ihm durch!

Ich verschränke die Arme vor der Brust und schüttele energisch den Kopf. »Niemals, diese Frau ist extrem nervtötend. Ständig nehme ich ihre dusseligen Pakete an, und zum Dank ist sie unfreundlich, klaut meine Zeitung und beschwert sich. Die ist einfach nur ...«

»Einsam?«, schlägt Lucian mit weichem Blick vor, und ich stocke. Ich weiß zwar, dass sie allein lebt, aber daran habe ich in der Tat noch nie gedacht. Andererseits bin ich auch alleinstehend und maule trotzdem nicht die Leute an. Entsprechend winke ich ab.

»Das ist keine Entschuldigung. Sie ist unfreundlich. Ein Drachen. Ein Besen. Basta.«

Lucian reicht mir eine Spritztüte. »Komm, wir verzieren ein paar Kekse, und dann bringst du sie ihr. Liebe schenken, macht nämlich glücklich. Und wer Liebe schenkt, bekommt auch Liebe zurück.«

Ich stöhne genervt und stupse ihn an. »Himmel, warst du in einem Ashram und hast zu lange unterm Polarstern meditiert? Oder hast du irgendein Helfersyndrom? Denn irgendwie hast du nicht mehr alle Glöckchen im Schrank.«

Er lacht. »Unsinn, ich bin der Weihnachtsmann.«

»Damit kommst du wohl immer durch.«

»An Ostern eher schwierig, aber zu dieser Zeit perfekt.«

Genervt fange ich an, die Plätzchen zu verzieren, und lege dann welche in eine Blechdose mit Weihnachtsmotiven, die Lucian mitgebracht hat.

Als wir fertig sind, kann ich nicht glauben, dass ich mich von ihm habe überreden lassen, dem Quälgeist ein paar Kekse zu bringen, noch dazu die richtigen, doch ich stehe wirklich vor ihrer Türe und klingele. Es dauert eine Weile, dann höre ich Schritte und schließlich macht sie auf.

»Was ist?«, knurrt sie gewohnt mürrisch.

Das ist so hohl, dass Lucian unsere Wette definitiv verlieren wird. Allein dieser Gedanke beflügelt mich dazu, sie anzugrinsen.

»Hallo, Frau Nachbarin, ich habe gebacken und gedacht, dass sie vielleicht ein paar Plätzchen haben möchten. So zum dritten Advent.«

Erwartungsvoll reiche ich ihr die Blechdose. Kurz betrachtet sie diese skeptisch, als wäre ich wie bei Schneewittchen mit einem giftigen Apfel unterwegs, doch dann greift sie danach und räuspert sich.

»Entschuldigung angenommen«, sagt sie.

Das ist alles, dann schlägt sie mir auch schon die Tür vor der Nase zu.

Ich stehe da wie ein zerplatzter Luftballon. Ernsthaft.

Grummelnd und grollend stapfe ich in meinen alten Einhornpantoffeln die Treppenstufen nach oben.

Lucian wartet bereits auf mich und schaut mich gespannt an. Na ja, er glaubt ja auch an den Weihnachtsmann.

»Und?«, will er wissen.

Als ich ihm berichte, wie es gelaufen ist, lacht er. Dabei ist das nicht im Entferntesten witzig.

»Das hast du dir schön ausgedacht«, grolle ich. »Aber, mein Lieber, wenn ich schlechte Laune habe, hast du auch schlechte Karten, die Wette zu gewinnen.«

»Ich bin mir sicher, dass es sich auszahlen wird. Nur Geduld. Manchmal steckt hinter einer harten Schale ein weicher Kern.« Er grinst. »So wie bei dir!«

»Ich bin jedenfalls fertig mit Plätzchenbacken.« Erst jetzt merke ich, dass ich die Schürze noch trage, und wickele sie mir ab. Erstaunlich, in welcher Montur ich durch das Haus gestapft bin, nur um den Quälgeist zu beliefern.

Lucian nimmt seine Schürze ebenfalls ab und füllt uns ein

paar Plätzchen zum Knabbern in eine Dose. »Also, welchen Film magst du sehen?«

»Müssen wir das jetzt echt tun?«

Er nickt und lotst mich zum Sofa. »Klar, in der Weihnachtszeit schaut man schnulzige Weihnachtsfilme. Also, welcher soll es sein?«

»Ich kenne keinen.«

»Dann würde ich sagen, wir schauen *Weil es dich gibt*. Darin geht es um das Schicksal und seine Irrwege. Lass dich überraschen.«

Er legt den Film ein, und wir machen es uns gemütlich. Seufzend knabbere ich ein paar Kekse. Mmh, die sind lecker.

Nach etwa einer halben Stunde, in der die beiden Hauptdarsteller sich zufällig begegnet sind, einen Nachmittag zusammen verbracht und sich dabei ineinander verliebt haben und schließlich wieder auseinandergehen, in der Hoffnung, das Schicksal möge sie wieder zusammenführen, grinst Lucian mich an.

»Was hast du?«, wundere ich mich.

Er zuckt mit den Schultern. »Ich weiß nicht, irgendwie erinnert mich der Film an uns.«

Fragend wölbe ich eine Augenbraue. »An uns? Warum denn? Da drin kommt nichts von einer Wette vor.«

Er schüttelt den Kopf. »Trotzdem, unsere Begegnungen waren auch irgendwie vom Schicksal geprägt.«

Ich lache. »Du hast mich gezwungen, einen Wichtel zu spielen. Daran finde ich nichts Schicksalhaftes.«

Der Film läuft weiter und irgendwann rutscht Lucian etwas auffällig näher an mich heran.

»Wenn du jetzt gähnst und einen Arm um mich legst, werfe ich das Kissen nach dir.«

»Ach ja?«

So schnell kann ich gar nicht schauen, wie er schon nach einem der Kissen greift und mich damit trifft.

»Na, warte!« Ich schnappe mir ein eigenes Kissen und schlage zurück. Irgendwann sind wir ganz außer Atem. Lucians Haar ist zerzaust, und ich sehe gewiss nicht vorteilhafter aus. Schnaufend wische ich mir ein paar Strähnen aus dem Gesicht. Dann deute ich zum Film.

»Jetzt haben wir verpasst, wie es weitergeht.«

Lucian runzelt die Stirn. »Dir wird der Film doch nicht etwa gefallen?«

»Nein, aber ich will trotzdem nichts verpassen.« Ich grinse ihn an.

»Sekunde, ich benutze schnell meine Magie.« Er greift nach der Fernbedienung und spult zur letzten Stelle zurück.

Ich nicke anerkennend und kaue einen weiteren Keks. »Du bist wirklich begabt, beherrschst die Nutzung eines Impressums und jetzt auch noch eine moderne Fernbedienung. Ich bin begeistert.«

Eigentlich will ich ihn nur necken, doch mit einem Mal sehen wir uns intensiv an.

»Komm her«, flüstert er, und ich weiß nicht, was es ist, aber ich lehne mich an ihn. So sitzen wir da, zusammen, aneinandergekuschelt und schauen den Film. Bis zum Ende.

# Kapitel 21

*21. Dezember*

»Okay, was hast du diesmal geplant?« Neugierig spähe ich von Lucian zu seinem Rucksack, den ich durch das Autofenster auf der Rückbank seines Wagens liegen sehe und der noch voller wirkt als sonst.

»Das wirst du schon sehen. Du müsstest langsam wissen, dass ich nichts verrate, oder? Denn das würde ja die Überraschung verderben.«

Er stupst meine Nasenspitze an, und ich lächele. Die Luft ist frisch, aber klar, und der Himmel strahlt in einem blassen Blau, wie es nur der Winter hervorbringt. Es ist Freitagmittag, und er hat sich extra Zeit für mich genommen. Deshalb will ich mal nicht so sein.

»Also schön«, willige ich ein und steige ins Auto.

Lucian setzt sich auf die Fahrerseite, sieht mich kurz an, weil ich bereits wieder auf seine Sitzheizung lauere, und startet schmunzelnd den Motor.

Zu den Klängen von Weihnachtsmusik, an die ich mich allmählich gewöhne, fahren wir in Richtung der Fränkischen Schweiz, und ich bin gespannt, was er sich überlegt hat. Denn ich kann mir absolut nicht vorstellen, was noch schöner sein könnte als unser letztes Date.

Noch schöner? Date? Habe ich das gerade wirklich gedacht?

Weihnachten steht kurz vor der Tür, ich habe es fast geschafft, doch es fällt mir schwer, die Musik oder seine winterlichen Überraschungen furchtbar zu finden.

Heimlich sehe ich zu Lucian, wie er dasitzt. Ich betrachte

die kleinen Lachfältchen an seinen tiefgrünen Augen, die gerade Nase, die sinnlichen Lippen, das von der Mütze leicht zerzauste Haare.

Nein, ich darf meine Hände nicht durch sie hindurchgleiten lassen wollen, darf ihn nicht küssen, ganz und gar nicht. Aber wann hat es angefangen, so schwer zu werden?

Ich lehne mich zurück und blicke für eine ganze Weile aus dem Fenster. Dann biegen wir ab in ein schnuckeliges Dorf, das winterlich dekoriert ist. Überall glänzen Lichterketten, hängen Christbaumkugeln und im Garten einer Wirtschaft blinkt sogar ein Weihnachtsmann.

Schließlich stoppt Lucian vor einem beliebigen Fachwerkgebäude, wie es sie entlang der Straße zu Dutzenden gibt.

»Da wären wir«, sagt er, und ich sehe mich verwundert um.

»Okay, und wo sind wir?«

Er setzt sich die Mütze auf und lächelt mich an. »Wirst du gleich sehen. Also los, aussteigen.«

»Na schön«, stimme ich zu und folge ihm nach draußen. Es ist frisch, wie immer, doch ich kann nicht erkennen, was wir hier wollen.

Lucian nimmt seinen Rucksack aus dem Wagen und schnallt ihn sich auf den Rücken. »Los geht's. Das wird toll.«

Wir gehen ein paar Schritte, bis wir vor einem der Fachwerkhäuser stehen bleiben, vor dem sich auch noch weitere Menschen in dicken Wintermänteln tummeln.

Ich habe keine Ahnung, was das hier werden soll. Dennoch folge ich Lucian ins Innere des Gebäudes. Es riecht verbrannt, nach etwas, das ich nicht genau einordnen kann. Dann entdecke ich unzählige Christbaumkugeln, Engelsfiguren und anderen Weihnachtsschmuck. Alles funkelt farbenfroh und erhellt den Raum. Eigentlich ist es wunderschön, und doch stoße ich nervös den Atem aus.

»Überraschung«, sagt Lucian strahlend. »Wir stellen heute unsere eigenen Christbaumkugeln her.«

Mit einem Mal spüre ich eine tiefe Schwere in meinem Bauch. Denn ich denke sofort an damals, an das, was geschehen ist, an das, was der Grund für den Fluch ist, und fühle mich wie ein Elefant im Porzellanladen.

Instinktiv ahne ich, dass ich all das hier nicht tun kann. Dass mir alles zu viel wird und mir all die Gefühle über den Kopf wachsen. Meine Füße bewegen sich rückwärts, ohne dass ich darüber die Kontrolle hätte.

»Lucian, ich ...«, stammele ich und sehe ihn hilflos an. »Ich kann das, glaube ich, nicht.«

Er lächelt und streckt mir seine Hand entgegen. »Natürlich kannst du. Das wird schön.«

Ich schüttele den Kopf und winke ab. »Nein, wirklich. Ich ... Ich kann das einfach nicht.«

Die Heiterkeit weicht aus seinem Blick und wandelt sich in Besorgnis. »Aber warum denn, Jule? Ich dachte, weil du doch Kunst magst und dir die Ausstellung bei *Faber Castell* so sehr gefallen hat. Ist das keine gute Idee?«

»Ich weiß nicht, ja, nein, eigentlich schon, aber ...«

Ich kann nicht mehr klar denken, nehme nur noch die Enge in meiner Brust wahr. All die Kugeln und Engel und das viele Funkeln scheint regelrecht auf mich zuzurücken und beinahe zu erdrücken. Ich will nur noch weg.

»Ich brauche mal frische Luft«, flüstere ich.

»Du?«, wundert er sich, weil mir sonst immer zu kalt ist.

Doch ich schiebe mich ohne ein weiteres Wort durch die Menge aus der Werkstatt hinaus. Endlich Luft. Endlich frei. Der weite Himmel und keine Kugeln und Spitzen mehr.

Ich gehe ein paar Schritte und lehne mich mit dem Rücken an die Hauswand. Mein Herz klopf heftig unter meiner Brust, und ich lege den Kopf in den Nacken und schließe die Augen, um mich zu beruhigen.

Ruhig atmen. Das ist alles, worauf ich mich konzentrieren will. Was ist bloß los mit mir?

Aber nein, ich kenne die Antwort. Nur mit der Heftigkeit meiner Reaktion habe ich nicht gerechnet. Sie schlummert tiefer in mir als gedacht. Lucian hat mich soeben mit meiner Angst konfrontiert, und gerade heute habe ich nicht damit gerechnet. Nicht, nachdem die letzten Treffen so unbeschwert verlaufen sind.

Verzweiflung greift nach mir, als ich spüre, wie jemand mich an sich zieht. Doch dann höre ich Lucians vertraute Stimme. »Hey, alles okay mit dir?«

Seine Wärme umhüllt mich und gibt mir ein geborgenes Gefühl. Seufzend sinke ich gegen ihn, und doch weiß ich, dass ich ihm nicht zu sehr verfallen sollte. Wir sind so verschieden. Verschiedener, als er vielleicht ahnt. Wir alle haben Träume, doch das, was er liebt, versetzt mich in Panik.

»Es ist nur …«

Wie soll ich ihm das erklären? Es ist albern. Aber gleichzeitig viel zu real für mich. Irgendwie kann ich es ihm nicht sagen.

»Ich mag eben keine Christbaumkugeln, und all das hier nicht. Das ist zu viel. All die Zeit, die wir hatten – du hast dich so bemüht –, aber ich kann das einfach nicht länger.«

Lucian legt seine Hände um mein Gesicht und versucht, mich mit seinem Blick zu ergründen.

»Aber ich dachte schon, dass es dir gefällt.«

»Nein«, flüstere ich.

Er atmet tief durch, sieht mich beinahe flehend an. »Gib dem Ganzen noch eine Chance, bitte. Vielleicht macht es dir am Ende doch noch Freude, hm?«

Ich schlucke unwohl. »Nein, es ist dort zu eng und riecht so verbrannt, und all die Kugeln und das Gefunkel und Geglitzer, das macht mich verrückt. Wirklich, ich brauche keine Christbaumkugel.« Niedergeschlagen stoße ich den Atem aus. »Lucian, ich werde ja nicht mal einen Baum haben, verstehst du?«

Er sieht mich an – mit seinen schönen, grünen, wachen Augen – und nickt. »Okay, ich verstehe. Ich habe es vergeigt, und ich kann das, was du empfindest, wirklich nicht ändern. Aber ich akzeptiere das.«

Er lässt seine Hände sinken, und ich nicke dankbar. »Genau, es geht nicht, und dann ist es besser, wenn das jetzt schon klar ist.«

Die Sekunden verstreichen. Er ringt mit sich, ich kann es sehen. Dann fasst er mit letzter Entschlossenheit nach meinen Händen. Meine sind kalt, seine sind warm. Eine Wärme, die meinen Arm hinauf kribbelt.

»Okay, pass auf, ich habe noch eine einzige Bitte. Du gehst mit mir da rein und ...«

»Und?«, flüstere ich.

»Und dann mache ich mir eine Christbaumkugel. Du musst ja nicht.«

»Wozu?«

»Weil, nun ja.« Er lächelt. »Ich hätte gerne eine Kugel. Lach mich nicht aus, aber es ist so. Diesmal bin ich auch ein bisschen aus Eigennutz hergefahren. Also? Hältst du Händchen, wenn ich mir eine Kugel blase?« Sein fragender Blick ist nicht drängend. Es liegt in meiner Hand.

Trotzdem bin ich versucht abzulehnen. »Ich weiß nicht ...«

Und dann sagt er plötzlich: »Wenn du es machst, dann werde ich mit Ablauf des Tages aufgeben, und du kannst meine Reise haben. Dann hast du die Wette gewonnen? Deal?«

Wow, ich bin völlig verblüfft und weiß kaum, was ich sagen soll.

»Ehrlich?«

Ausgerechnet Lucian, der so sehr von Weihnachten überzeugt ist, der es lebt und fühlt und atmet, ist bereit, die Idee aufzugeben, mich zu bekehren. Er scheint deswegen nicht mal schlecht von mir zu denken.

Er nickt sanft. »Ehrlich.«

Eine Last, die größer war, als ich dachte, fällt von mir ab.

Er schafft es sogar, mich zum Lächeln zu bringen.

»Ich versuch's«, flüstere ich und nicke.

Wir lächeln uns an. »Also schön. Dann wagen wir es mal.«

# Kapitel 22

Mir ist, als würden wir Neuland betreten, als wir zurück in die Werkstatt gehen. Die Christbaumkugeln sind noch dieselben, doch zu wissen, dass diese Wette, die mich verändern und verdrehen sollte, heute Nacht endet, erleichtert mich. Stattdessen werde ich sogar zu meinem Lieblingssee fahren können. Sanft plätschernde, idyllische Seen haben mich schon immer mehr beruhigt als das weite, tosende Meer.

Zum ersten Mal seit Wochen fühle ich mich gelöster, und als wir an der Reihe sind, muss ich zugeben, dass es sogar ein bisschen magisch wirkt – die ganze Prozedur, wie man diese Kugeln herstellt.

Lucian und ich stehen zusammen mit dem Chef der Werkstatt, einem Herrn Bergens, vor einer Werkbank. Ich halte einen respektvollen Schritt Abstand und beobachte die beiden. Herr Bergens veranschaulicht uns den Entstehungsprozess. Das gelb-bläuliche Licht des Bunsenbrenners in seiner Hand flackert geheimnisvoll im Halbdunkel, und die feste Masse vorne dran ist noch ganz klar. Immer wieder hält er konzentriert den kleinen Glasstab ins Feuer. Mitunter knistert und zischt es um die lodernde Flamme.

Er erklärt uns, dass die Glasbläserei eine alte Tradition hat und dass sich aus der anfänglichen Herstellung von Perlen, Früchten und Hohlglastieren mehr und mehr eine ganze Industrie entwickelt hat. Dass früher eigentlich Essen an den Baum gehängt wurde, um für die Gaben zu danken und für ein neues gutes Jahr zu beten.

Die Geschichte rührt mich. Es zeichnet ein Bild von einem Weihnachtsfest, das mehr an das bekannte Ernte-Dank-Fest erinnert. Ich denke an arme Menschen in kalten Hütten oder Häusern, die sich um ein Feuer am Kamin zusammenkuscheln, sich einen Eintopf mit Fleischstücken oder sogar einen gebratenen Vogel gönnen, die ihren Baum andächtig schmücken, sich alte Familiengeschichten erzählen, mit choralen Stimmen singen und einander Wärme im Herzen schenken, während sie draußen einschneien. Eine ruhige Oase ganz für sich in einer winterweißen, stillen Nacht.

Keine Hektik, keine Aufregung, kein Gedränge in überheizten Kaufhäusern, keine enttäuschten Erwartungen oder verlorenen Hoffnungen. Keine Papierschlacht nach dem Auspacken von zu vielen beliebigen Geschenken. Keine Streitereien.

»Zu den ältesten Figuren gehören der Heilige Nikolaus als Gabenbringer für die Kinder oder der Schneemann, der die kalte Winterzeit symbolisiert«, erklärt Herr Bergens und dreht den Stab in der Glut, bis die Masse schließlich hellrot leuchtet und das zuvor harte Material weich und formbar ist.

»Jetzt ist es bereit geblasen zu werden«, sagt er und sieht Lucian aufmunternd an.

Dieser legt seine Lippen um den Blasestab. Er wirkt ganz bei der Sache, aber auch ganz bei sich. Lucian ist mit der Welt im Einklang. Bei ihm sieht es ganz natürlich aus, als wäre er schon immer Teil dieser Weihnachtswelt gewesen. Seine Augen funkeln interessiert. Er ist ein attraktiver Mann.

Wahrscheinlich bin ich nie in Gefahr gewesen, mich in Weihnachten zu verlieben, sondern in ...

»Lucian«, sagt der Werkstattleiter. »Jetzt langsam aber kräftig pusten.«

Mein Herz schlägt schneller, als ich ihn weiter beobachte.

Er folgt der Anweisung, und schon formt sich vorne am Stab eine Kugel, die dann fix abgekühlt wird, um in ihrer Beschaffenheit zu überdauern.

»Jetzt sind Sie dran.« Herr Bergens winkt mich heran, aber ich winke ab.

»Nein, ist schon okay, wirklich.«

Er lächelt freundlich. »Kommen Sie, Jule, einfach mal probieren. Wir könnten sogar eine Christbaumspitze fertigen. Das ist etwas komplizierter, aber auch noch schöner, und ich helfe Ihnen gerne.«

Eine Christbaumspitze ...

Ich sehe ihn an, und spüre wieder diesen alten Stich im Bauch.

»Nein, ehrlich«, murmele ich.

Doch er nickt mir aufmunternd zu und sagt dann etwas Sonderbares: »Das bringt Glück. Kommen Sie.«

Glück?

»Wirklich?« Die Gedanken drehen sich in meinem Kopf. »Und was ist, wenn sie zerbricht?«

Er lacht. »Dann hat man wahrscheinlich noch mehr Glück, denn Sie kennen ja den Spruch, das Scherben Glück bringen, oder?«

Also kein Fluch? Mir ist ganz wunderlich zumute.

»Ist man dann nicht, na ja, verflucht?«, hake ich nach, und er schüttelt fröhlich den Kopf.

»Also nicht, dass ich wüsste. Ich habe zumindest noch nie etwas von einem Christbaumspitzenfluch gehört. Kommen Sie, trauen Sie sich.«

Und mit einem Mal halte ich den Stab in der Hand.

»Sehr schön.« Herr Bergens grinst zufrieden. »Also, Nein hat auch noch niemand zu mir gesagt.«

Lucian zwinkert schelmisch. »Jule kann das.« Aber die Art, wie er mich ansieht, ist fast so, als wäre er stolz auf mich.

Herr Bergens hilft mir. Wir drehen den Stab im Feuer, die Masse wird hellrot, und ich puste. Zuerst gelingt es nicht recht, aber schließlich, mit seiner Erfahrung und Unterstützung, formt sich tatsächlich eine Christbaumspitze heraus.

Als sie abgekühlt ist, betrachte ich sie und kann gar nicht glauben, dass ich diese hübsche Spitze geblasen habe. Natürlich sieht sie alles andere als perfekt aus, aber ich bin dennoch stolz, als wir sie verzieren. Das erinnert mich beinahe ans zurückliegende Plätzchenbacken. Das Dekorieren mag ich am liebsten. Es gibt Farbe und Lack, ich wähle Golden und Rot, und mit einem Mal habe ich alles andere vergessen. Es macht wirklich Spaß.

Herr Bergens wünscht uns alles Gute und widmet sich wieder den anderen Kunden, während Lucian und ich die Kugel und die Spitze weiter bemalen. Als wir fertig sind, bin ich wirklich angetan, und Lucian lacht.

»Deine sieht viel besser aus als meine.«

Ich stupse ihm in die Seite. »Das sollte so ein. Ich bin ja auch Grafikerin.«

»Ja, dein künstlerisches Talent ist unübersehbar. Deine Spitze ist unglaublich schön.«

Seine Worte sind umso eindringlicher, da er beinahe flüstert, was das Gefühl, dass es gerade nur uns beide gibt, noch verstärkt. Seine grünen Augen ruhen auf mir, und mir wird ganz warm zumute. Ich bin froh, dass ich mich doch darauf eingelassen habe.

Am Ende bekommen wir eine Verpackung und verlassen die Werkstatt.

»Hast du Hunger?«, will er wissen.

»Einen Happen könnte ich vertragen.«

Er lädt mich in ein gemütliches, kleines Restaurant mit fränkischer Küche ein, in dem er sich eine deftige Haxe bestellt, während ich Braten mit Knödeln esse.

Es ist bereits dunkler Abend, als wir uns schließlich auf den Rückweg nach Nürnberg begeben.

»Und war der Tage heute so schlimm?«, fragt er, als wir gemächlich durch den Ort rollen. Überall strahlen Lichterketten in der winterlichen Kulisse. Es ist malerisch. »Ich meine vor allem die Christbaumkugelwerkstatt.«

Ich schüttele den Kopf. »Nein, es war wirklich sehr schön.«

Schmunzelnd beiße ich mir auf die Lippe, als ich Lucians erstaunten Ausdruck sehe.

»Hast du das eben tatsächlich gesagt?« Er lacht, und ich schüttele rasch den Kopf.

Dann gebe ich lächelnd zu: »Es hat mir sehr viel Spaß gemacht. Das hätte ich nicht vermutet. Danke, dass du mich überredet hast.«

Er nickt. »Sehr gerne. Mir hat es auch gefallen, vor allem, weil du dabei gewesen bist. Ab und an muss man die Menschen, die man mag, zu Ihrem Glück zwingen.«

Zufrieden seufzend kuschele ich mich in meinen Sitz. »Nun, aber ich habe die Wette gewonnen.«

Er sieht mich neckend an. »Erst, wenn der Tag vorbei ist. Noch ist es nicht Mitternacht.«

Mit einem Mal rumpelt es fürchterlich, und das Auto gerät ins Schlenkern. Ich lange nach dem Haltegriff, aber Lucian hat alles unter Kontrolle und steuert den Wagen an den verschneiten Straßenrand. Zum Glück sind wir langsam gefahren, um den Anblick der dekorierten Häuser zu genießen. Dennoch trommelt mein Herz von dem Schreck.

»Was war das?«, frage ich besorgt.

Lucian klopft aufs Lenkrad und wischt sich dann durchs

Haar. »Ich befürchte, wir haben einen Platten. Aber ich sehe mal nach.«

Er lächelt, was mich beruhigt. Dann steigt er aus. Kurz dringt ein Schwall kalter Luft ins Innere, dann sitze ich allein im Auto wie in einem Kokon, während er um den Wagen läuft, sich bückt und alles überprüft. Ich frage mich, wie er es schafft, in jeder noch so erdenklich merkwürdigen Situation seine gute Laune zu behalten.

Schließlich kommt er zurück. »Ein Platten, wie befürchtet.«

»Und jetzt? Hast du nichts in deinem Rucksack dafür, lieber guter Weihnachtsmann?«, necke ich ihn, aber er schüttelt den Kopf.

»Nein. Wir könnten zwar den ADAC rufen, aber es ist schon recht spät, und wenn wir Pech haben, warten wir lange.« Er zuckt mit den Schultern. »Ich denke, wir sollten das morgen angehen, und jetzt versuchen, irgendwo unterzukommen. Wir stehen hier ganz gut, und vorhin sind wir an einer Werkstatt vorbeigefahren. Die haben morgen früh wieder geöffnet.«

Ich nicke. »Das hört sich vernünftig an.«

Außerdem mag ich wirklich nicht die nächsten Stunden mit dem Warten auf den Pannendienst und der Reparatur beschäftigt sein. Zumal die Temperaturen jetzt im Dunkeln noch tiefer sinken.

»Da hinten beim blinkenden Weihnachtsmann ist ein Schild, wohl ein Wirtshaus. Wollen wir mal hingehen?«

Ich schlucke nervös. »Und dann?«

»Dann mal sehen, was meinst du?« Lucian schaut mich an, und ich denke mir, dass es eigentlich egal ist, was wir tun, solange wir den Tag gemeinsam ausklingen lassen.

Ich nicke, und wir machen uns auf den Weg. Als wir uns dem blinkenden Weihnachtsmann nähern, stupse ich Lucian an. »Ein Verwandter von dir?«

Er grinst, streckt seine Arme wie zur Begrüßung zur Deko-Figur aus und seufzt fröhlich: »Onkel Erwin.«

Das lässt mich lachen. »Ich dachte, ihr heißt alle Claus. Santa Claus.«

»Ja, aber Erwin nicht. Deswegen haben wir ihn am Nordpol auch rausgeschmissen.«

»Du bist so blöd«, gluckse ich.

Bei dem Gebäude, zu dem der blinkende Weihnachtsmann gehört, handelt es sich tatsächlich um ein Wirtshaus, und zu unserer Freude brennt sogar Licht. Die Tür ist unverschlossen, und wir treten ein.

Überall auf dem Boden liegen alte, teils ausgetretene Läufer, die Wände sind voller goldgerahmter Landschaftsbilder und mit Hirschköpfen behängt, und das Klacken einer Pendeluhr erfüllt den Raum. Neben dem kleinen Empfangsbereich, wo ein schnauzbärtiger, lächelnder Mann steht, befindet sich ein künstlicher Weihnachtsbaum mit blauem Lametta.

»Guten Abend«, wendet sich Lucian an den Herrn. »Wir suchen nach einer Unterkunft, haben aber keine Reservierung.« Mit dem Daumen deutet er nach draußen. »Wir sind leider mit dem Auto liegen geblieben und werden heute wohl nicht mehr von hier wegkommen.«

Der Wirt streicht sich über die Stirn. »Also, ihr habt Glück. Wir haben noch ein letztes Zimmer frei.«

Lucian nickt und lächelt. »Das nehmen wir.«

»Sehr schön.«

Während die beiden Männer den Papierkram erledigen, muss ich vor allem daran denken, dass Lucian und ich uns gleich ein Zimmer teilen werden.

Kurz darauf hält er auch schon den Schlüssel in der Hand. Es ist noch ein richtiger Schlüssel mit schwerem Anhänger, keine moderne Plastikkarte. Unser einziges Gepäck sind sein

Rucksack und meine Handtasche. Hoffentlich hat er eine Zahnbürste in seinem Wundergepäck.

Schließlich betreten wir unser Domizil für die Nacht, und ich sehe mich darin um. Es ist ein kleiner Raum mit einem Doppelbett. Wie schon unten wirkt alles ein wenig in die Jahre gekommen, aber gerade dadurch gemütlich. Außerdem ist es warm. Eine Klimaanlage gibt es nicht, aber die Heizung unter dem Fenster böllert auf Hochtouren. Genau richtig für mich. Auch im kleinen, orange gekachelten Bad ist der Heizkörper voll aufgedreht. Es gibt eine Toilette, ein Waschbecken und eine zierliche Dusche unter einer Dachschräge, in die Lucian kaum reinpassen dürfte. Die Handtücher sind grün und gelb, und der Toilettendeckel hat ein Entenmotiv. Erstaunlich, wie viele Farben und Muster in diesen winzigen Raum passen.

»Das Bad wird dir gefallen«, gluckse ich.

Lucian steckt neugierig seinen Kopf zur Tür herein und runzelt dann die Stirn. »Wegen der Dusche für kleine Wichtel?«

»Nein, weil du es bunt magst.«

»Stimmt, wer braucht Platz, wenn er Farben hat?«

Er steht ganz nah hinter mir, und ich nehme seinen männlichen Duft wahr. Dass ich jetzt wirklich hier bin – mit ihm, kurz vor Weihnachten – kann ich kaum glauben.

»Das mit dem Platten war ziemlich unerwartet, oder?«, murmele ich.

»Ja, aber das Unerwartete ist doch oftmals das Schönste. Wären wir nicht hergefahren, um die Christbaumkugeln zu machen, hätten wir nicht die Panne gehabt. Und dann ...«

Ich schaue mich zu ihm um.

»Dann was?«, wispere ich.

Ein herausforderndes Funkeln legt sich über seinen Blick. »Dann hätte ich jetzt nicht die Möglichkeit, die Wette doch noch für mich zu entscheiden.«

Ich verdrehe die Augen. »Ach, so siehst du das? Du bist ja wirklich unverbesserlich. Wie willst du das Ruder denn jetzt noch herumreißen?«, necke ich ihn.

Er streicht mir eine Strähne hinter das Ohr. Die Geste ist so zärtlich wie fürsorglich. »Vielleicht ist es Schicksal, dass wir genau hier gelandet sind.«

Oh Gott. Meint er in diesem Zimmer? Meint er ... Sex?

Mein Mund ist ganz trocken, und ich schlucke.

»Eigentlich wäre es erst morgen dran gewesen«, fährt er fort.

Ich blinzele benommen. Er hat einen festen Tag für Sex?

»Aber wenn wir jetzt schon hier sind ...«, raunt er.

»Lucian.« Sein Name dringt als schwaches Wispern über meine Lippen.

»Ich habe noch was für dich geplant, Jule.«

Mein Bauch zieht sich wohlig zusammen.

»Was meinst du, willst du es sehen?«, fragt er.

Er ist so nah, so sexy, so toll. Sprachlos starre ich ihn an. Passiert das gerade wirklich?

»Eigentlich musst du das nicht mehr, wenn du nicht willst«, fährt er fort.

Hä?

»Andererseits gehören mir die zwei Stunden irgendwie noch.«

Zwei Stunden mit ihm im Bett?

»Lucian«, stammele ich.

»Sag nichts, Jule. Lass es einfach geschehen.«

Ich nicke matt. Mit diesem Mann bin ich irgendwie zu allem bereit.

»Gut, dann komm.« Er reicht mir seine Hand, und wie in Trance lege ich meine hinein.

Er führt mich zurück nach nebenan und bleibt vor dem Bett

stehen. »Soll ich dir zeigen, was ich mir überlegt habe?«

Ja, ja, ja!

Ich nicke einverstanden.

Ob er wohl für mich strippen wird? Die Erinnerung daran, wie er halb nackt ausgesehen hat, nur mit Unterhosen bekleidet, perlt durch meine Sinne. Seine gemeißelten Muskeln, seine bronzene Haut, diese pure Männlichkeit. Es ist so lange her, dass ich einen Mann gespürt habe. Eng umschlungen, heiß verbunden, besessen voneinander ...

»Du willst«, raunt er zufrieden. »Ich wusste es.« Er greift zum Bett, und dann ... Dann fasst er nach dem Schal.

Hoffentlich wird das nicht der Auftakt zum Bondage.

Er legt ihn mir um den Hals und stupst meine Nasenspitze an. »Also los, zieh dich warm an. Wir gehen noch mal raus.«

»W...was?«, stammele ich.

»Na ja, wir können auch zwei Stunden hier sitzen, bis es Schlag null Uhr ist und du gewonnen hast, oder ich zeige dir, was ich mir überlegt habe.«

Okay, das war jetzt irgendwie ein kleines Missverständnis. Zum Glück wird er niemals meine Gedanken erfahren. Das wäre so hochnotpeinlich. Bevor ich rot anlaufe, ist es wohl wirklich besser, wenn wir uns draußen abkühlen.

Ich räuspere mich und gebe mich unbedarft. »Nicht, dass in zwei Stunden irgendwas passieren könnte ...«

Als wir das Zimmer verlassen und den kleinen Flur entlanggehen, spüre ich noch das wirre Flattern in meinem Bauch. Draußen in der kalten Nacht schöpfe ich erst mal tief Luft.

»Bist du bereit?«

Okay, was hat er sich jetzt wieder ausgedacht?

Ich nicke, und wir spazieren zum Ortsrand, wo es ganz ursprünglich nach Wald riecht. Das Aroma von Tannennadeln und Baumharz erfüllt die Luft.

Zwischen den Bäumen leuchten Lichter, und schließlich erkenne ich, wohin Lucian mich bringt. Unmengen von Tannenbäumen stehen auf einem großen, ausgeleuchteten Gelände, und Menschen tummeln sich darauf.

»Du willst jetzt einen Christbaum kaufen?«, frage ich perplex.

»Ja, aber nicht irgendeinen. Es muss schon ein besonderer sein.«

Verwundert schüttele ich den Kopf. »Hast du irgendeine spezielle Weihnachtsmann-Nase? Kannst du Fichten und Nordmanntannen wittern?«

Er lacht. »So ähnlich. Auf dem Flyer im Gasthaus stand, dass es einen Nachtverkauf gibt. Ich finde das ziemlich interessant.«

Hm, wenn er wüsste, dass er sich stattdessen mit mir durchs Bett hätte wälzen können, ob er es dann immer noch genauso interessant finden würde?

»Du bist wirklich für alles zu haben, oder?«

Er wendet mir den Kopf zu. »Ja, solange es mit dir ist.«

Ehe ich etwas darauf erwidern kann, stehen wir schon vor dem ersten Baum.

»Der sieht wirklich hübsch aus, oder?«, meint Lucian. »Nicht zu groß, nicht zu klein und dazu noch mit einer geraden Spitze.«

Ein Mann mit dicker Mütze, grüner Schürze und festen Handschuhen kommt zu uns rüber und reibt sich die Hände. »Das ist eine ganz edle Tanne, gefällt sie Ihnen?«

Lucian schaut mich an. »Was meinst du, Jule?«

Äh, zum Henker mit Weihnachtsbäumen wäre wohl die falsche Antwort. Ich mustere die Tanne. Ein Baum ist ein Baum ist ein Baum ...

»Ja, sie ist wirklich hübsch, schätze ich.«

Lucian nickt. »Eben, viel zu hübsch.« An den Verkäufer gewandt fährt er fort: »Wir brauchen Ihren unförmigsten Baum.«

Verständnislos zieht der eine Augenbraue nach oben. »Wie meinen Sie das?«

»Nun, wir wollen den Baum, von dem Sie sicher sind, dass er ganz bestimmt nicht gekauft wird, oder falls überhaupt, dann höchstens auf den letzten Drücker.«

Der Mann lacht und reibt sich die kalte Nase. »Na schön, wie Sie wollen. Kommen Sie.«

Wir folgen ihm durch die Ausstellung bis ans hinterste Ende. Schließlich stoppt er vor einem unförmigen Tannenbaum. Der Stamm weist einen krummen Wuchs auf, und die Zweige sind auf einer Seite deutlich länger und struppiger als auf der anderen, wo man sie bestenfalls als kümmerlich bezeichnen kann. So steht er da, fernab der übrigen Christbäume, mit schiefer Spitze und kläglicher Form. Mehr was fürs Brennholz als fürs Wohnzimmer.

»Wäre der was für Sie?«, erkundigt sich der Verkäufer freundlich.

Lucian betrachtet erst den Baum, dann mich. Ein Grinsen formt sich auf seinen Lippen, und er nickt. »Ich würde sagen, der ist perfekt.«

Ich würde sagen, er hat einen Vogel. Aber das ist ja nichts Neues. Mister Schneeeule.

Der Mann klatscht begeistert in die Hände. »Fein, dann werde ich ihn euch mal einpacken. Ich mache euch auch einen guten Preis.«

Ich kann nicht verhindern zu lachen.

Zusammen mit dem Baum gehen wir zurück in Richtung Gasthaus. Lucian trägt ihn alleine, da er auch nicht gerade groß ist. Wobei ich glaube, dass er mit seinem muskulösen

Körper kein Problem damit hätte, einen stattlichen Baum zu hieven.

Zwischendurch bleiben wir immer mal wieder stehen und betrachten die Lichter des Ortes, wie sie funkeln. Die ganze Atmosphäre – wir, der Baum, das alles hier – wirkt plötzlich so verzaubert. Der dunkle Himmel, die vielen Leuchtpunkte. Sie sind überall, und ein weiches Lächeln huscht über Lucians Gesicht.

»Schön, oder?«, fragt er und stellt den Baum ab.

Ich nicke zufrieden und atme tief ein.

»Diese Ruhe wirkt so selig«, sage ich.

Es rutscht mir einfach so heraus, und Lucian sieht mich nickend an. Er mit dem Baum, diesem seltsamen Baum – es ist, als würde er allen eigenartigen Kreaturen dieser Welt seine Freundlichkeit schenken. Als würde er nicht mit den Augen sondern mit seinem Herzen sehen. Und plötzlich verstehe ich, warum er nie seine gute Laune verliert.

»Danke, Lucian«, flüstere ich berührt. »Es war wirklich eine schöne Idee. Alles irgendwie.«

Der Adventskalender, seine süßen Versuche, mir das Schöne sichtbar zu machen, auch das mit dem Baum.

In der Ferne klingen die Glocken eines Kirchturms. Noch eine Stunde bis Mitternacht.

# Kapitel 23

Lucian sieht mich tief und lange an. »Jule?«

»Ja?«

»Was war heute wirklich los, als du aus der Werkstatt weggelaufen bist?«

Ich weiß nicht, was es ist. Die Atmosphäre, die Stille der Nacht oder dieser Frieden, der mit einem Mal in meinem Herzen liegt. Oder vielleicht auch diese Geborgenheit, die Lucian mir gibt, aber in diesem Augenblick habe ich das Gefühl, mich ihm anvertrauen zu können.

Ich betrachte den Baum, der selbst jetzt noch, obwohl er in ein Netz eingewickelt ist, völlig krumm wirkt. Dennoch ist es irgendwie der richtige Baum. Weil er besonders ist. Einzigartig.

»Als Kind habe ich eine Christbaumspitze zerbrochen. Eine, die meiner Tante sehr wichtig war, weil sie sich schon lange im Besitz der Familie befunden hat. Außerdem war sie natürlich unglaublich schön und edel.« Ich seufze und reibe unbehaglich über meinen Arm. »Alles musste immer perfekt sein. Alles war genau geplant. Ja, Weihnachten in unserer Familie war überhaupt sehr wichtig. Es wurde zelebriert wie das höchste Fest, und in jener Nacht, als ich fünf Jahre alt war, durfte ich die Spitze auf den Baum stecken.«

Lucian sieht mich sanft an. »Und dann?«

»Oh, es war ein großes Ereignis. Es war heilig, und na ja ...«

Ich zucke mit den Schultern. Das Unvermeidliche ist längst geschehen. Meine Worte können nichts mehr ändern. Nichts kann irgendetwas ändern.

»Mein Vater hat mich also hochgehoben, ich habe die Spitze in meiner Hand gehalten und dann, ich weiß nicht warum, ist sie mir heruntergefallen. Es war nur ein Versehen. Wirklich.«

Ich presse die Lippen aufeinander und schüttele den Kopf.

»Was dann geschehen ist, war einfach nur schlimm. Meine Tante hat geschrien und geweint und gezetert, dass jetzt alles verflucht sei. Immer wieder rief sie: ›Du törichtes Kind.‹ Mein Vater und meine Mutter haben fürchterlich gestritten, weil sie meinte, dass er daran schuld sei, wie er immer an allem schuld wäre. Mein Onkel hat gelacht, mein Cousin ebenfalls. Dabei hat er dauernd mit dem Finger auf mich gezeigt. Meine Tante hat ihn dann geohrfeigt. Es war das totale Chaos. Daraufhin ist auch noch die Gans verbrannt.«

»Ach, Jule«, seufzt Lucian.

»Ab dann war es jedes Jahr so, dass immer, wenn etwas vorgefallen ist, meine Tante geschimpft hat, es würde alles an dem Fluch liegen, den ich auf die Familie geladen hätte.«

Lucian schüttelt mitfühlend den Kopf. »Das tut mir sehr leid.«

Ich nicke und muss schlucken. »Das Schlimme ist, dass sehr viel passiert ist. Wenn wir Plätzchen gebacken haben und sie verbrannt sind, lag es an mir. Ich war schuld, dass mein Hund eine Schokoladenkugel gegessen hat und daran gestorben ist. Ich war schuld, dass Weihnachten nur noch schrecklich war. Und am Ende war ich sogar schuld an der Trennung meiner Eltern.«

Traurig streiche ich mir durchs Haar. »Ich weiß noch, wie mein Vater an Heiligabend mit gepackten Koffern in der Tür stand. Wie meine Mama geweint hat und meinte: ›Dieser Fluch.‹ Und ich habe geweint, still und leise, und habe mir geschworen, dass ich dieses Fest nie mehr feiern würde.«

»Oh, Jule.« Lucian tritt näher an mich heran. »Deswegen wolltest du auch keine Kugel blasen, oder?«

Ich nicke. »Ja, mir war das plötzlich alles zu viel. Die Erinnerungen kamen in mir hoch wie dunkle Geister. Ich schleppe diese Gefühle schon so lange mit mir herum.«

Lucian berührt mich sachte am Arm. »Dich trifft aber keine Schuld, Jule. Du bist weder verflucht, noch hast du zu verantworten, was geschehen ist. Es war nichts anderes als ein Unfall, und du warst noch ein Kind. Wenn sich jemand falsch verhalten hat, dann die Erwachsenen, die dabei waren. Du hattest nur Menschen um dich, die nicht verstanden haben, worum es bei diesem Fest eigentlich geht.«

»Ein gebranntes Kind spielt nicht mit dem Feuer«, murmele ich.

Die Finger von Weihnachten zu lassen, lag für mich am nächsten. Alles vermeiden, was alte Dämonen wecken könnte.

Liebevoll streicht Lucian mir über die Wange. »Unsere Plätzchen sind auch verbrannt, aber das hat uns den Tag nicht verdorben. Oder denk nur an den Fleck auf deinem Mantel. Es war kein Drama. Und als wir den Schneemann gebaut haben und du mir die Beule am Kopf verpasst hast, das hat zwar wehgetan. Aber ich bin nicht gestorben.«

»Das war aus Versehen.« Zum Glück sind die Spuren meines Treffers von seiner Stirn verschwunden.

»Das war alles aus Versehen«, stimmt er mir zu. Dann schmunzelt er. »Aber es war auch lustig, oder?«

Nun muss auch ich schmunzeln. Das Kinderpflaster mit Wintermotiv war zu komisch. »Ja, wenn ich ehrlich bin schon. Es wäre aber noch lustiger gewesen, wenn wir meiner Nachbarin die anderen Kekse eingepackt hätten.«

Amüsiert schüttelt er den Kopf. »Nicht ganz. Aber worauf ich hinaus will, ist, dass du dir all die Jahre unnötig Sorgen gemacht hast. Missgeschicke passieren, aber die Art, wie wir darauf reagieren, entscheidet erst, wie schlimm oder eben nicht sie wirklich sind. Du solltest keine Angst mehr davor haben, dass irgendetwas nicht perfekt läuft. Denn das muss es ja auch gar nicht. Wichtig ist, mit wem man diese Zeit verbringt, und ich ...« Er sieht mich an, noch intensiver als sonst, und räuspert sich. »Wie wär's, wenn wir jetzt zurückgehen und den Fluch einfach brechen?«

Staunend zucke ich mit den Schultern. »Und wie soll das gehen?«

»Das wirst du gleich sehen. Komm mit!«

Er schnappt sich die Tanne, und wir laufen zum Hotel. Den Rest des Weges bleiben wir nicht mehr stehen. Als Lucian den Baum ins Hotel trägt, erntet er zwar einen fragenden Blick, aber der Wirt scheint nichts dagegen zu haben, dass wir die Tanne über Nacht bei uns deponieren. Vielleicht sind seine anderen Gäste ja auch beim Nachtverkauf gewesen.

Ich folge Lucian in unser Zimmer. Er platziert den Baum zwischen Stuhl und Tisch, damit er ohne Ständer nicht umkippt. Dann befreit er die Spitze vom Netz.

»Und jetzt?«, wundere ich mich.

»Jetzt nimmst du deine neue Christbaumspitze, die du heute angefertigt hast, und setzt sie oben drauf. Alles fängt jetzt neu an.«

»Wirklich?«

Er nickt. »Das meine ich ganz ernst. Und du hast doch heute selbst gehört – noch dazu von jemandem, der sich damit auskennt und es wissen muss –, dass die Spitze Glück bringt und kein Unglück. Selbst wenn sie zerbricht.«

Ich nicke. Mit klopfendem Herzen nehme ich die Christbaumspitze aus der Verpackung und betrachte sie eine Weile. Sie fühlt sich sanft an und glatt. Irgendwie gutartig. Ich gehe damit zu Lucian und unserem kleinen, krummen Baum.

»Du schaffst das«, verspricht er, und ich glaube ihm.

Ich beuge mich zur Tanne vor, hebe die Christbaumspitze hoch wie eine Krone und stecke sie schließlich obenauf. Sie glänzt wunderschön und hat etwas Fröhliches an sich. Außerdem ist sie mit Liebe gemacht.

»Ich taufe dich auf den Namen Adam.«

Lucian lacht leise. »Wen taufst du?«

»Na, unseren Baum.«

»Ähm, Jule, Bäume tauft man eigentlich nicht.«

Ich nicke vergnügt und spüre eine wohlige Wärme in meinem Bauch. »Doch, jetzt schon. Alles fängt neu an, und Adam ist der erste Baum, mit dem es beginnt.«

Seine Lippen zucken belustigt. »Ein schöner Brauch. Ich bin stolz auf dich.«

Eine Weile stehen wir nur so da, andächtig und zufrieden, und betrachten *Adam* – ho, ho – und die Spitze, die im sanften Licht des Raumes funkelt. Ein unglaubliches Gefühl der Ruhe breitet sich in mir aus, und ich sehe zu Lucian. Er lächelt, und seine grünen Augen liegen sanft auf meinen.

»Wunderschön«, sagt er leise und zärtlich.

Ich stupse ihm kurz in die Seite. »Jetzt übertreibe nicht. Adam ist echt keine Schönheit, trotz der Spitze.«

Noch immer ruht sein intensiver Blick auf mir, und mit einem Mal liegt ein heftiges Knistern in der Luft. »Ich meine dich, nicht den Baum.«

Seine Worte umhüllen mich, leicht und sanft, und die Wärme aus meinem Bauch erreicht mein Herz.

»Warum tust du das für mich, Lucian?«, wispere ich.

Er lächelt. »Na ja, ich kann nicht anders. Ich bin der Weihnachtsmann.«

»Du bist verrückt.«

Lucian kommt noch näher. Er nickt und raunt: »Ja, verrückt nach dir.«

Das ist der Moment, in dem mein Herz wie wild in meiner Brust hämmert. Es schlägt voller Sehnsucht für ihn.

Lucian überbrückt den letzten Abstand zwischen uns. Nun ist er mir so nahe, dass ich die Wärme seines Atems spüren kann. Er streift meine Wange. Nur noch wenige Zentimeter trennen unsere Lippen. Nur noch wenige Zentimeter fehlen, um sie zu berühren. Nur noch ein winziger Hauch ...

In der Ferne läuten erneut die Glocken der Kirche.

»Es ist zwölf«, flüstere ich.

Er nickt, ohne seinen Blick von mir abzuwenden. »Du hast gewonnen.«

Seine Worte sind leise und zärtlich, so wie seine Finger, die jetzt an mein Kinn wandern. Der Blick seiner grünen Augen nimmt mich gefangen, während er mich sachte streichelt und damit eine Gänsehaut auf meinem ganzen Körper auslöst.

»Dein Wunsch hat sich erfüllt«, murmelt er. »Aber meiner auch.«

Er lächelt leicht, und ich nicke, ohne den Blick von ihm abzuwenden. Ich atme seinen frischen Duft ein, diesen frischen, männlichen Duft, und seufze.

Und dann, noch bevor der letzte Glockenschlag verklingt, mit Ablauf des alten Tages und dem Anbruch des neuen, irgendwo zwischen Ende und Anfang, küssen wir uns.

Lucian zieht mich an sich. Unsere Lippen liegen sanft, beinahe tastend aufeinander, und eine Hitzewelle scheint in meinem Körper zu explodieren. Es ist wie die Vorfreude auf das schönste Geschenk, das man sich vorstellen kann. Und noch viel besser, weil man nicht enttäuscht wird. Denn sein Kuss schmeckt warm und süß nach allem, was ich mir gerade ersehne, und besser, als ich es mir jemals erträumt hätte.

Ich will mehr, mehr von ihm, von diesem Gefühl der Hitze, dem Geschmack seiner Lippen und von diesem Brennen, das er in mir auslöst und das ich gar nicht mehr steuern kann, nicht mehr steuern will. Ich will in seinen Armen dahinschmelzen wie Kerzenwachs. Ich will dieses Neue, aber gleichzeitig bereits zunehmende Vertraute.

Und als sich nur einen Atemhauch später unsere Zungenspitzen berühren, gibt es kein Halten mehr. Ich seufze, schlinge meine Arme um seinen Nacken, und mit jeder Sekunde wird unser Kuss leidenschaftlicher. In mir erwacht eine längst vergessene Sehnsucht, und ich will nicht, dass sie jemals wieder vergeht.

Doch plötzlich löst Lucian den Kuss, und ich wimmere fast sehnlich. Er legt den Kopf an meine Stirn, stößt den Atem aus und hält mich fest – ganz fest.

»Seit ich dich das erste Mal bei der Weihnachtsfeier gesehen habe, wollte ich nichts mehr, als dich zu küssen«, gesteht er. »Gleich vom ersten Moment an bei der Bar.« Sein Finger wandert von meinem Kinn hinab zu meinem Schlüsselbein – langsam, zärtlich – und wieder hinauf.

Das Pochen meines Herzens nimmt gefühlt den ganzen Raum ein. Mir ist schwindlig vor Rührung und Verlangen.

»Aber was ...?«, seufzte ich. »Wieso hörst du dann auf?« Ich will mit meinen Lippen seinen Mund suchen, doch er stöhnt und weicht im letzten Augenblick aus. »Du bist viel zu lange selbstlos gewesen. Immer nur der Weihnachtsmann, nie Lucian. Aber wünschst du dir nicht auch was? Manchmal ...«

»Vielleicht wünsche ich mir bei dir zu viel.«

»Das glaube ich nicht.«

»Wenn wir uns jetzt weiterküssen, Jule ...« Zischend saugt er den Atem zwischen seinen Zähnen ein. »... dann will ich definitiv noch mehr. Viel mehr.«

Er schaut mich an – eindringlich und voller Gefühl. Ich sehe in seinen Augen, was ich in meinem Herzen fühle.

»Worauf wartest du dann?«, wispere ich, und dann, wie von selbst, während ich noch in seinem Blick versinke, finden sich unsere Lippen und unsere Körper. Noch hungriger und seliger als zuvor.

Mit einem Ruck hebt Lucian mich schließlich hoch und trägt mich zum Bett. Er unterbricht den Kuss nur, um mich sanft auf der Matratze abzulegen. Dann beugt er sich über mich, schiebt sich zwischen meine Beine und sieht mich an, ehe er mich erneut küsst. Immer fiebriger, immer mehr.

Unsere Körper sind sich so nah, dass unsere Herzen wild gegeneinanderpochen, während unsere Zungen sich zärtlich streicheln. Die Luft scheint energiegeladen zu sein, und wir sind das Kraftfeld, das diese Energie spendet.

Meine Hände wandern unter seinen Pullover, streichen über die harten Muskeln und die seidige Haut, die darüber liegt. Mehr, mehr. Jeden Zentimeter will ich fühlen.

Auch Lucians Hände tasten sich voran, wandern unter mein Shirt und befreien mich schließlich davon. Danach zieht er sich sein eigenes Shirt über den Kopf. Sogleich beugt er sich über mich, und ich spüre seine Haut auf meiner – heiß, brennend und viel zu gut, um wahr zu sein.

Seine Lippen küssen meine und wandern dann abwärts meinen Hals entlang. Ein warmer Schauer rieselt durch meinen Körper.

Ich seufze tief, als seine Lippen schließlich über den Rand meines BHs gleiten. Mit einem geschickten Handgriff fasst er um mich und öffnet ihn, schiebt ihn zur Seite und umkreist mit seiner Zunge meine Brustwarzen. Ich stöhne, berühre seinen Nacken, streiche über seinen Rücken und fühle ein unbändiges Ziehen in meinem Bauch.

Lucian löst sich von mir, öffnet meine Hose und zieht sanft daran, bis ich von ihr befreit bin.

Ich beuge mich vor und öffne auch seine Hose. Jeder einzelnen Knopf, den ich löse, verstärkt das Kribbeln, die Vorfreude, das Fieber.

Wir packen uns aus wie Geschenke, um endlich mehr Haut zu fühlen. Lippen an Lippen, Hände an Händen, Brust an Brust, Bauch an Bauch, Bein an Bein, und dann ... noch mehr.

Er dringt in mich ein, und wir werden eins. Wir küssen uns, fühlen uns, berühren einander, erkunden unsere Körper, atmen schneller, langsamer, keuchen, seufzen ...

Erst ganz vorsichtig, dann immer stärker, bis wir komplett miteinander verschmolzen sind.

Lucian füllt mein Herz mit Glück.

# Kapitel 24

*22. Dezember*

Als ich am nächsten Morgen aufwache, kann ich das alles noch gar nicht fassen. Die letzte Nacht, er und ich, der Kuss beim Weihnachtsbaum, die vielen Küsse, die folgten, seine Hände auf meiner Haut, sein Körper, heiß und brennend auf meinem, die Leidenschaft in unseren Herzen ...

Mein Blick wandert zum Baum und der Spitze darauf. Erneut dreht sich das Gefühlskarussell in meinem Bauch. Die Nacht ist einfach magisch gewesen, unsere Küsse waren tief und innig, und mein Körper fühlt sich fabelhaft an.

Ich kann nicht glauben, dass all das wirklich passiert ist. Weil es zu gut ist, um wahr zu sein. Aber als mein Blick den blonden Haarschopf, der zu Lucian gehört, erhascht, weiß ich, dass es wahr ist. Dass er da ist und dass alles echt war.

Er schläft noch tief und fest, und auch wenn ich die Nähe nicht verlieren will, beschließe ich, kurz ins Bad zu schleichen, um mich frisch zu machen. Vorsichtig schlüpfe ich unter der Decke hervor.

Lucian atmet tief ein, und ich hoffe, dass ich ihn nicht versehentlich wecke. Der Boden knarrt kurz, und ich erreiche das Bad.

Im Spiegel betrachte ich mich und lächele, weil ich strahle. Kann es sein, dass der Fluch wirklich gebrochen worden ist?

Vielleicht, weil es keinen echten Fluch gegeben hat oder weil Lucian wie im Sturm mein Herz geöffnet hat. Was auch immer mir gerade dieses Glück beschert, ich will versuchen, es zu genießen und festzuhalten.

Ich mache mich frisch, kämme mir die Haare behelfsweise mit meinen Finger durch und beschließe, zurück ins Bett zu schlüpfen, um Lucian zu wecken. Ganz zärtlich.

Schon der Gedanke bringt mein Herz zum Höherschlagen. Ich verlasse das Badezimmer, schließe leise die Tür und schleiche gerade zurück, als ich stolpere. Es rumpelt kurz, aber ich schaffe es im letzten Moment, mich abzufangen und mein Gleichgewicht zu halten.

Mist, was war das?

Hoffentlich habe ich Lucian nicht aufgeschreckt. Im Halbdunkel erkenne ich den Rucksack zu meinen Füßen und auch, dass etwas herausgefallen ist. Ich gehe in die Hocke und hebe es auf, um es zurückzustecken.

Wie bescheuert ich diesen wuchtigen Rucksack zuerst gefunden habe. Dabei hat Lucian mir damit so viel Freude bereitet.

Ich taste nach dem Block, der herausgerutscht ist, und will ihn gerade wieder verstauen, als meine Augen über die Zeilen huschen.

*Stichpunkte zum Artikel: »Wie ich einen Weihnachtsmuffel bekehre«.*

*Kann man jeden bekehren? Was ist der Schlüssel oder das Schlüsselereignis?*

Mein Herz stolpert in meiner Brust, und ich habe Mühe, den Inhalt der Zeilen zu begreifen. Das macht keinen Sinn. Mir ist, als würde mein Sichtfeld flimmern oder, mehr noch, als würde irgendetwas dunkler in mir.

Lucian schreibt einen Artikel? Über mich?

Nein.

Nein, oder?

Atemlos überfliege ich die Stichpunkte und seine Aufteilung. Unglaublich, aber dort kann ich schwarz auf weiß meine

Reaktionen auf das, was er sich überlegt hat, nachlesen. Manche Stellen oder Wörter sind umrandet wie etwa *Geheimnis* oder *Fluch* und sogar *Christbaumspitze*.

*Was hat es damit auf sich?*

Ja, das frage ich mich auch gerade, als ich seine Notizen in meinen zitternden Händen halte. War das alles hier, was ich für Glück gehalten habe, reine Recherche?

Ich entdecke den Anfang seines bereits verfassten Artikels, in dem steht, dass Weihnachten eigentlich ein schönes Fest sei, aber dass es Menschen gäbe, die das traurigerweise nicht so sehen würden.

Ich kann nicht weiterlesen. Mir ist plötzlich schlecht und alles dreht sich. Mein Magen zieht sich zusammen.

Ist das nur ein Spiel für ihn gewesen?

Welch Ironie, dass er eigentlich gewonnen hätte.

Ich weiß nicht mehr, was ich denken soll. Da sind plötzlich so viele verschiedene Gefühle in mir – Enttäuschung, Wut, Traurigkeit. Und ich fühle mich verraten. Und bloßgestellt.

»Hey«, höre ich plötzlich seine Stimme und zucke zusammen. Langsam, wie betäubt, stehe ich auf und sehe ihn an. Den Artikel halte ich noch immer in der Hand.

Als er erkennt, was ich da habe, reibt er sich über die Stirn. »Mist, Jule, es ist nicht so, wie du denkst.«

Schon steht er auf und will auf mich zukommen, aber ich hebe die Hand. Ansonsten bin ich starr wie eine Salzsäule.

»Ach, nein? Wie ist es dann?«

Er bleibt stehen und sein Mund klappt auf und zu. »Lass es mich erklären, okay?«

Ich winke ab. »Was soll es da zu erklären geben? Du hast mich als Versuchsobjekt für deinen Artikel genommen. Darum ging es dir die ganze Zeit. Deswegen hast du mich so überaus interessant gefunden.« Mir ist speiübel. »Jetzt wird mir auch klar, weshalb du dir so viel Mühe gegeben hast. Nicht meinetwegen, sondern weil du diesen Artikel schreiben wolltest.«

»Jule, nein ...«

Aber ich lasse ihn nicht weiterlügen. Wut brennt in meinen Adern. »Du hast das die ganze Zeit über geplant. Und du wusstest von dem Fluch! Hast sogar vermutet, dass es etwas mit einer Christbaumspitze zu tun hat. Das muss ich dir lassen, ganz schön clever.«

Er atmet tief durch und nickt. »Na schön, ja, ich wusste es. In der Nacht, als du bei mir gewesen bist, hast du es mir erzählt. Aber das war nicht der Grund, aus dem ich dich kennenlernen wollte, sondern weil du mir wahnsinnig gut gefallen hast. Das mit dem Artikel hat sich erst danach ergeben.«

»Du gibst es also zu?«

Er nickt zerknirscht. »Ja, aber du siehst es falsch. Mir ging es um dich. Ich ... ich wollte es dir auch sagen ...«

»Ach ja, und wann?«, falle ich ihm ins Wort. »Wenn er bereits erschienen ist und sich jeder über mich lustig gemacht hat?«

»Es ging nie darum, dich lächerlich zu machen. Ich habe auch nicht reingeschrieben, dass es dabei um dich geht. Erst habe ich mir nur Notizen gemacht, wie es einfach meine Art ist. Aber dann ist ein Artikel daraus geworden, der Freude und Mut schenken sollte ...«

»Du bist ja so großzügig!« Ich schmeiße ihm die Unterlagen vor die Füße, und suche meine Klamotten zusammen. Ich habe einfach genug. Hastig ziehe ich mich an.

»Jule, hör mir bitte zu«, beschwört er mich und versucht, mir erneut näherzukommen, aber ich funkele ihn zornig an.

»Bleib wo du bist!«, zische ich.

Noch ein Schuh, und schon bin ich fertig angezogen.

»Jule, bitte«, fleht er. »Ich wollte dir wirklich schöne Weihnachten bescheren und eine tolle Zeit. Was ist daran so verkehrt?«

»Die Lüge, Lucian.« Die Worte schmecken so bitter auf meinen Lippen. »Du hast es ausgenutzt, egal, was dein Motiv gewesen ist.«

Er atmet tief durch. »Ich habe das alles nur gemacht, weil ich dich mag – sehr mag. Weil ich dich besser kennenlernen und wissen wollte, was dich so sehr bedrückt. Ich wollte dich zum Lächeln bringen. Und wir hatten doch auch eine schöne Zeit, oder?«

Ich sehe ihn an, und alles in mir ist taub. »Das kann man jetzt sehen, wie man will.«

Ich greife nach meiner Handtasche und trete an die Tür.

»Warte, lass uns zusammen gehen und reden. Bitte, lauf jetzt nicht einfach so fort.«

Aber ich schüttele den Kopf und betrachte ein letztes Mal Adam, den Weihnachtsbaum, den Anfang vom Ende, und meine Christbaumspitze, deren Anblick sich in mein Herz bohrt. Es tut so weh. Viel mehr als alles davor.

»Weißt du Lucian«, flüstere ich, »dieser Fluch war schon mies, dieses Gefühl der Schuld in all den Jahren. Aber viel schlimmer ist, dass ich dachte, dass du mich wirklich magst, und dass du es geschafft hast, dass ich mich wohlgefühlt habe, nur um am Ende zu begreifen, dass alles eine Lüge war. Ein Spiel. Das ist schlimmer als jeder Fluch.«

# Kapitel 25

»Er hat das alles nur gemacht, um einen Artikel darüber zu verfassen?«, stöhnt Anni fassungslos. »Das ist ja ... Ich weiß gar nicht, was ich sagen soll.«

Das Problem ist weniger, nicht zu wissen, was man sagen soll, sondern mehr, dass ich nicht weiß, was ich fühlen soll. Denn ich habe mich in ihn verliebt, und gleichzeitig komme ich mir so ausgenutzt und hintergangen vor. Mein Herz brennt, und wenn ich ohne Herz weiterleben könnte, würde ich es sofort tun.

Wir sitzen in unserem Lieblingscafé in der Nürnberger Altstadt. Vom Hotel aus habe ich mir ein Taxi genommen und dafür zwar Unmengen ausgegeben, aber das ist es mir wert gewesen. Ich hätte keine fünf Minuten länger mehr in Lucians Nähe ausgehalten.

Nun sind wir hier, aber ich könnte genauso gut in einer dunklen, leeren Kammer sein. Irgendwie habe ich kein Auge mehr für das Ambiente und nehme kaum etwas wahr. Nicht, wie der Kaffee schmeckt. Nicht, wie es hier duftet. Einfach nichts.

Ich muss an dieses Lied von *Wham!* denken – *Last Christmas*. An die Parallelen dazu in meinem eigenen Leben. Wahrscheinlich ist mein Fluch noch aktiv. Letztes Jahr zu Weihnachten hat mein Freund mich verlassen, und dieses Jahr bin ich wegen Lucian unglücklich. Ausgerechnet Elchi ist der Einzige, der zu Hause auf mich wartet, um mich zu trösten, denn es ist unmöglich, mit einem vertrockneten Kaktus zu kuscheln.

»Ich verstehe nicht, warum er dieses Spiel mit mir getrieben hat. Um zu zeigen, dass er jede Frau um den Finger wickeln kann, ganz egal, wie verkorkst sie auch ist?« Ich bin so wütend auf ihn, aber auch auf mich, weil ich auf ihn und seine schönen Augen hereingefallen bin.

Blöder Lucian, blöde Engel, blöde Weihnachtszeit. Ich hätte mich niemals auf diese Wette einlassen sollen.

*Die Antwort ist Ja.*

Aber vielleicht hätte ich eine andere Frage dazu stellen sollen: Werde ich unglücklich sein? Wird alles noch schlimmer? Kann man vor Kummer sterben?

Anni greift nach meiner Hand. »Ach, Süße, ich kann so gut verstehen, dass du sauer bist. Eigentlich hat er dir gut getan, oder? Du hast zum ersten Mal das Gefühl gehabt, dass Weihnachten doch schön sein kann. Endlich nach so langer Zeit.«

»Und dann hat er meine Seifenblase zum Platzen gebracht.« Ich sehe sie an und schüttele den Kopf. »Jetzt ist alles noch heftiger als zuvor. Ich hoffe, er erstickt an seinem blöden Artikel. Ich werde ihn ganz sicher nicht lesen.«

Von wegen Liebe und Glück schenken. Heiligenschein und scheinheilig – das klingt so ähnlich, aber man darf es nie verwechseln.

Als ich nach unserem Treffen zu Hause ankomme, fühle ich mich völlig erschlagen. Anni hat angeboten, für mich da zu sein und mir zu helfen, aber was kann sie schon tun? Gebrochene Herzen tanzen nicht mehr.

Niedergeschlagen steige ich die Treppenstufen hoch, doch als ich durch den Hausflur zu meiner Wohnung gehe, stocke ich, denn es liegt ein Kuvert davor – ein goldenes. Ansonsten ist nichts und niemand zu sehen.

Zögernd trete ich näher und betrachte den Umschlag. Ich brauche mich gar nicht erst zu fragen, von wem er ist, denn instinktiv weiß ich es.

*Für Jule*, steht in geschwungener Handschrift darauf, und ich gehe langsam in die Hocke. Mein Herz hämmert viel zu schnell, und als ich nach dem Umschlag greife, muss ich erst tief durchatmen, bevor ich wieder aufstehen kann.

Wie mechanisch klemme ich ihn mir unter den Arm, stecke den Schlüssel ins Schloss, betrete meine Wohnung und lege meine Jacke und die Tasche ab.

Dann starre ich auf das Kuvert. Langsam gehe ich ins Wohnzimmer und setze mich damit aufs Sofa. Ich betrachte es weiter und brauche lange, bis ich mich dazu durchringen kann, es zu öffnen.

Wie benebelt klappe ich den Umschlag auf und ziehe seinen Inhalt daraus hervor. Es ist Lucians Gutschein.

Mein Puls rattert regelrecht. Mir ist, als würde mein Herz trommeln und stehen bleiben, trommeln und wieder stehen bleiben, als ich auch noch einen kleinen Zettel mit einer Nachricht darin entdecke. Ich ziehe das Papier heraus und starre auf die Zeilen:

*Damit du voller Glück ins neue Jahr starten und alte Erfahrungen hinter dir lassen kannst.*
*Ich wünschte, du könntest mir verzeihen.*
*Dein Lucian*

Eine Träne kleckst auf das Papier. Und dann verschwimmt meine Welt.

# Kapitel 26

Der neue Tag geht mehr schlecht als recht vorbei. Den Kalender habe ich aus meinem Sichtfeld verbannt, aber zu wissen, dass morgen schon Weihnachten ist, macht alles nicht besser. Immer wieder denke ich an Lucian und seine Nachricht, auch wenn ich versuche, es nicht zu tun.

Die einzige Ablenkung finde ich bei meiner Arbeit. Deswegen habe ich mir noch einiges aufgehalst und Coveraufträge angenommen, die ich sonst vielleicht nicht über die Feiertage gemacht hätte. Das Gute ist, dass Weihnachten bereits so nah ist, dass nun niemand mehr Cover für Weihnachtsgeschichten beauftragt. Wenigstens das ist überstanden. Bei den drei neuen Aufträgen handelt es sich um Krimis und Thriller, und so habe ich versucht, meinen Kummer hinter Skalpellen, Stricken und viel Blut zu verstecken. Zumindest grafisch.

Beinahe habe ich es damit geschafft, nicht mehr an all das zu denken, was in den letzten Wochen geschehen ist.

Allerdings hat es mich gestern Abend kalt erwischt, als ich es mir vor dem Fernseher gemütlich gemacht habe. Vor mir eine Tasse heiße Milch mit Honig und eine Tafel Schokolade. Als ich durchgeschaltet habe, wurde ausgerechnet *Weil es dich gibt* ausstrahlt. Auch wenn ich es nicht wollte, aber ich konnte nicht gleich umschalten.

Denn sofort musste ich an die Wärme denken, die ich mit Lucian gespürt habe, als wir zusammen auf dem Sofa saßen und diesen Film angesehen haben. Eine Wärme, die, wie ich nun weiß, bloß vorgespielt war.

Heute gehe ich auf Nummer sicher und meide alle Medien. Keine Filme, keine Zeitschriften, kein Internet. Als ich mich gerade frage, was ich nun tun soll, ruft Anni mich an. Wahrscheinlich will sie auf mich aufpassen.

Prompt kommt auch schon die entsprechende Frage: »Hey, wie geht es dir heute?«

Sch...

Grässlich.

Furchtbar.

Als hätte jemand Batteriesäure in mein Herz gepumpt.

»Es passt schon, wie wir Franken sagen«, antworte ich stattdessen. »Ich trage meinen flauschigen Jogginganzug, habe alle Schufte aus meinem Leben verbannt und ...«

Kalender versteckt, Kekse entsorgt, Weihnachtslieder vom USB-Stick gelöscht, ach, und ja, Cover mit Toten erstellt.

»Und?«, hakt sie nach.

»Ich denke, als Vorsatz für das neue Jahr, gebe ich Zimmerpflanzen auf.«

»Und sonst so?«

Ich starre durch den Raum auf mein Bücherregal. »Vielleicht lese ich mal was. Bald soll ja Molly Morgenbaums Engelbuch erscheinen.«

»Ach, Jule.« Anni seufzt. »Es tut mir so leid.«

»Nicht«, stoppe ich sie. »Wenn du so redest, erinnerst du mich nur daran, dass mir etwas fehlt. Und sein wir ehrlich, ich bin es doch eigentlich gewohnt. Also mach dir keine Gedanken. Bald ist diese scheußliche Zeit vorbei, und dann wird alles wieder normal sein, als wäre nichts gewesen. Irgendwie überstehe ich die letzten Tage jetzt auch noch.«

Ich gehe im mein Schlafzimmer, lasse das Licht aus, schlüpfe in mein Bett und ziehe die Decke über mich. Jetzt bin ich in einem weichen Kokon, in dem mich nur Anni erreicht.

»Hat er sich denn nach dem Brief noch mal gemeldet? Per SMS oder so?«

»Ich habe das alte Nokia zusammen mit den anderen Sachen weggeräumt. Falls er Nachrichten geschickt hat, habe ich sie nicht gelesen. Warum auch?«

Anni zögert, ehe sie schließlich sagt: »Vielleicht solltest du das machen.«

Ich schließe die Augen und will mich nie wieder bewegen. »Wozu denn? Für neue Lügen?«

Sie seufzte. »Ich weiß, dass er dir furchtbar wehgetan hat, aber womöglich könnt ihr das Ganze klären, wenn ihr miteinander redet.«

»Nein, genau das will ich eben nicht. Also mit ihm reden. Denn es gibt nichts zu reden, wenn Worte keine Bedeutung haben.«

Ob jede seiner Berührungen auch nur eine Lüge war?

»Aber vielleicht ist es nicht nur ein Spiel für ihn gewesen. Er hat sich doch so viel Mühe gegeben.«

»Er ist eben sehr engagiert in seinem Job.«

»Aber so doch nicht. Das will nicht in meinen Kopf. Ich meine, vielleicht war es am Anfang so, aber ...«

»Ach, Anni, ich weiß, du meinst es gut, doch da gibt es nichts misszuverstehen.«

»Dieses Engagement kann man sich doch nicht bloß ausdenken. Und ist Weihnachten nicht auch die Zeit, um zu vergeben?«

Ich atme zitternd aus. »Das weiß ich leider nicht, Anni. Ist mir nie passiert.« Ich schlucke den schweren Kloß in meinem Hals herunter.

»Ich weiß, du willst dir das jetzt einreden. Ich weiß auch, dass du Weihnachten nicht magst, jetzt wohl noch weniger als jemals zuvor, aber ich finde, du solltest mal darüber nachdenken. Bitte, versprich mir das. Du warst glücklich mit ihm, und du bist unglücklich ohne ihn. So sehe ich das, wenn ich von außen auf die Sache schaue.«

Von außen tut es auch nicht so weh. Allerdings wird sie keine Ruhe geben, ehe ich es ihr nicht zusage. Also murmele ich: »Ja, ich denke drüber nach.«

Sie seufzt. »Du schwindelst.«

Ich habe keine Kraft für Tauziehen.

»Du willst es so.«

Kurz ist es still. »Na schön, ich gebe auf und lasse dir heute deinen Frieden. Aber morgen komme ich wenigstens mal bei dir vorbei, bevor ich zu meiner Familie fahre. Zum Frühstück, okay? Es ist Weihnachten, ob du willst oder nicht, und ich habe was für dich.«

»Du sollst mir doch nichts schenken, hörst du? Denn ich habe überhaupt nichts für dich, und jetzt fühle ich mich richtig schlecht ...«

Mir ist zum Heulen zumute, und ich schlucke mehrmals.

»Nein, du sollst dich nicht schlecht fühlen. Weihnachten bedeutet doch nicht, dass man etwas schenken muss, sondern dass man etwas besorgt, um dem anderen eine Freude zu machen. Also keine Widerrede, ich komme morgen vorbei, und dann will ich dich frisch geduscht in einer normalen Hose und ohne diese schrecklichen Hausschuhe sehen, okay?«

»Was hast du gegen meine Klamotten?«, schniefe ich.

»Ich habe nichts dagegen, aber die Schuhe, bitte, sie sind schrecklich abgenutzt. Und die Jogginghose trägst du wahrscheinlich schon seit ...« Sie stockt.

Seit der Trennung von Lucian.

»... jedenfalls bin ich sicher«, fährt sie schnell fort, »dass du bereits ein bisschen müffelst, du kleiner Stinkeengel.«

Stinkeengel?

»So darfst auch nur du mich nennen. Ist dir das klar?«

Sie lacht.

»Aber nicht öfter als einmal«, füge ich an. Dann hole ich tief Luft. »Anni, hör mal. Das ist wirklich alles ganz lieb von dir. Also, bis auf den Kosenamen. Aber fahr morgen bitte einfach zu deiner Familie. Wir telefonieren, und du gibst mir das, was du für mich hast, sobald du zurück bist. Können wir das so machen?«

Sie atmet hörbar laut aus. »Man könnte meinen, du willst dich einigeln.«

Ich ziehe die Decke noch ein Stück weiter über meinen Kopf. »Möglicherweise ein bisschen. Ich will nicht sagen, dass ich dich nicht sehen will, ich bin nur gerade nicht gesellschaftsfähig.«

Sie seufzt. »Versprich mir, dass du morgen was Frisches anziehst und trotz allem positiv denkst.«

»Das mit dem Anziehen kriege ich hin. Bitte sei nicht böse.«

Das ist das Letzte, was ich hervor presse. Dann legen wir auf. Ich hoffe, dass ich sie nicht verletzt habe, aber ich will gerade nur allein sein.

Mit einer Sache hat Anni allerdings recht: Ich muss mich mal wieder waschen und die Jogginghose wechseln. Doch das hat Zeit bis morgen. Morgen klingt viel besser als heute. Morgen ist hoffentlich nicht mehr alles so dumpf.

Heute bleibe ich einfach nur noch so liegen, und vielleicht, wenn ich Glück habe, schlafe ich ein, ohne von ihm zu träumen.

# Kapitel 27

*24. Dezember*

Weihnachten. Wunderbar. Ich werde es einfach boykottieren. Denn eigentlich ist dieser Tag einer wie jeder andere. In vielen Ländern wird es gar nicht gefeiert, und an die werde ich mich halten.

Ebenso wie an mein Versprechen. Frisch geduscht und mit sauberen Sachen gehe ich in die Küche und überschlage im Kopf meine Arbeitsplanung für den heutigen Tag. Dabei lasse ich mir einen Kaffee aus der Maschine, denn ich habe fürchterlich geschlafen.

Ich werde arbeiten, mir vielleicht einen Horrorfilm ansehen und dann ins Bett gehen, als ob nichts wäre. Ich muss es einfach nur schaffen, nicht daran zu denken.

Weihnachten kann mich mal. Ich gebe Milch mit einer Tonne von Zucker in meinen Kaffee. Irgendwas muss mir den Tag ja versüßen.

»Und jetzt wird gearbeitet«, ermahne ich mich. »Sei nicht immer so faul, Jule.«

Wenn ich nicht glücklich werden kann, dann vielleicht ein besserer Workaholic. Und möglicherweise wird es mir, wenn alles in weite Ferne gerückt ist, gelingen, daraus meine Lebensfreude zu ziehen.

Oder ich muss kleiner denken. Was, wenn der Mensch nicht zum Glücklichsein bestimmt ist? Immer hat man all diese Erwartungen ans Leben, das ist wie zu hohe Erwartungen an sich selbst oder andere. Vielleicht genügt es zu funktionieren. Essen haben, eine eigene Wohnung und eine gute Freundin.

Ich will gerade an meinen Schreibtisch gehen, als es an der Tür klingelt. Mitten in der Bewegungen erstarre ich. Das wird doch nicht etwa Lucian sein, oder? Ich meine, er kann doch nicht glauben, dass er einfach so herkommen kann, nach allem, was war.

Mit einem bangen Gefühl stelle ich meinen Kaffee ab, schleiche zu meiner Tür und spähe durch den Spion.

»Was ist das denn jetzt?«, murmele ich.

Es ist nichts zu sehen.

Okay, dann mache ich auch nicht auf.

Ich will gerade zurücktreten, als Frau Quergeist plötzlich zu dicht vor dem Spion auftaucht und ich fast einen Herzinfarkt bekomme.

»Frau Engel, sind Sie da?«, ruft sie, und ich stoße den Atem aus.

»Nein«, antworte ich, und sie lächelt sichtlich. Auch wenn das durch den Spion echt gruselig aussieht.

»Machen Sie doch bitte auf«, sagt sie.

Ich seufze und gebe mir einen Ruck. Na gut, was soll's? Wachsam öffne ich die Tür. Im Notfall haue ich sie wieder zu.

»Wie schön«, seufzt sie. »Ich hatte schon befürchtet, dass Sie bereits weg sind.«

Verwirrt sehe ich sie an. Sie redet!

«Wo soll ich denn sein?«

»Na ja, bei Ihrer Familie. Heute ist doch Weihnachten.«

Mein Plan, das zu verdrängen, klappt ja wunderbar.

»Ach, wirklich? Das hatte ich ganz vergessen.«

Sie sieht mich kurz fragend an, ehe sie loslacht. »Sie sind mir ja eine! Sehr lustig.« Dann räuspert sie sich. »Nun, deswegen bin ich jedenfalls da.«

Wie aus dem Nichts hält sie mir eine Flasche Wein hin. Ich bin so erstaunt, dass mir nichts einfällt.

»Die ist für Sie«, sagt sie zögernd. »Weil Sie immer so lieb sind und meine Pakete annehmen und – nun ja – mich die Zeitung lesen lassen«, gibt sie zu, und ihre Wangen färben sich rot.

»Schon okay«, entgegne ich und nehme die Flasche an.

Als ich hinunterblicke, sehe ich, dass die heutige Zeitung noch unangetastet vor meiner Tür liegt. Sofort denke ich an Lucian, und in meinem Magen wird mir ganz flau.

»Sie können die Zeitung ruhig nehmen«, biete ich an.

Frau Querbaum sieht mich lächelnd an, wobei das Lächeln bei ihr echt schräg aussieht, nicht nur durch den Türspion. Aber womöglich liegt es daran, dass sie wenig Übung hat.

»Wirklich?«, haucht sie.

Ich nicke. »Ja, wirklich.«

Dankbar beugt sie sich nach unten und greift danach. Dann winkt sie mir damit zu. »Frohe Weihnachten, Frau Engel.«

Ich nicke und betrachte den Wein. »Das wäre ehrlich nicht nötig gewesen.«

Aber sie nickt energisch. »Doch. Ich bin Ihnen sehr dankbar dafür. Ich bin nicht immer ganz einfach, aber Sie sind immer freundlich, und das neulich, also dass Sie mir die Plätzchen geschenkt haben, das war sehr nett von Ihnen. Ich wollte das einfach mal loswerden. Sie sind meine Lieblingsnachbarin.«

Ehe ich mich versehe, kommt sie einen Schritt auf mich zu und nimmt mich in den Arm. Nur ganz flüchtig und unbeholfen. Dann tritt sie auch schon wieder zurück.

»Ich hoffe, Sie werden heute mit ganz viel Liebe beschenkt«, wünscht sie mir.

Und dann, ich weiß auch nicht, wie es kommt ... Wahrscheinlich, weil mein Innerstes so durcheinander ist, aber mit einem Mal sage ich: »Jule. Ich bin Jule.«

Sie guckt erstaunt, lächelt und schluckt.

»Elvira«, sagt sie. Dann wendet sie sich ab und geht die Treppe nach unten zu ihrer Wohnung.

Ich stehe da mit der Flasche Wein und denke über ihre Worte nach. Mit Liebe beschenkt werden. Aber wie soll das noch gehen?

Schnell schiebe ich den Gedanken weg und reiße mich zusammen. Für mich ist heute kein Weihnachten. Ich trete zurück in die Wohnung, stelle die Flasche ab und starre vor mich hin.

Innerlich fühle ich mich schon wieder ganz wund, und für einen etwas zu langen Moment bin ich versucht, den Wein zu öffnen, leer zu trinken und zurück ins Bett zu gehen.

Aber ich darf mich nicht so gehen lassen. Also setze ich mich an meinen Schreibtisch und rufe meine E-Mails ab. Leider finde ich in mindestens zehn Betreffzeilen die Worte: Frohe Weihnachten.

Das meiste ist sicherlich Werbung, aber ich bringe es gerade nicht über mich, die regulären Nachrichten von den Festtagsgrüßen zu trennen. Schnell schließe ich meinen E-Mail-Dienst, um bei der Arbeit nicht durch weitere Benachrichtigungen gestört zu werden, und atme tief durch.

Ich mache mich an meine Coveraufträge, die mich glücklicherweise ablenken. Zumindest, bis mein Telefon klingelt.

Die Nummer sagt mir auf Anhieb nichts, doch nach anfänglichem Zögern gehe ich ran.

»Engel«, melde ich mich mit fester Stimme.

Bitte nicht Lucian. Bitte nicht …

»Jule, wie schön, dass ich dich erwische!«

Ich lächele erleichtert, als ich Molly Morgenbaum am anderen Ende der Leitung erkenne. »Hallo.«

»Ich habe das Cover bekommen, und es ist wunderbar. Vielen Dank«, schwärmt sie.

»Gern geschehen. Wenn du zufrieden bist, bin ich es auch.«

»Ich bin mehr als das! Ein schöneres Weihnachtsgeschenk hätte ich mir nicht wünschen können.«

Da war es wieder, dieses vermaledeite W-Wort.

»Ähm, ja. Schon gut.«

»Wirst du denn heute schön feiern?«, erkundigt sie sich, und ich räuspere mich.

»Ja, nun, ich habe noch viel zu tun. Und du weißt ja, W...« Ich seufze und zwinge mich, es auszusprechen. »Weihnachten und ich, wir kommen nicht so gut klar.«

»Tatsächlich?«, wundert sie sich. »Ich habe da nämlich eine ganz andere Nachricht von deinem Engel erhalten.«

Ich unterdrücke ein Stöhnen. Schließlich meint sie es gut.

»Dann täuscht sich der Engel wohl. Die können ja auch mal falsch verbunden sein.«

Molly atmet hörbar tief aus und gibt einen skeptischen Laut von sich, in dem ihre ganze Überzeugung mitschwingt. »Hm.«

»Also, ich wünsche dir jedenfalls viel Erfolg mit deinem ...«

Buch, will ich sagen, doch sie unterbricht mich.

»Aber ich soll dir ausrichten, dass du dem Glück nicht wieder davonlaufen darfst, jetzt, wo es in deinem Herzen ist. Es liegt nur an dir, und Weihnachten ...«

Ich unterbreche sie mit einem Seufzen. Das Ganze ist doch so albern. Und ich kann jetzt auch nicht länger damit hinter dem Berg halten, wenn sie mich auf Weihnachten einschwören will, diesem Fest der Enttäuschungen und Tränen.

»Molly, ehrlich, ich schätze wirklich, was du tust, aber Engel und so ...«

»Frohe Weihnachten, Kindchen!«, trällert sie eilig. »Es hat geklingelt.«

»Oh, ja, dann geh ruhig an die Tür. Wir hören voneinander.«

»Aber nein, doch nicht an meiner Tür. An deiner.«

Ich runzele die Stirn. »Es hat nicht geklingelt.«

Meine Mörderklingel kann man nicht mal in Timbuktu überhören.

»Oh.« Sie kichert. »Dann bin ich der Zeit wohl mal wieder ein bisschen voraus. Mach's gut.«

Verwundert lege ich auf und sitze da. Aus alter Gewohnheit greife ich nach meinem Antistressball und knete ihn intensiv, bis mir bewusst wird, das Lucian ihn mir geschenkt hat.

Sofort feuere ich ihn in die nächste Ecke, und als er über den Boden und unter den Schrank rollt, sehe ich daneben meinen alten Ball liegen. Da haben sich zwei gefunden.

Seufzend lasse ich meinen Kopf auf die Schreibtischplatte sinken. Vielleicht sollte ich einfach alles abdunkeln und doch wieder ins Bett kriechen, ansonsten werde ich dieser ganzen Weihnachtssache wohl nicht entkommen.

Plötzlich schrillt meine Türglocke und schreckt mich auf. Verdammt, Molly hatte recht. Genervt stehe ich auf, renne zur Tür, reiße sie auf und sehe Anni vor mir stehen. Sie trägt ein enges rotes Kleid, hat einen schwarzen Gürtel um ihre Taille gebunden und eine große Tasche über ihrer Schulter hängen.

Sie starrt mich aus großen Augen an, lacht dann aber. »Frohe Weihnachten!«

Ich schlage meinen Kopf leicht gegen den Türrahmen.

»Alles in Ordnung?«, fragt sie und sieht mich strahlend an.

»Ähm, ja.« Ich reibe mir über den Nacken. »Du solltest doch eigentlich direkt fahren und nicht extra hier auftauchen.«

Mein Blick wandert zu dem kleinen, goldenen Päckchen in ihrer Hand, und ihrer wandert zu meinen Füßen.

»Und du solltest diese Hausschuhe wegwerfen, hast du aber auch nicht gemacht.«

Sie zwinkert mir zu, und jetzt lächele ich auch. Dann fallen wir uns um den Hals, und Anni grinst, als wir uns aus der Umarmung lösen.

»Immerhin hast du dich geduscht. Ich bin ganz stolz auf dich.«

Ich rolle mit den Augen. »Haha, aber nur, weil es ein ganz normaler Tag ist. So versuche ich es zumindest zu handhaben. Allerdings scheint gefühlt jeder Mensch auf diesem Planeten meinen Plan durchkreuzen zu wollen. Selbst Frau Quergeist ist plötzlich rührselig geworden, und Molly erzählt mir etwas von Weihnachtsbotschaften von Engeln.«

Anni grinst mich an. »Nein, nicht die Engel.«

»Doch jeder.«

»Und jetzt auch noch ich. Tada!«

Ich nicke. »Nicht böse gemeint.«

Sie folgt mir ins Wohnzimmer und reicht mir das Päckchen.

»Aufmachen«, fordert sie.

»Na schön, ich packe es aus«, gebe ich mich geschlagen.

Ich reiße das goldene Papier ab. Darunter kommt eine Schachtel zum Vorschein.

»Was ist das?«

»Aufmachen«, verlangt sie.

Ich salutiere schmunzelnd. »Zu Befehl.«

Als ich den Deckel abhebe, sehe ich, dass es Einhornhausschuhe sind. »Anni«, seufze ich gerührt.

Sie macht eine gönnerhafte Geste. »Na ja, ich dachte, weil du auf diesen Kitsch stehst. Dann bekommen deine pinken alten Treter Gesellschaft.«

Ich umarme sie. »Danke. Dabei findest du sie so schrecklich.«

»Das tue ich, allerdings«, stöhnt sie. »Aber darum geht es ja nicht. Sondern darum, dass du dich freust.«

Wir lösen uns aus der Umarmung.

»Ich freue mich gar nicht«, behaupte ich.

Doch sie lacht. »Tust du wohl.«

Ich zucke mit den Schultern. »Ähm, ich könnte dir Elchi schenken. Er ist ganz okay, wenn er die Klappe hält.«

Anni winkt ab und greift in ihre Tasche. »Ich habe übrigens noch was für dich.«

Fragend sehe ich sie an. »Noch was?«

»Ja.« Sie nickt und zieht etwas hervor. »Das ist der Grund, warum ich mich doch entschieden habe, zu dir zu fahren.«

In der Hand hält sie ein Stück Papier, unverkennbar die Seite einer Zeitung, und ich mache einen Schritt rückwärts.

»Nein«, flüstere ich, denn ich weiß sofort, was es ist.

»Du musst das wirklich lesen«, beharrt sie.

Ich schüttele den Kopf. »Nein, bitte, ich will das nicht.«

»Jule, wie wäre das: Wenn du es liest und du dann immer noch sauer bist, helfe ich dir, ihn zu erschießen. Zehnmal in die Brust oder so. Wir lassen es wie einen Mafia-Unfall aussehen. Ich besorge sogar Beton für die Füße.«

»Du würdest doch nie jemanden töten«, wundere ich mich.

»Eben. Und du wirst ihn auch nicht umbringen wollen. Da bin ich mir sicher.«

Ich seufze und schüttele den Kopf. »Ich habe ihm nie den Tod gewünscht.« Höchstens vielleicht mal kurz mir, aber das lasse ich unerwähnt. »Ich versuche nur, ihn zu vergessen.«

Anni fasst nach meiner Hand. »Weißt du, du stehst deinem Glück wirklich selbst im Weg. Und das seit Jahren. Erst weil du geglaubt hast, ein Fluch laste auf dir, und jetzt, weil du dich selbst verfluchst.« Sie sieht mich ernst an. »Lies es. Vertraue mir. Ich bin deine beste Freundin und auf deiner Seite.«

Sie reicht mir das Blatt, und nach anfänglichem Zögern nehme ich es und überfliege die Überschrift.

*Unterm Weihnachtsbaum küsst sichs besser*
*Ein Artikel von Lucian Horner*

Mein Herz fängt an, heftig zu schlagen, und Anni legt mir die Hand auf meine Schulter und bleibt die ganze Zeit bei mir.

*Seit Jahren schon arbeite ich nebenbei als Weihnachtsmann. Die meisten buchen mich für Veranstaltungen, weil sie sich auf Weihnachten freuen. Aber nicht allen Menschen geht es so. Wir nennen sie gerne Weihnachtsmuffel, doch wir unterschätzen dabei, wie verloren sie sich fühlen können.*

*Ich bin nicht Weihnachtsmann geworden, weil die Gagen mich reich machen, sondern weil ich an das Glück, die Liebe und die Besinnlichkeit glaube.*

*Wir neigen dazu, uns Geschenke zu machen, deren Wert auch den Wert unserer Gefühle ausdrücken soll. Doch dabei denken wir zu wenig an das, was wirklich zählt.*

*Unser Leben wird bestimmt von Rechnungen, Einkommen, materiellen Dingen. Ohne Geld haben wir kein Essen, kein Dach über dem Kopf, nichts zum Anziehen. Aber es ist nicht das Geld, das zählt – es beruhigt nur unseren Kopf.*

*Doch dann, jedes Jahr regelmäßig im Dezember, gibt es ein paar Tage, wenigstens diese Tage, an denen wir uns auf andere Werte besinnen sollten.*

*Es mag kitschig klingen, besonders für einen Mann, aber ich glaube an die Liebe, die Hoffnung und das Herz. Man sieht nur mit dem Herzen gut. Aber manchmal kann man auch etwas übersehen.*

*Viel zu oft reden wir uns ein, dass wir die Kontrolle über alles haben sollten. Wenn es uns schlecht geht, sagen wir uns, dass wir nur tapfer sein und das vergessen müssen, was uns gerade fehlt und leiden lässt.*

*Dabei sollten wir hinhören, auf das Herz, und nicht weg-*
*horchen. Denn es schlägt für das, was uns in der Seele an-*
*treibt. Und wir können ohne es weder glücklich werden,*
*noch leben.*

*Moment, das ist doch ein Artikel über Weihnachten, und*
*wo bleibt der Kuss? Richtig?*

*Ich dachte, dass ich dieses Jahr nicht nur Geschenke über-*
*bringen oder Fototermine machen sollte. Obwohl das echt*
*süß ist, besonders wenn am Ende Kinderaugen strahlen.*

*Wer mich kennt, weiß, dass ich zu viele Rentierwitze ma-*
*che. Okay, das ist berufsbedingt. Aber dieses Jahr wollte ich*
*nicht nur das leichte Lachen nach einer kleinen Anekdote*
*oder das unverbindliche Winken nach einer Weihnachtsfeier.*

*Ich wollte ein tieferes Glück und jemandem, der den Glau-*
*ben an Weihnachten verloren hat, wieder Freude bereiten.*

*Jedenfalls entschloss ich mich dazu, als mir ein besonderer*
*Mensch begegnet ist.*

*Wir sehen so viele Menschen, aber wir sehen sie nicht*
*wirklich an. Sieben Milliarden auf einem Planeten, und wir*
*sind uns alle fremd.*

*Ich habe sie ausgerechnet auf einer Weihnachtsfeier ge-*
*troffen, aber sie fühlte sich dort ganz unbehaglich.*

*Ah, denkst du. Ist das der Moment, wo endlich mein Love*
*Interest auftaucht?*

*Ja, lieber Leser. Und ich hoffe, sie liest es auch. Denn nach-*
*dem alles geklappt hat, ging es auch in die Brüche.*

*Sie hat mich gefragt: »Was ist mit dir, Weihnachtsmann?*
*Hast du keine Wünsche ab und zu?«*

*Doch. Und an meinem Wunsch hat sich nichts geändert.*

*Wir haben eigentlich alles richtig gemacht, sind ausgegan-*
*gen, haben gelacht, uns kennengelernt. Alles hat unter dem*
*Stern meines Glaubens an Weihnachten gestanden.*

*Wir haben gewettet, dass ich es schaffen würde, dass sie sich in Weihnachten verliebt. Und glauben Sie mir, sie hat es mir nicht leicht gemacht. Aber irgendwo zwischen verbrannten Keksen, eisenharten Schneeballschlachten und einer Glühweinfleckenbehandlung hat es gefunkt.*

*Es wäre das beste Weihnachten aller Zeiten geworden, mit einem krummen Baum und der Gewissheit, dass nichts perfekt sein muss.*

*Leider ist das so. Wir sind nicht perfekt. Ich habe einen Fehler gemacht, weil ich etwas nicht gesagt habe, denn im Grunde ist es nicht wichtig gewesen. Doch es hätte nicht meine Entscheidung sein sollen, das zu beurteilen.*

*Trotzdem glaube ich daran, dass Fehler nur so groß sind, wie wir es zulassen.*

*Und ich glaube daran, dass Weihnachten die Zeit der Wunder ist. Die Zeit der Vergebung. Die Zeit des Herzens.*

*Liebe ist mehr als nur ein Zufall.*


Meine Augen fliegen über die Worte, und je mehr ich lese, umso wärmer wird mir im Bauch. Seine Zeilen sind herzlich, und mit jedem Wort sehe ich uns beide vor mir, und ich fange an zu verstehen, was Lucian mir damit sagen will.

Er liebt mich.

Das tut er.


*Also, warum küsst es sich besser unter einem Weihnachtsbaum? Nun, aus zweierlei Gründen. Erstens hat es schon beim ersten Mal gestimmt. Und zweitens: Es ist eben symbolisch. Besonders wenn ein Engel auf der Baumspitze sitzt und man einen Engel getroffen hat.*

*Ich weiß, dass manche mich für naiv halten mögen, weil ich an die Hoffnung glaube. Aber es ist schließlich Weihnach-*

*ten, und am 24. Dezember werde ich noch bis Mittag vor dem großen Weihnachtsbaum in der Stadt sitzen, da ich dort gebucht worden bin, um Kindern als Weihnachtsmann eine kleine Freude zu bereiten.*

*Ich hoffe, auch meinen Engel dort zu sehen, um meine Theorie mit dem Kuss unterm Baum zu überprüfen. Wenn sie kommt, weiß ich, dass alles wieder gut ist.*

*Und wahrscheinlich wirst du, lieber Leser, dir jetzt denken, dass ein kleiner Spaziergang in die Stadt vor der Mittagsstunde nicht verkehrt sein könnte.*

*Ich will dich nicht davon abhalten. Du darfst mir gerne die Daumen drücken. Denn auch ein Weihnachtsmann hat Wünsche.*

*Ansonsten wünsche ich euch allen nur das Allerbeste, ein gesegnetes Fest, Glück im Herzen und eine besinnliche Zeit im Kreis eurer Liebsten. Und falls ihr keine Lust mehr habt, immer nur unter Mistelzweigen zu knutschen, dann solltet ihr das mit dem Baum mal ausprobieren. Selbst wenn er umfällt, selbst wenn alle Kugeln zerbrechen, selbst wenn euch sämtliche Nadeln piken, perfekt wird es sowieso erst durch das, was ihr daraus macht.*

*Lacht über Missgeschicke.*

*Glaubt an die Liebe.*

*Folgt eurem Herzen.*

*Denn das ist es, was wirklich zählt.*


*Frohe Weihnachten,*
*Euer Lucian*


Als ich fertig bin, laufen mir die Tränen über die Wangen. Mit einem Mal spüre ich verstärkt die Sehnsucht nach ihm in meinem Herzen. Diese Sehnsucht, die ich die ganzen letzten Tage schon versucht habe zu unterdrücken. Aber das war falsch. So schrecklich falsch.

»Oh mein Gott«, hauche ich und schniefe in ein Kleenex.

»Hab ich dir doch gesagt«, flüstert Anni. »Er hat das alles für dich gemacht, weil er dich wirklich gern hat, Jule. Es hat sich ergeben, er hat das nicht geplant. Bitte vergib ihm.«

Ich nicke, halte die Zeitung ganz fest und drücke ihr einen feuchten Schmatz auf die Wange.

»Du bist so romantisch«, gluckst Anni. »Aber schau mal auf die Uhr.«

Mein Blick huscht zur Küchenuhr. Oh nein, schon elf!

Ich springe auf, renne in den Flur und tausche meine Einhornpantoffeln gegen flache Stiefel. Schnell noch ein Mantel, eine Mütze und ein Schal. Ach, den kann ich mir unterwegs umwickeln.

»Wünsch mir Glück! Ich muss fliegen.«

Sie lacht. »Ja, natürlich. Wie sollten Engel denn sonst reisen?«

# Kapitel 28

In meinem Kopf sprudeln die Gedanken wild umher und flackern hell wie das Licht einer Kerze, die mein Herz erleuchtet. Molly hat recht gehabt, meinetwegen auch die Engel. Die letzten Tage habe ich sinnlos vergeudet, und nun habe ich keine Zeit mehr zu verlieren.

Damit ich schneller ankomme, habe ich mich von einem Taxi zum Hauptmarkt fahren lassen. Nun flitze ich, so schnell mich meine Füße tragen, über das Kopfsteinpflaster auf den Hauptmarkt zu. Diesmal war ich so clever, flache Schuhe anzuziehen, um keine weiteren Unfälle mit Absätzen zu riskieren.

Kalte Luft dringt mir in die Lungen, doch ich renne so schnell, dass ich trotzdem japse. Der *Schöne Brunnen* funkelt, Lichter glänzen und die Buden des Christkindlesmarkts strahlen weiß-rot um die Wette.

Ich habe nur noch ein Ziel: Lucian finden. Zügig dränge ich mich durch einen der Gänge auf die Frauenkirche zu. Dorthin, wo der Weihnachtsbaum mit seiner Engelsspitze steht, um Lucian hoffentlich noch vorzufinden. So, wie er es geschrieben hat.

Verdammt, ist das voll hier! Mein Blick wandert zu der imposanten Kirche. Es ist kurz vor zwölf, fast Mittag, und mein einziger Gedanke ist, dass ich nicht zu spät sein darf.

Ich biege nach links ab und sehe den Baum. Er steht da, groß und funkelnd, aber Lucian kann ich nicht entdecken.

Bitte, lass ihn nicht schon weg sein.

Aufgeregt atme ich tief durch. Vom schnellen Laufen ist mir

heiß, und meine Wangen glühen. Mein Herz pocht, und ich sehe mich nach allen Seiten um, als ich ihn endlich finde.

Gegenüber vom Weihnachtsbaum ist eine winzige Bühne aufgebaut worden, und auf der sitzt er, verkleidet als Weihnachtsmann, und flüstert einem kleinen Mädchen gerade etwas zu. Das Mädchen lacht, und er gibt ihr eine Zuckerstange.

Sofort muss ich ebenfalls lächeln. All meine Ängste, Wut, Zweifel und Sorgen sind verschwunden.

Ich will nur noch bei ihm sein. Mit wild klopfendem Herzen stelle ich mich an. So viele Menschen sind hier. Es hat sich eine richtige Traube um die Bühne gebildet.

Endlich ist nur noch ein Junge vor mir, und ich bin so aufgeregt, dass mir total schwindelig ist.

Ihn zu sehen, verkleidet als Weihnachtsmann, diese Wärme, die alles an ihm ausstrahlt. Damit hat er mich in den letzten Wochen erwischt und mir gezeigt, dass, was auch immer passiert, nichts perfekt sein muss, um perfekt zu sein. Dass Weihnachten Liebe bedeutet und dass Liebe heller strahlt als jeder Weihnachtsstern und in der Lage ist, alle anderen zu erhellen, wenn man bereit ist, sie zu geben.

In all den Jahren habe ich das vergessen, weil ich so viel Angst hatte und weil ich mir so viele Sorgen gemacht habe.

Nun verlässt der Junge die Bühne. Es ist Schlag zwölf, die Glocken der Frauenkirche fangen an zu läuten und das Männleinlaufen beginnt wie jeden Tag.

Lucian schaut zur Kirche, so wie alle Umstehenden, die das Schauspiel beobachten wollen, auch. Als sein Blick kurz abdriftet, sieht er mich.

Es ist, als würde die Luft knistern, als würde mich ein Blitz treffen, als würde ich endlich wieder atmen können, denn er lächelt. Ich komme ihm entgegen, gehe auf die Bühne zu und betrete die drei kleinen Stufen. Schließlich stehe ich vor ihm.

»Hallo, Weihnachtsmann«, flüstere ich, und er lächelt.

»Engel«, seufzt er nur. Es ist so schön, seine Stimme zu hören. Wie nach Hause kommen. »Du bist wirklich hier.«

»Ich will einfach nirgendwo sonst sein.«

Er fasst nach meinen Händen und zieht mich zu sich heran.

»Na ja, eigentlich wollte ich nur den Engel vom Baum schießen und habe auf die beste Gelegenheit gewartet.«

Ein Lächeln huscht über seine Lippen. »Kannst du mir verzeihen?«

Ich knabbere an meiner Lippe. »Ich habe den Artikel gelesen. Erst wollte ich nicht, aber Anni kann sehr hartnäckig sein und Weihnachten auch, wie ich heute gemerkt habe.«

Er sieht mich fragend an.

»Du hattest übrigens recht mit Frau Quergeist. Sie hat sich heute bei mir bedankt.«

»Ehrlich? Hab ich dir doch gesagt. Es steckt ein weicher Kern in ihr.«

Ich nicke. »Ja, und in mir auch.«

»Und was denkst du über den Artikel?«

»Er hat mir gefallen, sehr sogar. Ich musste weinen. Wenn ich also gerade ein bisschen verheult aussehe ...«

»Du bist wunderschön«, raunt er. Er streichelt meine Wange, und ich blicke gerührt zu ihm auf. »Dann bist du nicht mehr böse auf mich?«

»Nein, Lucian. Es ist, wie du im Artikel geschrieben hast. Wenn ich hier bin, ist alles wieder gut.«

»Oh Gott, Jule«, seufzt er erleichtert.

»Ich habe verstanden, um was es dir ging, und ... ich bin dir dankbar, denn du hast mir gezeigt, was wirklich wichtig ist an Weihnachten.« Die Worte kommen mir ganz leicht über die Lippen: »Ich will mit dir zusammen Weihnachten feiern.«

Er sieht mich mit seinen wunderschönen, grünen Augen an,

in denen ich für alle Ewigkeit versinken will, und streichelt mir zärtlich über die Haare.

Sofort habe ich einen Kloß im Hals und sage: »Ja, und nicht bloß ich. Ich meine, Elchi ist auch schon ganz aufgeregt. Er will zum ersten Mal gedrückt werden.«

Seine Brauen wandern nach oben. »Du meinst, mit Musik?«

»Ich hab gehört, dass er auch tanzen kann. Vielleicht wippe ich sogar mit dem Fuß mit.«

Lucian nickt. »Auch ich habe da jemanden, der auf dich wartet. Adam steht ausgepackt, aber nackig in meinem Wohnzimmer. Er hat nur ein Feigenblatt, äh ... eine Christbaumspitze für seine, nun ja, Spitze an.«

Damit bringt er mich zum Lachen.

»Das habe ich vermisst«, raunt er. »Dein Lachen ist so wunderschön und wärmer als die Sonne.«

»Wow«, seufze ich. »Du darfst es gerne öfter hören. Du sollst ja gute Rentierwitze kennen.«

Er zieht mich hauteng an sich. Nur unsere dicken Sachen trennen uns noch. »Ich glaube, ich bin der glücklichste Weihnachtsmann, den es gibt«, haucht er mir zart ins Ohr.

»Und du hast nicht zufällig einen Wunsch?«, necke ich ihn.

Seine Augen funkeln. »Mmh, na ja, du weißt, einen Wunsch habe ich schon – schon wieder.«

Ich lächele glücklich. »Und der wäre?«

»Das weißt du, einen Kuss ...«

Ich sehe mich um, blicke zum Weihnachtsbaum und ziehe ihn mit mir. Anscheinend haben wir Publikum, denn die Leute bilden eine Schneise für uns.

»Du willst es also hier?«, fragt er mich, als wir unter der Tanne ankommen.

»Ja, das hat beim ersten Mal schon so gut geklappt.«

Er lächelt und umschließt mich mit seinen starken Armen.

Sachte beugt er sich zu mir vor. »Frohe Weihnachten«, flüstert er, und sein Mund ist meinem ganz nah.

»Dir auch fröhliche Weihnachten«, wispere ich an seinen Lippen und lächele. Kaum zu glauben, dass ich das gesagt habe. »Das wird das erste Weihnachtsfest, das wir zusammen feiern.«

»Das erste von vielen«, bestätigt er.

Eigentlich sterbe ich, wenn ich ihn nicht sofort küsse, aber eines will ich noch wissen.

»Übrigens, was hast du Silvester vor? Ich hätte da einen Gutschein für den Starnberger See. Wer weiß, vielleicht küsst sichs an Seeufern noch besser.«

»Ah, das glaube ich nicht«, raunt er schmunzelnd. Seine Stimme ist nur noch ein tiefer, sehnsüchtiger Laut. »Aber ich bin zu allem bereit.«

Und dann, einen Atemhauch der Zeit später und unter dem Jubel der Menschen, küsst er mich endlich sanft auf den Mund. Es ist ein Kuss, der mir den Atem raubt, der mich wärmt und fliegen lässt. Ein Kuss, der keine Zeit kennt, und der noch lange auf meinen Lippen verweilt.

Ich habe keine Ahnung, was noch auf uns wartet oder was die Zukunft bringt, aber ich weiß: Wenn man sogar Weihnachten zusammen übersteht, dann kann man alles schaffen. Und ich glaube, dass wenn man sich durch manche Dinge einen Fluch aufladen kann, dann durch andere vielleicht auch Glück. Eines ist jedenfalls klar. Ich habe mein Glück gefunden und lasse es nie mehr los.

Und – mmmh, ich glaube, Lucian hat recht – unterm Weihnachtsbaum küsst es sich eindeutig besser.

*Ende – und doch erst der Anfang.*

Wenn euch dieses Buch gefallen hat, dann lasst es uns doch bitte wissen. Schreibt uns gerne eine Rezension bei Amazon, denn das ist ganz wichtig für uns Autoren. Besucht uns auf Facebook, folgt uns auf Amazon oder klickt auf unsere Websites und registriert euch für unsere Newsletter. Hinterlasst ein Däumchen oder einen Kommentar, wie und wo auch immer. Wir freuen uns über jede Rückmeldung von euch. Dafür schon an dieser Stelle ein ganz großes Dankeschön.

Eure Michelle & Anna


P.S.: Wollt ihr mehr von unseren Büchern entdecken? Dann stöbert einfach durch die nächsten Seiten.

# Ein weihnachtlicher Vampirroman
Der erste Band einer Fantasy-Winterreihe

Lucy hat einen großen Wunsch: Sie sucht den Vampir fürs Leben. Deshalb ist es völlig klar, dass sie diese Herzensangelegenheit nach ganz oben auf den Weihnachtswunschzettel gesetzt hat … mal wieder. Es ist nur dumm, dass der Weihnachtsmann bisher nicht sehr hilfreich war und dass anscheinend niemand außer Lucy an die Existenz von Vampiren glaubt. Dabei hat sie ihn doch genau gesehen – damals als Kind, als er sie vor dem Ertrinken rettete.

Nachdem sich Lucys erster Freund als völlige Niete erwiesen hat, scheint es nur einen wahren Mann für sie geben zu können: ihren Schutzengel. Bloß wie soll sie ihn überhaupt finden?

Obendrein versucht ihre beste Freundin Pia, sie auf den Geschmack von normalen Männern zu bringen. Und dann ist da noch Adam, ein wahnsinnig süßer Typ, der ihr nicht mehr aus dem Kopf gehen will, seit er sie fast geküsst hätte.

Alles könnte doch wirklich viel einfacher sein und dabei steht Weihnachten kurz vor der Tür …

Anna Winter
**Lucys Wunsch – Ein Winterroman (Teil 1)**
ISBN 9781502537294

# Ein Weihnachtsmärchen, bei dem Wünsche wahr werden

Wenn du deinen Freund mit dem Christkind im Bett erwischst, sind das nicht gerade die besten Voraussetzungen für eine fröhliche Weihnachtszeit ...

Marie ist sich sicher, die große Liebe gefunden zu haben. Das ändert sich allerdings, als sie wegen dem Nürnberger Christkind von ihrem Freund abserviert wird. Von Weihnachten und der Liebe hat sie erst mal die Nase voll. Perfekt, dass sie gerade jetzt den Auftrag erhält, in einem abgelegenen Bergdorf die Biografie des geheimnisvollen Herrn Klaus aufzuschreiben. Sie packt die Gelegenheit beim Schopf, um dem Weihnachtstrubel und vor allem ihrem Liebeskummer zu entfliehen. Doch statt einsamer Ruhe und Erholung wartet das Chaos auf sie, denn in der Hütte nebenan wohnt Niklas – unverschämt heiß und ziemlich verführerisch. Marie muss feststellen: Nur weil man sich vornimmt, sich nicht zu verlieben, muss das noch lange nicht klappen.

Ein wundervoller weihnachtlicher Kurzroman zum Schmunzeln, Wünschen und Wegträumen.

Michelle Schrenk
**Weihnachtswünsche und andere Katastrophen**
ISBN 978-3-942790-2-53

# Ein humorvoller Liebesroman
Manchmal wartet das Glück an unerwarteten Orten

Rose hat eine schreckliche Hochzeit hinter sich, denn die Rolle der Braut war schon mit ihrer Schwester besetzt. Als sie beladen mit alten Gefühlen vom Londoner Flughafen nach Hause kommt, will sie bloß noch ihre Ruhe haben. Doch als sie ihren Reisekoffer öffnet, findet sie statt Büstenhalter und Abendkleidern nur Boxershorts und Männerhemden vor. Außerdem fällt ihr eine exklusive VIP-Eintrittskarte zur Eröffnung des neuen Klubs *Dark Purple* in die Hände. Statt sich um den Umtausch des Gepäcks zu kümmern, geht sie kurzerhand zur Party.

Was als Zerstreuung für ihr Gefühlschaos geplant war, zieht bald noch mehr Turbulenzen nach sich, denn Neal Burton, der smarte Klubbesitzer mit den ozeanblauen Augen, will nicht nur seinen Koffer zurückhaben ...

Anna Winter
**Dark Purple – The kiss of Rose**
ISBN 9781508523468

# Ein Hoffnungsschimmer in der Dunkelheit

Spüre die Wärme der Sonnenstrahlen im Herbst

*Wann immer du die Sonne siehst, bin ich bei dir. Achte auf die Zeichen, dann findest du selbst in der tiefsten Schwärze der Nacht eine helle Sonne.*

Mia ist sauer auf das Leben, schließlich hat es ihr Kai genommen, ihre große Liebe. Überhaupt glaubt sie weder an Zeichen noch daran, dass die Sonnenkette, die Kai ihr hinterlassen hat, in der dunklen Zeit für sie leuchten kann. In dem Glauben, alles im Leben verloren zu haben, vergräbt sie sich in ihrer Trauer.

Doch dann erhält sie einen Brief mit einer Aufgabe, die nicht nur Hannes mit seinen warmen braunen Augen in ihr Leben bringt, sondern alles von Grund auf verändert. Auf der Suche nach der Sonne geschehen einige Wunder. Doch ist Mia wirklich bereit, ihr Herz dafür zu öffnen? Und gibt es im Leben eine zweite Chance auf Glück?

Michelle Schrenk
**Wann immer ich die Sonne sehe**
ISBN 9783942790307

# Ein wunderschön zärtlicher Liebesroman

Über verlorenes Glück und die Sehnsucht nach Liebe

Für die junge Ainsley steht fest, dass sie ihre Heimat auf den Orkneyinseln im einsamen Norden Schottlands verlassen will, sobald sich der richtige Zeitpunkt ergibt, denn das Leben dort kommt ihr viel zu perspektivlos vor.

Doch als der reiche Witwer Blaine Morgan in das große Herrenhaus auf dem Hügel des Städtchens Stromness zieht, bringt er ihre viel zu übersichtliche Welt gehörig durcheinander. Aber was Ainsley nicht weiß, ist: Auch sie wirbelt alles in ihm auf, denn sie sieht aus wie seine tote Frau.

Während Blaine mit ihr die Erinnerungen an seine Frau wiederaufleben lassen will, weil er über deren Tod nicht hinwegkommt, entwickelt Ainsley echte Zuneigung zu ihm. Doch wie sollen diese Gefühlswirrungen überhaupt eine Zukunft haben? Tatsächlich scheint alles aus dem Ruder zu laufen.

Anna Winter
**Tage des Regenbogens – Colours of Hearts**
ISBN 9781521525012

# Lichter, die uns nach Hause führen

Ein Roman, so herzerwärmend wie Kerzen in der Dunkelheit

Emma Morgen würde lieber zum Zahnarzt gehen als zurück an den Ort, dem sie einst den Rücken gekehrt hat. Aber ein Todesfall zwingt sie dazu, sich und ihr schlechtes Gewissen in den Zug gen Heimat zu setzen.

Und so steht sie bald vor dem Mann, den sie vor langer Zeit aus ihrem Leben radiert hat und der ihr Herz auch heute noch schneller klopfen lässt.

Jannik ist Single, noch genauso charmant und humorvoll wie früher – und zu allem Überfluss bewohnt er das Haus, das sie beide sich früher immer in ihren Träumen gewünscht hatten.

Aber gibt es im Leben eine zweite Chance?

Und ist Emma bereit, den Preis dafür zu zahlen?

BILD-Bestseller im Bereich Belletristik
Nummer 1 Amazon-Bestseller

Michelle Schrenk
**Kein Himmel ohne Sterne**
ISBN 9781520830025

# Eine Vollmondlektüre über einen Werwolf in der Badewanne

Als Emily Kincade von der Arbeit nach Hause kommt, möchte sie eigentlich nur ein heißes Bad nehmen. Doch dann muss sie feststellen, dass die Wanne bereits belegt ist und niemand Geringerer als ein Werwolf darin liegt. Es ist der Beginn einer Begegnung mit der Welt der Magie. Eine Begegnung, die jener Werwolf sie vergessen lässt. Wären da nur nicht all die Unstimmigkeiten in ihrem Alltag, Krumen von Gedanken, die ihren Weg zurück in ihr Bewusstsein suchen. Und als es passiert, gibt es keinen Weg zurück. Emily ist klar, dass sie den Wolf finden muss ...

Anna Winter
**Der Werwolf in der Badewanne – Mondzauber 1**
ISBN 9781500174095

# Der Weg zwischen den Sternen
Eine Road Novel voller Gefühl

*Es waren einmal ein Mädchen und ein Junge, die sich versprachen, für immer zusammenzubleiben. Doch alles kam ganz anders ...*
Zehn Jahre sind vergangen, als Josy und Tim sich zufällig wiedertreffen. Josy ist inzwischen Angestellte in einer Werbeagentur, obwohl sie immer Fotografin werden wollte. Tim hingegen hat seinen Traum wahr gemacht, reist durch die Welt, schreibt darüber Berichte und betreibt erfolgreich sein eigenes Blog. Das unverhoffte Wiedersehen bringt Josys Gefühlswelt gehörig durcheinander, denn sie ist nicht mehr dieselbe wie einst mit siebzehn. Zusammen begeben sich die beiden auf eine Reise, die sie damals nicht beenden konnten ...

Ein Buch über die große Liebe, über Träume und den Weg zwischen den Sternen, der alles miteinander verbindet und uns zeigt, dass die schönsten Märchen das Leben selbst schreibt.

Michelle Schrenk
**Der Weg zwischen den Sternen**
ISBN 978-3-942790-23-9

## Kann die Zeit alle Wunden heilen? Und wie oft gibt es die große Liebe?

*Band 1 der A-Place-to-Remember-Reihe*

Die sechsundzwanzigjährige Allison Mayfair startet frisch in London durch. Mit eigener Wohnung und einem Job in der Tasche sind die Weichen auf Zukunft gestellt. Außerdem verliebt sie sich Hals über Kopf in den attraktiven Nathan Ward. Doch genau hier endet ihre Glückssträhne, denn er ist kein Mann, dessen Herz sie leicht erobern könnte.

Nathan ist nicht nur ihr neuer Chef und Inhaber des renommierten Antiquitätengeschäfts *„A Place to Remember"*, sondern hat auch noch einen kleinen Sohn und eine bildhübsche Frau an seiner Seite. Für die Schmetterlinge in ihrem Bauch scheint es keine Hoffnung zu geben, bis Allison einen Fehler begeht, der sie zur Wahrheit führt ...

*Die Liebesgeschichte von Allison und Nathan ist in sich abgeschlossen, bildet aber gleichzeitig den Auftakt der „A Place to Remember"-Reihe*

Anna Winter
**A Place to Remember – Ally & Nate**
ISBN 9783839125700

# Eine zauberhafte Liebesgeschichte voller Magie

Der Nachfolgeband zu *Der Zauber des ersten Schnees*
und Band 5 der A-Place-to-Remember-Reihe

Emily Glow hat die Nase voll. Seit Jahren hofft sie darauf, dass
der Zauber der Liebe endlich auch zu ihr findet. Doch als ein ver-
meintlicher Traumprinz erneut ihre Gefühlswelt in Scherben legt,
beschließt sie, dem Zauber ein für alle Mal abzuschwören. Zu
dumm, dass sie gerade jetzt einen Zeitungsartikel zu diesem Thema verfassen muss und bereits mitten in der Recherche steckt.

Was verbirgt die kleine Schneekugel, die Emily zusammen mit einem Brief in dem hübschen Antiquitätengeschäft »A Place to Remember« in London entdeckt? Und ist es wirklich nur Zufall,
dass dort Noah arbeitet, der sie mit seinen grünen Pfefferminzau-
gen völlig aus dem Konzept bringt?

Gemeinsam machen sich Emily und Noah auf die Suche nach
dem Geheimnis der Kugel. Sie ahnen jedoch nicht, dass deren
Geschichte auch ihr Leben verzaubern wird.

Eine romantische Geschichte von der Liebe, ihrer Magie und der
Hoffnung auf den ewigen Zauber, der uns alle umgibt.

Michelle Schrenk
**A Place to Remember – Emily & Noah**
ISBN 9783741275258

## Was, wenn der Mann, den du nie vergessen konntest, der Stripper auf deinem Junggesellinnenabschied ist?

Ein weiterer gemeinsamer Roman der beiden Autorinnen

Lucy ist Mitte zwanzig, lebensfroh und romantisch veranlagt. Wie gut, dass sie nach einer gescheiterten Beziehung nun mit dem gefühlvollen Paul zusammen ist. In wenigen Wochen sollen sogar die Hochzeitsglocken läuten.

Doch dann begegnet sie ausgerechnet bei ihrem Junggesellinnenabschied ihrer großen Liebe Jonas wieder. Ein Blick auf ihn, und die ganze Welt steht Kopf. Gefühle, die sie längst verloren geglaubt hat, dringen zurück an die Oberfläche.

Und ganz unvermittelt muss Lucy sich fragen, ob es noch eine zweite Chance für sie und Jonas gibt oder ob Paul inzwischen der Mann ihres Herzens ist.

Anna Winter & Michelle Schrenk
**Mondscheinküsse schmecken besser**
ISBN 978-3-942790-39-0

# Weihnachtszauber – Bücher zur Adventszeit

Liebe Leserin, lieber Leser,
Du liebst den Duft von Tannenzweigen, den Anblick von glitzerndem Schnee und den Geschmack von Weihnachtsgebäck, dazu noch ganz viel Liebe und Romantik?
Dann findest du hier die richtigen Romane.
In der Adventszeit möchten dich viele Autorinnen mit ihren Geschichten in Vorweihnachtsstimmung versetzen.
Wir wünschen euch eine besinnliche Vorweihnachtszeit.

Erhältlich ab Oktober:
- Hannah Siebern: Schneezauber – Küss den Schneemann
- Mila Summers: Küsse unter dem Mistelzweig
- Alice Vandersee Ein Kuss aus Schnee und Zimt
- Michelle Schrenk: Der Zauber des ersten Schnees
- Birgit Kluger: Eingeschneit – Verliebte Weihnachten

Erhältlich ab November:
- Karin Lindberg: Kokosmakronenküsse
- Nicole König: Kein Rockstar zu Weihnachten
- Jo Berger: Schneeflockenküsschen
- Ilka Hauck: Bad Boy Christmas – Wunder geschehen zu Weihnachten
- Cleo Lavalle: Als der Prinz aus dem Märchen fiel

Erhältlich ab Dezember:
- Freya Miles und Nadine Kapp: Ein Fünkchen Liebe
- Lita Harris: Highland Christmas – Ein Schotte zum Verlieben
- Kay Noa: Ein Werwolf unterm Christbaum

# Impressum

Anna Winter

Mühlestückweg 7

79539 Lörrach

E-Mail: write@annawinter.de